COUR D'AVARICE ET D'OR

REINE DE L'OMBRE

ELIZA RAINE

COUR D'AVARICE ET D'OR

REINE DE L'OMBRE

MARIÉES DE LA BRUME ET DES FAÉS

SHADOW
COURT
PALACE
SHRINE
ROCK
STAIRCASE
INSIDE
MOUNTAIN
YGGDRASIL
THE
AXEMAN
STATUE
CAVE
FOREST
ROOT
RIVER

RÉSUMÉ DE COUR DE CORBEAUX ET DE RUINE

UN BREF RAPPEL...

Reyna est une esclave humaine orpheline marquée d'une rune qui fabrique des bâtons pour les faës d'or, c'est-à-dire une *orfèvre*. C'est la seule humaine d'*Yggdrasil* à ne pas avoir les cheveux bruns : les siens sont cuivrés. Lorsqu'un faë d'or particulièrement violent et cruel, Lord Orm, décide qu'elle sera sa prochaine concubine, elle monte un plan d'évasion. Mais avant qu'elle ne puisse mettre ce plan à exécution, elle est kidnappée, avec ses deux amis, Lhoris et Kara, par le légendaire Prince de la Cour d'Ombre, Mazrith.

Les faës d'ombre sont capables de pénétrer dans l'esprit des gens, ce qui terrifie Reyna, qui a gardé un secret toute sa vie. Chaque fois qu'elle travaille l'or, elle souffre de terribles visions des monstres morts-vivants qui vivent dans les confins d'*Yggdrasil*, qu'on appelle les Affamés.

Mazrith a des projets pour Reyna et est obligé de se lier à elle par des fiançailles afin d'empêcher sa belle-mère folle, la Reine, de tuer les trois orfèvres. Le Prince emmène alors Reyna dans un sanctuaire secret sous la montagne, où se trouvent un anneau de statues et cette inscription : « *L'orfèvre aux cheveux de cuivre a la clé* ».

Entre une tentative d'évasion ratée, l'attaque d'un serpent venimeux et sa rencontre avec un hibou magique envoyé par une mystérieuse faë pour l'aider, Reyna se persuade peu à peu que le Prince n'est peut-être pas celui qu'elle croyait. Des runes d'or flottent autour de lui, ce qui devrait être impossible.

En réparant une statue en or dans le sanctuaire, elle a une vision, mais au lieu des Affamés, elle voit Mazrith et sa mère en train de parler. Elle lui dit que sa mort lui donnera assez de magie pour cinq ans et qu'il doit trouver un bâton de brume.

Quelqu'un la pousse alors du haut du sanctuaire, à sa mort, mais le hibou, Voror, lui sauve la vie. Elle se rend compte qu'elle a maintenant l'occasion de s'échapper, mais décide de ne pas le faire. Son destin est clairement lié à l'autel et au Prince, et elle accepte l'idée qu'elle ne pourra pas s'y soustraire. Sur le chemin du retour, elle est attaquée par des Affamés, qui en ont personnellement après elle. Le Prince arrive avec un ours géant et provoque une explosion avec son bâton qui les tue temporairement, mais se blesse en même temps. Il lui dit que la Reine arrive et qu'elle doit s'enfuir, puis il s'effondre.

CHAPITRE 1

REYNA

Je redescendis de l'arbre, mon cœur battant si fort contre mes côtes que ça me faisait mal.

— Voror, est-ce qu'un de ces trucs est encore en vie ? demandai-je alors que mes pieds touchaient le sol et que je me tournais à contrecœur vers le tas de morceaux de cadavres.

Le hibou survola le carnage en rase-mottes.

— Ils n'ont jamais été vivants, dit le hibou d'un ton docte.

La peur que j'avais entendue dans sa voix tout à l'heure avait disparu.

— Leur odeur est incroyablement nauséabonde.

— C'est sans danger ?

De l'énergie commençait à m'envahir, chassant la peur paralysante.

— Ils vont se reformer, mais pas avant quelques heures, je pense.

— C'est Arthur ? L'ours du palais ?

— Oui.

Comme à ce signal, l'ours leva la tête de l'endroit où il était en train de déchiqueter le corps de l'Affamé qui avait parlé. Ses yeux se posèrent sur moi, mais il ne bougea pas.

Avec précaution, je me frayai un chemin parmi les cadavres en direction du Prince.

Voror n'avait pas menti. L'odeur était plus que nauséabonde. Essayant de respirer à petites bouffées par la bouche, je gardai le regard fixé sur le corps affaissé du Prince.

— Reyna, il a dit que la Reine arrivait. Il t'a dit de fuir pour une bonne raison. Si elle te trouve ici, elle pourrait avoir un comportement imprévisible.

Le ton de Voror était mesuré, mais pressant.

— Il m'a sauvée. Je dois m'assurer qu'il est...

Je me tus à mesure que je me rapprochais.

Qu'il était... quoi ? Vivant ? En sécurité ?

Qu'est-ce qui me prenait ? Pourquoi je ne prenais pas la fuite ?

J'arrivai à son corps et m'accroupis rapidement, repoussant les mèches folles de son visage.

Ses yeux s'ouvrirent.

— Vous êtes vivant, soufflai-je.

— Tu ne le seras bientôt plus si elle te découvre ici. Prends Arthur et décampe.

Sa voix n'était plus qu'un sifflement plein de tension, et la lumière dans ses yeux était faible. Du sang coulait du coin de sa bouche, et ses paupières papillonnaient comme pour se fermer.

— Merde.

— Laisse-le, dit Voror, plus pressant. La Reine pourra l'aider. Nous devons partir. J'entends des chevaux.

Je secouai la tête, fixant les cicatrices sur le visage de Mazrith et le petit filet de sang brillant qui coulait le long de sa mâchoire.

— Non. J'ai vu qu'il y avait de la tension entre eux. Je ne crois pas qu'elle hésiterait à finir le travail des Affamés.

Les ailes de Voror battaient fort dans le silence quand il se posa à côté de moi.

— Tu penses qu'elle tuerait son propre fils ?

— Son beau-fils. Et, oui. Et je pense qu'il le sait aussi.

— Alors pourquoi est-il venu ici ? Pourquoi s'est-il affaibli de la sorte ?

C'était une bonne question. Était-il possible qu'il soit venu pour moi ?

Je repoussai sa cape de fourrure, à la recherche de son bâton.

Le pommeau était complètement défoncé, le crâne d'argent réduit en miettes.

Un frisson de peur et un sentiment profond d'injustice me zébrèrent les tripes. Je ramassai les morceaux que je pus trouver, les fourrant dans ma poche, puis je me tournai vers l'ours. Il me regardait fixement, en train de mâcher quelque chose.

— Voror, peux-tu communiquer avec l'ours ?

— Je vais le découvrir.

Le hibou s'éloigna en hululant doucement. L'ours

poussa un grognement silencieux, puis s'approcha de nous à pas feutrés.

Je me levai, en essayant de ne pas reculer alors que Voror revenait se poser.

— J'ai besoin qu'il transporte le Prince. Peux-tu lui demander de le faire ?

Le hibou me regarda en clignant des yeux.

— Je peux essayer. Il n'est pas très intelligent.

— Essaie.

Le hibou et l'ours échangèrent quelques bruits supplémentaires. Je ne bronchai pas quand Arthur nous rejoignit, baissa la tête et donna un coup de nez à la forme immobile du Prince. L'ours poussa un gémissement lugubre et me regarda en face.

Je déglutis, puis je hochai la tête.

— Je sais. Il a besoin de notre aide.

— Et vite. Il reste environ cinq minutes avant l'arrivée de la Reine et de ses gardes.

À ces mots du hibou, la panique me fit réagir, ma nervosité face à l'énorme ours s'atténuant.

— Je vais le mettre sur ton dos, dis-je à Arthur.

Il me répondit par un clignement d'œil, puis s'abaissa lentement vers le sol. Le soulagement m'envahit, et je m'accroupis.

Dès que j'essayai de passer une main sous la forme prostrée du Prince, celui-ci se raidit.

— Oh, qu'Odin en soit remercié, marmonnai-je alors que ses paupières s'ouvraient. Levez-vous. Il faut que vous vous leviez.

Je tirai sur son énorme poitrine.

Une nouvelle bouffée de panique m'envahit lorsque je réalisai qu'il n'y avait aucune chance que je sois capable de le soulever. Il faisait au moins deux fois mon poids.

— Pourquoi ne pars-tu pas ?

Sa voix était encore plus faible que la dernière fois, et du sang coula encore de ses lèvres lorsqu'il parla.

— Vous allez vous lever, putain !?

Je tirai fort, essayant de le ramener en position assise.

— Jusqu'à Arthur, pas plus loin !

Son visage pâlit, puis se contracta lorsqu'il jeta un regard en coin, voyant l'énorme ours juste à côté de lui.

— À trois, soufflai-je en serrant mes bras aussi étroitement que possible autour de sa poitrine recouverte de fourrure, et en me balançant sur mes talons. Un, deux, trois !

Il perdit connaissance à mi-parcours, mais pas avant d'avoir pu soulever la plus grande partie de son propre poids.

Ce fut suffisant.

Il bascula sur le dos de l'ours, m'entraînant avec lui, et je laissai échapper un petit sifflement en glissant de l'autre côté, manquant d'atterrir dans les restes de quelque chose auquel je ne voulais même pas penser. Je me redressai, craignant que Mazrith ne glisse lui aussi, mais il n'était plus qu'un poids mort sur l'immense silhouette d'Arthur. Voror descendit en piqué et se renvola une seconde plus tard, avec la tige du bâton brisé du Prince dans son bec.

— Il faudra que tu montes sur Arthur. Tu ne cours

pas plus vite qu'un cheval sur tes jambes humaines. Et tu dois l'empêcher de tomber.

Le bruit des sabots au loin fit disparaître toute discussion ou réticence que j'aurais pu avoir à l'idée de monter sur cette énorme créature.

Je passai une jambe par-dessus l'ours, puis je tirai le poids massif du Prince contre moi, et j'enroulai une main dans sa fourrure noire.

— Allons-y, Arthur.

Avec une rapidité inattendue, l'ours se redressa et se mit en route.

Je me rendis vite compte que ce n'était pas la même chose de chevaucher un ours géant que le cheval du Prince.

L'exaltation était tout aussi grande, mais pour de mauvaises raisons. Son dos était trop large, et il était presque impossible de rester en place tout en gardant le Prince.

— Voror, dis-moi qu'il sait où il va ? appelai-je alors que nous nous enfoncions dans le sous-bois, les arbres défilant dans le flou autour de nous.

Des éclairs blancs dans ma vision périphérique confirmaient que le hibou suivait le rythme.

— Un endroit sûr, il a dit.

Voror avait l'air de douter.

N'importe où serait plus sûr que près de la Reine. Que ferait-elle des Affamés décimés ?

Comment le Prince avait-il pu en tuer autant, et était-ce la raison pour laquelle son bâton s'était brisé ?

Plus précisément, *pourquoi* ? Pourquoi était-il venu ?

Il ne faisait aucun doute dans mon esprit que je serais morte s'il ne l'avait pas fait.

Pire que morte. Démantelée et recousue, pour vivre une vie sans fin en tant que monstre mort-vivant et insatiable.

Cette pensée me rendait malade alors que nous volions à travers la forêt, et je m'agrippai encore plus fort au Prince vêtu de fourrure. Le souvenir de ma vision passa devant mes yeux.

Quand il se réveillerait, j'allais percer les secrets du Prince Mazrith.

S'il se réveillait.

Après ce qui était probablement un quart d'heure, mais qui me sembla être des heures de glissades et de raccrochages, l'ours ralentit. Nous avions atteint la lisière de la forêt, et le flanc sombre et rocheux de la montagne se profilait devant nous. La bande d'argent autour des énormes épaules de l'ours se mit à briller, puis il reprit son rythme. Mes cuisses se pressaient autour de ses flancs tandis que nous accélérions vers le rocher solide et moussu.

— Arthur ! criai-je, juste avant qu'une grotte peu profonde ne se révèle dans le flanc de la colline.

L'ours ralentit pour s'arrêter à l'entrée de la grotte, laissant tomber son arrière-train, et je glissai de son dos, Mazrith toujours sur mes genoux. Nous atterrîmes sur le sol de la grotte en douceur, mais en tas.

Avant que je puisse dire ou faire quoi que ce soit, Arthur se retourna et sortit en galopant, tourné vers les arbres. Les bandes argentées autour de ses membres et de son torse brillèrent encore plus fort, et il se dressa sur ses pattes arrière. Des runes s'illuminèrent sur l'argent – des centaines d'entre elles – et jaillirent de la créature pour former un magnifique bouclier scintillant. Les runes dansaient et chatoyaient, mais restaient soudées ensemble, dessinant un ovale parfait décoré d'une féroce tête d'ours. Ce bouclier rivalisait avec tout ce que j'avais jamais vu un guerrier porter, et j'en eus le souffle coupé.

Alors qu'Arthur retombait sur ses quatre pattes, le bouclier tournoya dans les airs, projetant des étincelles de runes lumineuses en arc de cercle autour du seuil de la grotte. L'ours s'approcha, reniflant la ligne légèrement brûlée qu'elles avaient tracée sur le sol. Hochant la tête avec ce que je supposai être de la satisfaction, il leva la tête vers le bouclier. Celui-ci disparut dans un scintillement, et la lueur s'éteignit sur les bandes argentées de l'ours.

Voror entra en piqué dans la grotte à côté de moi.

— Il semble que cet ours stupide ait une utilité, dit-il d'un ton approbateur. Il est persuadé que le bouclier nous dissimulera. Mais il ne faut pas franchir la ligne tracée par les runes.

Je hochai la tête avec étonnement, puis je me souvins que j'avais un homme gravement blessé sur mes genoux.

Pour être précise, un Prince faë d'ombre gravement blessé, qui avait risqué sa propre vie pour sauver la mienne.

Je baissai les yeux vers lui. Son visage était blanc, et le fait d'avoir basculé du dos de l'ours ne l'avait même pas fait remuer.

Au nom de Freya, qu'est-ce que j'étais censée faire maintenant?

CHAPITRE 2
REYNA

— D u feu.

Je détournai mon regard du visage du Prince Mazrith à ces seuls mots du hibou.

— Qu'est-ce qu'il y a ?

— Il faut faire du feu. La guérison, ça consomme de l'énergie, et vous allez tous les deux utiliser toute la vôtre pour vous réchauffer si vous n'avez pas de feu.

J'acquiesçai et m'extirpai doucement de sous le corps pesant du Prince. Je l'installai aussi confortablement que possible sur le sol de la grotte avant de me lever. Une douleur lancinante pulsait de la morsure de serpent sur mon pied, mais je fis de mon mieux pour l'ignorer.

— Du feu. Du bois, marmonnai-je en essayant de me concentrer.

Lorsque je quittai la grotte, je pris bonne note de la délimitation de runes brûlées qui marquait notre bouclier invisible. Il y avait beaucoup d'arbres, et des brindilles et des feuilles sèches par terre, à l'intérieur du périmètre, et j'entrepris de les ramasser.

Mon esprit s'emballa pendant que je travaillais, l'effet de l'adrénaline se dissipant, et je commençai à sentir un tremblement révélateur dans mes membres.

Les Affamés étaient à *ma* poursuite.

De la bile me remonta dans la gorge alors que je m'accroupissais pour casser une branche tombée.

Les visions de ces hideuses créatures que j'avais eues toute ma vie ne pouvaient pas être une coïncidence.

Ils me connaissaient.

Nous la rendrons quand nous en aurons fini avec elle.

C'est ce qu'avait dit la femelle qui était restée dans les arbres. Je n'avais jamais entendu dire qu'un Affamé pouvait parler.

Le souvenir de sa chanson hideuse et terrifiante me revint en mémoire. Les Affamés étaient censés être des monstres sans cervelle, insatiables et morts-vivants, pas comme elle – quoi qu'elle soit. Mais il ne faisait aucun doute dans mon esprit qu'elle était l'une d'entre eux. Je frissonnai en me levant, les bras chargés de bois, incapable de m'empêcher d'imaginer Arthur en train de la mettre en pièces.

Allait-elle se réformer ?

Je priai Freya de ne plus jamais avoir à poser les yeux sur elle. Elle serait dans mes cauchemars, je n'en doutais pas, mais les dieux auraient peut-être la bonté de ne plus jamais me laisser la voir en chair et en os.

Je posai le bois à l'entrée de la grotte, puis je cherchai un galet convenable pour en faire du silex. Je fis de mon mieux pour éviter de regarder le Prince inconscient.

— Du feu d'abord. Ensuite, le ravisseur faë ennemi à moitié mort, me dis-je. Voror ?

Le hibou était perché sur un rocher tout au fond de la grotte peu profonde, ses plumes blanches brillant dans la pénombre.

— Oui ?

Je déglutis, puis je me forçai à expulser la question.

— Pourquoi les Affamés seraient-ils à ma poursuite ?

Le hibou fit claquer son bec.

— Je ne sais pas.

— Que sais-tu à propos d'eux ?

Je m'assis par terre, me concentrant sur le fait de faire du feu, essayant d'occuper mes mains tremblantes.

— Seulement ce que dit la légende. Ils étaient autre-fois des humains vivants et en bonne santé, puis ils se sont retournés les uns contre les autres et ont mangé la chair de leurs semblables. Les dieux les ont punis en leur infligeant une faim éternelle.

— Mais cela ne punit-il pas aussi les personnes qu'ils attaquent, maintenant ?

— Si. Les dieux avaient leurs raisons, j'en suis sûr.

— Je ne pensais pas que les Affamés pouvaient parler. Mais cette femme... elle a *chanté*. Tu avais déjà entendu parler de ça ?

— Je crois que c'était une Ancienne.

Je m'interrompis et le regardai.

— Une Ancienne ?

— Un membre du clan originel.

Ma bouche s'ouvrit d'horreur.

— Attends, le clan *d'origine*? Celui qui s'est mangé les uns les autres? Qui a été puni par les dieux?

— Oui. Ils ont commencé à rassembler les restes de leurs proies, pour créer de nouvelles créatures, mais le clan d'origine vit encore, si l'on appelle cela vivre.

Je laissai échapper une longue expiration, et mes doigts tremblants lâchèrent le galet par terre.

Cela voulait dire qu'elle était vieille. Plus vieille peut-être que les faës qui gouvernaient les cinq Cours.

— Que me veulent-ils?

Mes mots étaient un murmure.

— La même chose que le Prince veut de toi, j'imagine. La même raison pour laquelle j'ai été envoyé pour t'aider. Nous ignorons tous les deux ce que c'est, pour le moment.

Je me retins de répliquer. Voror était mon allié. Si j'avais eu des doutes avant qu'on me pousse du bord du sanctuaire, ils avaient été totalement dissipés.

Mes yeux se posèrent sur Mazrith. L'inscription à son sanctuaire pouvait-elle être liée aux Affamés? Je n'étais pas sûre qu'il sache pourquoi il était censé chercher « *l'orfèvre* aux cheveux de cuivre », au-delà de ces anciennes inscriptions.

Les cicatrices sur son visage paraissaient plus nettes, maintenant que sa peau était si pâle. Une longue estafilade brisée partait du coin de son front, barrait sa pommette saillante, puis finissait sur sa mâchoire aiguisée.

S'était-il fait ça en se battant?

Une femme l'avait-elle coupé en se défendant?

Je sus tout de suite que ce n'était pas le cas. *Parce qu'il a de l'honneur.*

Que je lui fasse confiance ou non, je ne pouvais pas le nier. Se pouvait-il que le Prince de la Cour d'Ombre soit différent des faës qui nous avaient maltraités et manqué de respect, à moi et à mon espèce, toute ma vie?

Un nouveau filet de sang bouillonna à ses lèvres, ce qui envoya de nouveaux frissons dans mes tripes.

— Je ne sais pas comment l'aider.

Ces mots étaient un marmonnement, et Voror vola vers nous, se posant sur le sol de la grotte et donnant un coup de bec dans les épaisses fourrures qui enveloppaient le corps du Prince.

— Il porte généralement de nombreuses poches à la ceinture. Elles pourraient contenir des médicaments ou de la magie.

J'acquiesçai, en me secouant les puces mentalement.

Allez, Reyna. Reprends-toi. Il t'a sauvé la vie. Maintenant, il faut que tu sauves la sienne.

Je m'approchai de lui, abandonnant le feu toujours pas allumé. Mes mains tremblaient encore trop pour que je puisse en faire, alors il faudrait que cela attende.

D'abord doucement, puis avec plus de force, je lui retirai son énorme manteau. Mes mains tremblantes s'immobilisèrent complètement lorsque je vis son torse nu sous les fourrures.

— Merde.

— Cela explique pourquoi il est inconscient, dit Voror à voix basse.

Une plaie béait au milieu de son sternum.

Large comme ma paume et à peu près circulaire. On ne voyait ni sang ni os. On aurait dit qu'il s'était brûlé, qu'une substance noire, semblable à de la pierre, s'était incrustée dans sa chair, teintée de rouge par endroits. Sous mon regard fixe, je crus apercevoir les formes fantomatiques de runes qui dansaient dans le flou sur la surface fissurée.

Ma main jaillit sans prévenir, pour y toucher.

— Je m'abstiendrais à ta place, dit le hibou.

Je m'interrompis.

— Les Affamés ont fait ça ? demandai-je, tout en sachant que c'était impossible.

Seule la magie aurait pu infliger une telle blessure.

— Je ne sais pas. Fouille dans sa ceinture.

Je me forçai à détourner mon regard de la blessure et portai plutôt mes mains à sa ceinture. Voror avait raison : il y avait beaucoup de poches. En fouillant dans la première avec un poil de gêne d'être si près de son pantalon, je refermai les doigts sur quelque chose de froid et de dur.

Je sortis un petit objet en pierre que je ne reconnus pas. Le déposant par terre à côté de moi, je poursuivis mes recherches.

Des petits couteaux et des étoiles de lancer, trois petits objets complexes en pierre et en bois, quelques parchemins roulés bien serrés et deux flacons en forme de corne gisaient devant moi lorsque j'eus terminé.

Je pris le premier flacon, en retirai le bouchon et reniflai. De l'hydromel. J'essayai la deuxième, et je reculai à l'odeur âcre.

— Je ne sais pas ce que c'est, mais c'est dégoûtant. L'autre, c'est de l'hydromel, dis-je à Voror.

Un souvenir me revint en mémoire. Lorsque le Prince avait cru que j'allais devenir hystérique, il m'avait forcée à boire de l'hydromel. Il avait dit que c'était réparateur.

C'est mieux que rien, décidai-je.

En me penchant sur lui, je lui entrouvris prudemment les mâchoires et glissai un peu d'hydromel entre ses lèvres. Le liquide coula dans sa bouche. Il ne se passa rien.

— Normalement, sa magie devrait le guérir, murmurai-je en réfléchissant à haute voix. Et son bâton ?

Je sortis de ma poche tous les morceaux de crâne brisé et d'écharde que j'avais ramassés. Comme un puzzle, je commençai à les remettre en place, et en retournant les morceaux brisés étrangement froids au toucher, je me rendis compte que mes mains avaient cessé de trembler.

— Je crois que j'ai oublié un morceau, dis-je quelques minutes plus tard en examinant mon travail.

J'avais, en quelque sorte, réussi à reconstituer le crâne, mais sans rien pour coller les morceaux, il ne resterait pas en place. Et il y avait un grand trou dans le côté droit.

Voror claqua du bec et s'envola vers son perchoir au fond de la grotte.

— De toute façon, il faudrait un *filombre* pour restaurer la magie.

— C'est peut-être ce que je devrais faire ? Chevaucher Arthur jusqu'à l'endroit où vit Tait et le ramener ici ?

Je jetai un coup d'œil à l'extérieur de la grotte, vers Arthur qui était à plat ventre près de la ligne des runes, les yeux fermés.

— Je crains que ce soit un long trajet, même sur un ours stupide.

— Il n'est pas stupide.

— Tu n'as pas essayé de lui parler, murmura Voror.

— Chut, il nous a sauvé la vie.

Il claqua à nouveau du bec.

— Peu importe l'intelligence de l'ours, je ne suis pas sûr que le Prince Mazrith survivra aussi longtemps. Ce n'est pas une blessure ordinaire.

Je regardai tour à tour l'ours et le hibou, la peur me serrant l'estomac.

Quelques jours plus tôt, je l'aurais tué moi-même.

— Hydromel.

La voix éraillée du Prince me fit sursauter si fort que je lâchai le crâne que je venais de reconstituer.

— **M**azrith ?

— Encore de l'hydromel.

Seules ses lèvres et ses paupières bougeaient. Je m'empressai de lui verser plus d'hydromel dans la bouche. Cette fois, il avala.

— Encore ?

— Encore. Mais lentement.

J'acquiesçai et je versai avec précaution de petites quantités dans sa bouche.

La couleur commença à revenir sur son visage et, une fois la flasque vide, il se tortilla sur le sol dur.

Lentement, il se redressa en position assise, son visage trahissant sa douleur.

— Appuyez-vous contre le mur, lui dis-je en l'aidant.

Il se raidit lorsque je me levai et lui agrippai les épaules, mais il me laissa le pousser en arrière afin qu'il puisse s'appuyer contre la paroi de la grotte et rester debout.

— Dis-moi ce qui s'est passé, croassa-t-il, les yeux fixés sur moi.

L'étincelle bleue avait disparu. Le gris glacial de ses prunelles était terne, mais intense.

— Nous sommes montés sur le dos d'Arthur, il a couru, et maintenant, nous sommes dans une grotte.

— Non. Dis-moi comment tu t'es retrouvée hors du palais.

— Oh. Quelqu'un m'a poussée du bord du sanctuaire.

Les ténèbres passèrent ses yeux, et la blessure à sa poitrine brilla dans un flash. La douleur crispa ses traits, le forçant à fermer les yeux.

— Comment est-ce arrivé ? chuchotai-je en indiquant sa poitrine.

— Qui ?

Ses yeux brûlants se rouvrirent tandis qu'il prononçait ce mot.

— Quoi ?

— Qui t'a poussée ?

— Je ne sais pas. Je suppose que c'est la même personne qui a mis le serpent dans ma chambre.

— Je la retrouverai, grogna-t-il.

— Pas dans cet état, non. Comment vous êtes-vous fait ça à la poitrine ? redemandai-je, en m'efforçant de ne pas regarder la blessure.

— Reyna Thorvald.

Mes sourcils se haussèrent de surprise à l'usage de mon nom complet.

Je le fixai du regard, sans savoir quoi dire. La colère se

lisait sur son visage, et je ne savais pas si elle était dirigée contre moi.

— Me voilà à ta merci, et j'ai besoin de savoir si tu es aussi honorable que ton homonyme.

À ma merci ? Il était vraiment mal en point.

— J'aurais pu vous laisser là-bas, dis-je à voix basse.

Il me regarda fixement, sa colère s'atténuant.

— Je t'ai dit de me laisser là-bas. Pourquoi ne l'as-tu pas fait ?

Je relevai le menton.

— Parce que je suis aussi *honorable que mon homonyme.*

Il ne dit rien, alors je poursuivis :

— Vous m'avez sauvé la vie. Maintenant, je sauve la vôtre.

— Et quand nous serons quittes ?

— On y réfléchira si vous survivez, dis-je en haussant les épaules.

Ses yeux se plantèrent dans les miens.

Il finit par parler :

— La puissance dont j'ai eu besoin pour tuer autant d'Affamés a endommagé mon bâton.

Je jetai un coup d'œil aux éclats.

— Je pense que c'est un euphémisme de dire qu'il a été endommagé. Il a été détruit.

Il suivit mon regard.

— Tu... Tu as ramassé les morceaux ?

— Je pense que j'en ai raté un ou deux. Mais j'ai ramassé la plupart. Attendez, vous voulez dire que ce ne sont pas les Affamés qui ont cassé votre bâton, mais que c'est *vous* qui l'avez fait ?

Il acquiesce lentement.

— Oui. Le pouvoir a submergé le bâton. Et sa destruction m'a blessé.

— Quoi ?

Je ne pus retenir mon étonnement alors que je les regardais tour à tour, lui et le trou noir dans sa poitrine.

— C'est votre propre magie qui vous a fait ça ? De toute ma vie passée à travailler sur la magie et les bâtons, je n'avais jamais entendu parler d'une telle chose.

Une ombre traversa son visage.

— Il faut réparer le bâton si je veux guérir.

— Vous avez besoin de Tait ?

— Oui. Et de mes guerriers.

— Ils sont venus avec vous ? Où sont-ils ?

Je jetai instinctivement un coup d'œil par-dessus mon épaule, vers l'extérieur de la grotte, même si je savais pertinemment que nous étions seuls.

— Non. Nous devons retourner au palais, aussi vite que possible.

Je laissai échapper un petit ricanement d'incrédulité avant de pouvoir me retenir.

— Vous n'êtes pas vraiment en état de voyager.

— Mes ennemis sont en chasse. Je n'attendrai pas ici, sans magie, de mourir dans une putain de grotte, siffla-t-il.

— Je n'ai pas plus envie que vous d'être ici. Si vous connaissez un moyen de sortir, dites-le, s'il vous plaît.

— C'est ma terre. Ma Cour. Ma montagne. Je prends soin d'elle, et elle prend soin de moi.

Je le regardai en clignant des yeux.

— Vous vous êtes cogné la tête en descendant? De quoi parlez-vous?

Il me lança un regard noir, puis tourna la tête pour regarder hors de la grotte, en direction de l'énorme ours vautré par terre, juste à l'intérieur de la ligne de runes qui délimitait le bouclier.

Il poussa un sifflement grave, et Arthur leva la tête paresseusement, clignant des yeux en direction de la grotte. Avec effort, il se hissa sur ses quatre pattes.

— Sache que si tu apprends les secrets que cache ma Cour, c'est uniquement parce que je n'ai pas le choix, dit Mazrith, tandis que l'ours pénétrait dans la grotte à pas de loup.

— Vous n'êtes pas le seul à ne pas avoir le choix, *votre Altesse*.

Arthur arriva jusqu'à lui, baissa la tête et fit glisser son museau contre son visage pâle. Lentement, le Prince passa les mains dans la fourrure de l'ours et se redressa. Sa peau se vida de ses couleurs, sa douleur évidente. Je fis un geste pour l'aider, en jurant à voix basse.

— Vous êtes sûr que nous ne devrions pas nous reposer d'abord? Les Affamés pourraient encore être là, et laissez-moi vous dire qu'il n'a pas été facile de vous garder sur cet ours la dernière fois que vous vous êtes évanoui.

Il me jeta un regard en coin quand nous eûmes réussi,

ensemble, à le hisser sur le dos d'Arthur, une jambe de part et d'autre des épaules colossales de la bête.

— Nous n'irons pas dans la forêt. S'il te plaît, ramasse les objets qui étaient dans ma ceinture.

— Où allons-nous ?

— Ramasse les objets qui étaient dans ma ceinture, répéta-t-il. Nous en aurons besoin.

Je posai les mains sur les hanches.

— Dites-moi où nous allons, et je ramasserai vos affaires.

Ses yeux brillent tandis qu'il me fixe.

— Par le corbeau d'Odin, tu es impossible.

— Je ne suis pas impossible. En fait, c'est très simple. Vous faites quelque chose pour moi, je fais quelque chose pour vous.

Son expression se durcit, sa mâchoire crispée.

— Comme, par exemple, je te sauve la vie, tu me sauves la mienne ?

Je soutins son regard de granit.

— Ce genre de choses, oui.

— Nous allons dans la montagne, siffla-t-il après une ou deux secondes de silence. Il y a des chemins cachés vers le palais dans toute la Cour d'Ombre.

J'étais déjà allée dans la montagne plus souvent que je ne l'aurais souhaité, mais je supposais que n'importe où valait mieux que la forêt. Le souvenir des cadavres éparpillés des Affamés jonchant le sous-bois m'incita à rassembler encore plus rapidement toutes les affaires du Prince.

Voror pouvait voler à travers la roche, comme il

l'avait fait lorsque je travaillais au sanctuaire, alors ça ne lui poserait pas de problème de se déplacer à travers la montagne. Je n'avais vu aucun signe de lui depuis le réveil du Prince, mais je savais qu'il était dans les parages, sans doute à l'écoute.

Je tendis au Prince sa ceinture, dont toutes les poches étaient remplies.

— Merci. Vas-y.

— Quoi?

— Monte sur Arthur. C'est à une journée de cheval, et nous devrons nous reposer fréquemment. Il faut se mettre en route.

— Comment êtes-vous arrivé si vite ici, si c'est à une journée de cheval? En fait, comment m'avez-vous retrouvée?

— Par magie, grinça-t-il, toujours aussi pâle. Veux-tu bien monter sur l'ours? Tu pourras poser tes interminables maudites questions une fois que nous serons en route.

Je fis ce qu'on me disait, me hissant sur Arthur derrière le Prince. C'était, en réalité, un soulagement de ne plus être debout, la légère pulsation dans mon pied blessé me rappelant que je n'étais pas en grande forme non plus.

L'ours se mit en route, non pas pour sortir de la grotte, mais pour s'y enfoncer. Son rythme était lent et doux – un soulagement de plus par rapport à la vitesse vertigineuse à laquelle nous avions galopé à travers les arbres.

Je regardai avec émerveillement quand nous arrivâmes au fond de la grotte et parûmes pénétrer dans la roche.

— C'est une illusion, murmurai-je.

— Oui. Il y a de nombreuses brèches dans les rochers, sur toute la montagne, mais elles sont incroyablement difficiles à voir.

La faible lumière de la forêt disparut lorsque nous tournâmes au coin, et la peur me saisit aussitôt.

Et si les Affamés pouvaient, eux aussi, pénétrer dans la montagne ?

Nous n'aurions aucun espoir de survie, piégés dans le rocher, dans l'obscurité.

— Voror ? murmurai-je, la peur l'emportant sur ma décision de garder secret mon ami animal.

Je sentis le Prince se crisper devant moi, dans l'obscurité.

— Qui est Voror ?

J'entendis un doux hululement au loin, puis la voix du hibou dans mon esprit.

— Je suis là.

— Y a-t-il des Affamés près de nous ?

— Je ne sens que les créatures assez répugnantes qui résident naturellement dans ces lieux, répondit-il.

Je m'affaissai de soulagement.

— Merci.

— À qui parles-tu ? grogna Mazrith dans l'obscurité, plus fort.

Je soupirai.

— Vous ne me croiriez pas si je vous le disais.

— Essaie.

— C'est… c'est un hibou.

Il y eut un long silence tandis que nous nous balancions doucement d'un côté à l'autre à la démarche nonchalante d'Arthur.

— Un hibou ? finit par dire Mazrith.

— Oui. Un hibou avec…

Je m'interrompis, et la voix de Voror entra dans mon esprit.

— Choisis tes mots avec soin, *heimskr*, dit-il.

— … une intelligence toute-puissante et une bravoure incommensurable, terminai-je. Et *il* me prend pour une idiote.

— Tu peux parler à ce hibou.

C'était plus une affirmation qu'une question.

— Oui, si je garde une de ses plumes sur moi.

Je n'avais pas l'intention de raconter au Prince que Voror était venu à moi, envoyé par une mystérieuse faë. À mon grand soulagement, il ne me posa pas la question.

— Pourquoi demander à ce hibou s'il y a des ennemis dans les parages ?

— Il a senti, ou entendu, les Affamés arriver. Il dit qu'il a d'excellents sens.

Mazrith grogna :

— Les hiboux n'ont pas d'odorat.

— Je ne suis pas d'accord, dit Voror, hautain dans mon esprit.

Malgré moi, mes lèvres esquissèrent un sourire.

— Vous deux pourrez en discuter plus tard. Le fait est que si Voror dit qu'il n'y a pas d'Affamés ici avec nous, alors je le crois.

Je n'eus pas de réponse, et nous restâmes silencieux.

La seule lumière dans le tunnel provenait des runes argentées qui brillaient faiblement dans la fourrure d'Arthur.

— Combien de temps fera-t-il noir comme ça? demandai-je.

L'idée de me reposer ici, ou même de descendre du dos de l'ours me rendait nerveuse.

— Plus très longtemps. Commence à poser tes questions infernales.

CHAPITRE 4
REYNA

Je lançai inutilement un regard noir au dos du Prince dans l'obscurité.

— Vous vous poseriez aussi des questions si vous étiez à ma place, vous savez, dis-je.

— Je ne répondrai que ce que je jugerai nécessaire.

— Sans aucun doute, marmonnai-je.

Choisissant une question dont j'étais à peu près sûre de connaitre la réponse, je me lançai avec hésitation.

— Que se serait-il passé si je vous avais laissé dans la forêt ?

Il bougea devant moi.

— Si la Reine m'avait trouvé avant que les Affamés ne se reforment ?

— Oui.

— Je suis certain qu'elle aurait saisi une occasion qu'elle attendait depuis longtemps.

Mes soupçons sur le fait que tous deux souhaitaient la mort de l'autre étant confirmés, je fronçai les sourcils.

— Pourquoi vous a-t-elle suivi dans la forêt ?

— Elle s'est méfiée en me voyant quitter le palais de toute urgence. Cela a éveillé son intérêt.

Quelque chose se tortilla au creux de mon estomac.

Il avait quitté le palais en toute hâte pour me retrouver.

— Pourquoi, votre belle-mère et vous, vous ne vous opposez pas frontalement l'un à l'autre ?

— Je suis le fils de mon père. La Cour serait obligée de choisir un camp, et elle sait qu'elle n'est pas aussi populaire que l'était mon père.

— Alors, pourquoi ne pas la renverser ?

Il y eut une pause avant qu'il ne réponde.

— Elle a un moyen de pression.

Encore une fois, je m'en doutais. Il était clairement plus fort qu'elle ; cela n'avait aucun sens qu'il la tolère.

— Qu'est-ce qu'elle a ?

— Quelque chose que je n'ai pas.

Je résistai à l'envie de lui donner une tape dans le dos.

— C'est une réponse très vague.

— C'est la seule réponse que tu auras.

Je grinçai des dents. Je ne pouvais pas espérer obtenir tous ses secrets tout de suite.

— Les Affamés, dis-je. Ils en avaient après moi. Pourquoi ?

— Parce que tu es spéciale.

Mon souffle siffla.

— En quoi ?

— Je ne sais pas.

Sa réponse était douce et lente, et je soupirai. Il ne savait pas plus que moi qui j'étais.

— Tu n'as aucune information sur l'identité de vos parents ?

—Je vous ai déjà dit que je n'en avais pas.

L'irritation, ainsi que la gêne, rendit ma voix tranchante. Je ne parlais à personne d'autre qu'à Lhoris de mon enfance brisée.

J'avais grandi en étant assez différente, et je n'avais pas besoin d'ajouter de l'huile sur le feu des brutes en faisant savoir à qui voulait l'entendre que je n'avais aucun souvenir avant l'âge que Lhoris et moi devinions être à peu près dix ans.

Ma contrariété se dissipa aussi vite qu'elle était apparue, cependant, lorsqu'Arthur tourna lourdement au coin et sortit du tunnel.

Le terme « grotte » ne rendait pas justice à ce lieu. Pas plus que celui de « caverne ».

On aurait plutôt dit une forêt souterraine, chaque arbre, chaque feuille, chaque ruisseau éclairé d'une lueur bleu-vert à couper le souffle.

— Par le destin, c'est magnifique, soufflai-je, tandis qu'Arthur marchait sur l'herbe luisante qui brillait d'un éclat pourpre sous ses énormes pattes.

Une grande cascade, étonnamment silencieuse, se déversait d'un affleurement rocheux dans un bassin d'eau cristalline. Quelques mètres au-delà s'étendait une petite clairière, recouverte par les branches sinueuses et luisantes d'un saule pleureur. D'autres arbres couvraient l'immense espace, certains familiers, comme des chênes, des ifs et des bouleaux, et d'autres qui semblaient sortis de l'imagination d'un peintre, d'énormes bulbes qui ressemblaient à des corps de bestioles et d'insectes, mesurant trois mètres de haut.

Je levai les yeux, peinant à croire que tout cela pouvait se trouver à l'intérieur de la montagne, mais au-dessus de nous s'élevait un plafond de roches sombres et solides.

La flore luisante émettait suffisamment de lumière pour que nous puissions y voir clair autour de nous, et quand Arthur s'arrêta près du bassin, je glissai rapidement de son dos. Ce fut une descente bien plus digne que la fois précédente, mais mon pied me lança lorsque je touchai le sol. Ignorant la douleur, je me dirigeai rapidement vers l'eau, m'arrêtant au bord.

Je me retournai vers Mazrith. Il me regardait depuis le dos d'Arthur.

— Est-ce qu'elle est potable ?

Il acquiesça.

— Oui. Mais bois lentement, ou tu vas te rendre malade.

Je me retins de lever les yeux au ciel.

— Vous croyez que je ne sais pas ce que c'est que d'avoir faim et soif ? marmonnai-je à la place, avant de me retourner vers le bassin et de prendre de l'eau délicieusement fraîche dans mes mains en coupe.

Après avoir bu une série de gorgées lentes et profondes, je me retournai vers le Prince.

— Vous en voulez ?

Il tira de sa ceinture la fiole d'hydromel vide.

— Remplis-la et je te retrouve à la clairière des saules.

Voror descendit en piqué dès que le Prince et Arthur se furent éloignés vers la clairière, les ailes battant en silence. Je ressentis un soulagement inattendu en le voyant se poser au bord du bassin et claquer du bec.

— Tu savais qu'il y avait ça ici ? chuchotai-je.

— Non. Mais il y a des proies ici.

À mon regard alarmé, il cligna des yeux, puis précisa.

— Des rats.

— Ah.

— Je reviendrai quand j'aurai mangé, dit-il.

Puis il s'en alla.

Une fois la gourde remplie, je pris mon temps pour marcher jusqu'à la clairière, observant tous mes alentours. C'était calme ; pas de feuilles bruissant dans le vent, ni de rats dont Voror prétendait qu'ils étaient dans les parages. L'air sentait la terre, même si je ne voyais pas de terre sous les plantes magiques et lumineuses.

Arrivée au saule, je me glissai sous le rideau scintillant de feuilles et je vis que le sol sous cette voûte était un tapis d'herbe brillante d'un vert pourpré. Avec la lumière qui provenait à la fois du sol et des feuilles, il faisait étrangement clair sous l'arbre.

Mazrith était assis à côté d'un brasero en fer, l'énorme ours sur son arrière-train derrière lui. Je lui donnai l'eau en me demandant si c'était la couleur de la lumière qui le rendait si pâle, ou si le voyage avait eu raison de lui.

— Arthur, dit Mazrith. S'il te plaît.

Sa voix était rauque.

Pour la deuxième fois, je regardai avec ravissement l'ours se redresser sur ses pattes arrière. Ses runes brillèrent de mille feux, puis s'envolèrent de sa fourrure pour former un étonnant bouclier de lumière argentée, qui tournoya dans les airs avant de se déployer en dôme autour de l'arbre. Je baissai les yeux vers le sol à la recherche des petites marques de runes brûlées que je savais qu'elles laisseraient, et je les vis déployées en cercle bien propre autour de nous.

Sa tâche accomplie, l'ours se remit à quatre pattes, se dirigea vers l'autre côté du tronc et s'affaissa par terre, les yeux fermés.

— Combien de temps tiendra le bouclier d'Arthur ?

Mazrith me regarda.

— Tant que je suis en vie. Nous sommes liés.

— Même si le bâton est cassé, l'ours peut utiliser la magie ?

— La seule magie qu'il possède, c'est son bouclier. Mais oui.

Je regardai l'énorme ours qui somnolait.

— Je ne savais pas que les faës pouvaient avoir des animaux de compagnie magiques.

Mazrith grogna.

— Qu'il ne t'entende pas le traiter d'animal de compagnie. Et la plupart des faës ne le peuvent pas. Seuls les membres de la famille royale en sont capables. Un don des dieux, avant qu'ils ne disparaissent.

Il plongea la main dans une pochette à sa ceinture, puis me la tendit.

— Allume le feu. Utilise ceci.

Je lui pris le petit objet en pierre, puis je regardai le brasero.

— Je sais que l'on croit souvent que je suis stupide, mais il n'y a ni bois ni charbon dans le brasero. Et puis, allumer un feu sous un arbre semble… peu judicieux. Est-ce que je rate quelque chose ?

— Il y a une petite gâchette à l'arrière, dit-il en indiquant l'objet que je tiens dans la main. Il suffit de l'approcher du liquide qui se trouve au fond du brasero. L'arbre survivra.

Avec un haussement d'épaules, je fis ce qu'il m'avait dit. Lorsque j'appuyai sur la petite gâchette à l'arrière, une minuscule flamme orange jaillit de l'extrémité de l'objet, et le liquide sombre au fond du plat s'enflamma d'un orange chaud. Je reculai vivement la main et, en quelques secondes, un feu dansant envahit le brasero.

Comme réagissant à cette nouvelle source de lumière, toutes les lueurs autour de nous s'éteignirent.

— Comment…

Je pointai du doigt l'arbre, regardant lentement autour de moi, fronçant les sourcils.

— Personne ne pourrait dormir avec toute cette lumière bleue, murmura le Prince.

— Quel est cet endroit ?

— Un refuge.

Je ne peux pas dire le contraire. Un sol souple, de

l'eau propre et un abri chaud, c'est tout ce que j'aurais pu espérer.

— Combien de temps allons-nous nous reposer?

— J'ai besoin de quelques heures.

Sa voix était tendue, et j'acquiesçai.

Choisissant délibérément de garder le feu entre moi et le Prince, je m'installai aussi confortablement que possible sur le tapis herbeux.

Il me regarda à travers les flammes.

— Tu n'es pas stupide. Tu es insolente. Il y a une différence.

— Vraiment?

— L'insolence est un choix. La stupidité n'en est pas un.

Je plissai les yeux en le regardant, mais je ne dis rien.

Il avait raison. Je n'étais pas stupide. Et j'avais choisi d'être insolente. Parce que, pendant la majeure partie de ma vie, ç'avait été souvent ma seule façon de sentir que j'avais un quelconque contrôle sur le faë cruel qui me possédait. Ma seule défiance dans une vie d'emprisonnement.

Comme je ne répondais pas, il reprit la parole.

— On m'a attiré loin du sanctuaire avec de fausses informations sur un raid, pour que tu te retrouves seule et sans protection.

Le souvenir de la silhouette masquée, puis de la chute terrifiante, me firent frissonner. Je ramenai mes jambes contre ma poitrine.

— Qui vous a trompé? demandai-je.

— Je n'en sais rien. Le message m'a été transmis par

le biais de nombreux membres de clan et gardes. Un stratagème délibéré pour qu'il soit trop difficile d'en retrouver la source.

— Oh.

— Tu n'as pas vu du tout celui qui t'a poussée ?

Je secouai la tête.

— Non. Il portait une cape.

— Il a fait de la magie ?

— Non, je ne pense pas.

La colère se lisait sur son visage, et il hésita avant de reprendre la parole.

— Comment as-tu survécu à la chute ?

— Voror. Il m'a poussée pour que j'atterrisse sur un grand tapis de mousse dans l'eau, ce qui a amorti la chute.

Il pencha légèrement la tête.

— Ton hibou connait le sanctuaire ? Comment est-il arrivé là-bas sans que je le sache ?

— Il peut, euh...

Incapable de trouver un mensonge convaincant, j'optai pour la vérité.

— ... voler à travers la roche. Et il me suit.

Il fronça les sourcils et commença à parler, puis grimaça de douleur.

— Je suis très fatigué.

Mon agacement de n'avoir pas posé la moitié des questions que je voulais poser se heurtait à une véritable inquiétude.

— Vous devriez vous reposer, dis-je à contrecœur.

Un léger gémissement s'échappa de ses lèvres alors qu'il s'allongeait, et je me levai instinctivement.

Sa peau était glacée lorsque je me penchai pour l'aider à s'étendre sur ses fourrures. Mes yeux glissaient vers la blessure sur son torse, et l'envie d'y toucher était presque irrésistible.

— Non.

Sa voix attira mes yeux sur son visage, qui était à seulement un pied du mien. Pâle et pincé, mais toujours intense.

Si parfait, mais barré de cicatrices.

Différent de mon monde en tout point, mais, en quelque sorte, exactement comme il fallait.

— Êtes-vous dans mon esprit? chuchotai-je, saisie d'une émotion inexpliquée.

— Non, je n'ai pas de magie. Mais même si c'était le cas, ton esprit vous appartient. Je le jure.

J'eus le souffle coupé.

— Vraiment?

— Sur Odin.

— Pourquoi? Pourquoi renoncer à ce pouvoir sur moi?

— L'honneur. Tu aurais pu me laisser mourir. Tu aurais *dû* me laisser mourir.

Les yeux gris du Prince de la Cour d'Ombre étaient si intenses que j'aurais pu les fixer éternellement sans jamais en saisir la véritable profondeur.

— Vous savez, vous pouvez encore mourir, dis-je, essayant de rompre l'intimité haletante qui menaçait de m'envoûter.

Les beaux yeux gris s'étrécirent, cherchant toujours les miens, mais je ne savais pas pourquoi.

Je me forçai à reculer, mes joues s'échauffant.

— Reposez-vous. Je monte la garde.

— Tu n'as pas besoin de monter la garde. La protection d'Arthur est infaillible. Dors.

Avant que je puisse lui répondre, ses yeux étaient fermés.

CHAPITRE 5

REYNA

La fatigue m'envahit dès que je trouvai une position confortable sur l'herbe douce. Comme je m'attendais à ce que mes pensées tumultueuses m'empêchent de dormir, j'étais prête à disséquer ce que je savais et à dresser une liste de ce que je devais encore apprendre. Mais avant même de m'être repassé la moitié de ma conversation avec le Prince, mes paupières papillonnantes et mon corps endolori l'emportèrent, et un profond sommeil s'empara de moi.

Jusqu'à ce que les cauchemars que j'attendais surviennent.

Elle était partout : l'Ancienne, avec son chant hideux.

Je rêvai qu'à la seconde où Arthur l'avait mise en pièces, ses morceaux s'agitaient dans le sous-bois de la forêt, se recousant pour reconstituer son affreuse imitation d'un être humain. Où que j'aille, quelle que soit l'avance que je prenais, et où que je me cache dans la forêt dense, elle me retrouvait. Son visage émergeait de l'obscurité, sa voix chantante résonnant fort à mes oreilles.

— Reyna.

Je sursautai lorsqu'une voix grave me tira de mon rêve, cherchant une arme à tâtons.

Je clignai des yeux vers Mazrith, toujours allongé près du feu. Les vestiges de mon mauvais rêve s'envolèrent instantanément.

— Oh, par le destin.

La blessure dans sa poitrine brillait de mille feux, et son visage était crispé de douleur.

Je me levai d'un bond et jurai bruyamment quand la morsure de serpent dans mon pied m'envoya des éclairs de douleur brûlante tout le long de mon tibia dès que je posai ma botte sur le sol.

— Ça va ? grogna Mazrith.

— Moi ? Peu importe, pourquoi, au nom d'Odin, votre poitrine brille-t-elle ?

Je sautai à ses côtés, me laissant tomber à côté de lui en fixant la blessure. La substance noire et dure se fissurait, révélant... de *l'or*.

— Qu'est-ce que...

Ma voix mourut sur mes lèvres quand je détachai mes yeux de la lueur dorée pour les porter sur son visage.

Il avait changé. Les cicatrices, qui étaient devenues plus visibles à mesure qu'il pâlissait, *dominaient* à présent son apparence. Mon cœur bégaya dans ma poitrine tandis que je scrutai sa peau, essayant de trouver un centimètre qui ne portait pas les marques d'une lame. Même ses paupières fermées en étaient recouvertes.

— Freya, que s'est-il passé ? chuchotai-je.

Son œil s'ouvrit.

— L'autre flacon. J'ai besoin de l'autre flacon.

Comme je ne bougeais pas, il siffla entre ses dents serrées :

— Maintenant, Reyna.

Je détournai mon regard, me déplaçant vivement sur les genoux pour récupérer sa ceinture. Je trouvai la fiole et revins vers lui.

— Qu'y a-t-il dedans ?

— Tu ne veux pas savoir.

J'hésitai, avant de le déboucher.

— Pourquoi ?

Ma voix était petite, et je maudis ma propre curiosité.

— Verse-m'en un peu dans la bouche.

Un profond sentiment de malaise m'envahit lorsque je retirai le bouchon, et je me retrouvai à fixer à nouveau la chair meurtrie et zébrée de son visage.

— S'il te plaît, Reyna.

Je bougeai la main, me forçant à verser la substance nauséabonde dans sa bouche.

Il convulsa dès qu'il eut avalé, et je reculai en m'agrippant à la fiole. Une petite rune noire s'envola du goulot ouvert de la bouteille en même temps qu'une autre s'échappait des lèvres du Prince. Lentement, les cicatrices de son visage s'estompèrent, et la chair noire et craquelée se referma sur l'or qu'il y avait en dessous, atténuant, puis éteignant la lueur.

J'étais trop abasourdie pour bouger. Pour parler.

Comment était-il possible que je voie des runes noires ?

J'étais *orfèvre*. Je voyais des runes d'*or*. Rien d'autre.

Le Prince prit de longues inspirations, et la tension qui s'était emparée de son corps se relâcha alors que mon cœur battait plus vite.

— Qu'est-ce que vous êtes ?

J'étais à peine consciente d'avoir prononcé ces mots.

Ses respirations profondes s'apaisèrent, et sa tête tourna lentement vers moi.

— Que veux-tu dire ?

Ses mots étaient granitiques.

— Vous n'êtes pas ce que tout le monde pense que vous êtes...

Je m'interrompis, le regard fixe.

— Je suis le Prince de la Cour d'Ombre. Le Prince des Serpents.

D'une certaine manière, même couché sur le dos avec une horrible blessure à la poitrine, il inspirait le danger. Instinctivement, je m'éloignai de lui.

Il n'a pas de magie. Son bâton est cassé, me rappelai-je.

Peu importe qu'il puisse me casser en deux s'il en avait envie.

Sois courageuse, Reyna. Les braves gagnent leurs tresses. Ils vont au Valhalla.

— Ce n'est pas une réponse, dis-je, aussi fermement que possible.

Lentement, il se souleva sur les coudes, puis en position assise. Il était plongé dans l'ombre, car son énorme torse bloquait la lueur orangée du feu derrière lui.

Je me forçai à tenir bon, à ne pas reculer davantage sur mon postérieur. Mais mes doigts tremblaient autour de la flasque.

— Remets le bouchon et pose ça. Il ne faut pas que ça déborde, résonna sa voix dans le silence.

Même si c'était déstabilisant de savoir qu'il pouvait me voir trembler, je fis ce qu'il m'avait demandé.

Lorsque la fiole fut scellée et posée par terre, il reprit la parole.

— Tu me crains.

Je déglutis difficilement. Je ne voulais pas lui répondre. Mais il savait déjà la réponse.

— Oui.

Son visage était trop sombre pour que je puisse y déceler une expression, mais son corps se raidit.

— Mes cicatrices te font-elles peur ?

J'hésitai.

— Quoi ?

— Mes cicatrices te font-elles peur ? répéta-t-il, plus fort.

— N... Non. C'est vous qui me faites peur, bredouillai-je.

Il resta silencieux, et je secouai la tête pour me l'éclaircir.

— Qu'est-ce que vous êtes ?

Je répétai ma question, puisant dans mon courage. Je n'allais pas lui dire ce que j'avais vu dans ma vision, lui dire que j'étais certaine qu'il n'était pas ce qu'il semblait être.

Je n'en avais pas besoin. La blessure et les runes d'or suffisaient.

—Je suis un prince faë, grogna-t-il.

Mon pouls s'accéléra.

—Vous n'êtes pas un faë d'ombre? soufflai-je.

Il poussa un petit rire sans joie dans la pénombre.

— Avais-tu déjà vu ou entendu parler d'un faë capable de manipuler les ombres comme je le fais?

Je me souvins de l'admiration de Lhoris pour son pouvoir sur le bateau.

—Non, avouai-je.

— Crois-tu qu'une autre personne qu'un faë d'ombre puisse accomplir de telles prouesses?

Mais l'or?

—Pourquoi est-ce qu'il y a des runes d'or qui flottent autour de vous? Pourquoi cette blessure cache-t-elle de l'or?

Je levai le menton, pris une inspiration, essayant de lui montrer que je ne reculerai pas tant qu'il ne m'aurait pas donné une réponse.

Il siffla quelque chose dans l'ancienne langue, trop vite pour que je puisse suivre, puis ses épaules s'abaissèrent. Il se retourna, la lumière du feu accrochant son visage à ses mouvements.

— Assieds-toi. Par ici, où je n'aurai pas l'impression d'être un loup avec sa proie.

Me sentant faible à ces mots, je me mis à genoux et m'approchai de lui. Gardant une distance de quelques mètres entre nous, je m'assis sur mon derrière et remontai les genoux.

La colère dansait dans ses yeux. Son visage était à nouveau pâle, mais ce n'était plus la tapisserie de cicatrices de tout à l'heure. Je faillis lui demander ce que contenait la fiole et comment cela avait pu inverser si rapidement ce qui venait d'arriver à sa blessure, mais je me retins. La réponse que j'attendais de lui concernait les runes d'or.

— L'or, dis-je en fixant mes yeux sur les siens. Parlez-moi de l'or.

Son regard descendit sur sa poitrine, puis revint sur moi. Je vis son expression changer, passer d'une fureur tranquille à une tension résignée.

— J'ai été maudit, finit-il par dire.

CHAPITRE 6

REYNA

— Maudit ? Maudit comment ? Par un faë d'or ?

— Je n'ai nul besoin de t'en dire plus que je ne le souhaite. Je ne te fais pas confiance.

Ses yeux s'étrécirent, puis il reprit la parole.

— Tout ce que tu dois savoir, c'est que j'ai jusqu'à mon trentième anniversaire pour trouver un moyen de briser la malédiction.

Je le regardai en clignant des yeux. Les mots que sa mère avait prononcés dans ma vision me revinrent à l'esprit.

« *Assez de magie pour cinq ans. Tu dois trouver le bâton de brume avant ton trentième anniversaire.* »

Mon esprit s'agita.

J'en savais déjà plus que ce qu'il ne voulait que j'en sache. Je savais que, pour briser sa malédiction, il devait trouver un bâton de brume – quoi que ça puisse être.

Il avait dit dans la vision qu'il n'avait pas de magie

sans sa mère. Je jetai un coup d'œil à sa poitrine. Cela signifiait-il que cette malédiction lui avait enlevé sa magie et que sa mère lui avait donné la sienne à la place?

— Votre trentième anniversaire, marmonnai-je. C'est quand?

La lumière du feu se refléta sur son visage quand il se renfrogna.

— Dans deux mois. Quand la dernière rune d'or s'envolera de ma peau... Alors ce sera fini.

— Et... c'est pour cela que vous m'avez enlevée? Vous pensez que je peux vous aider à briser cette malédiction?

— Oui.

Je penchai la tête, essayant de reprendre le fil de mes pensées emmêlées.

— Je pensais que vous vouliez que je vous aide à renverser votre belle-mère, dis-je, tentant de lui donner un peu de vérité.

— Quand ma malédiction sera brisée, ce ne sera pas loin derrière.

— C'est ce qu'elle détient sur vous? Est-elle au courant de votre malédiction?

— Absolument pas, dit-il vivement. Le seul être vivant qui en ait connaissance, c'est Tait.

Ses yeux se portèrent sur la fiole, mais il n'en dit pas plus.

Le *filombre* lui avait donc donné ce qu'il y avait làdedans.

— Et ça? demandai-je en indiquant sa poitrine.

Il eut le regard noir.

— Comme je vous l'ai dit. J'ai utilisé trop de magie pour le bâton. Ça a explosé.

J'étais sûre qu'il y avait autre chose, mais j'acquiesçai.

— Pourquoi les runes sont-elles dorées ? C'est un faë d'or qui vous a maudit ? demandai-je à nouveau.

— Tu es obsédée par l'or, grogna-t-il.

Je levai les mains, le regard noir.

— Je suis *orfèvre*. À quoi vous vous attendiez ?

— Tu as l'or dans le sang, marmonna-t-il avec colère.

— Hé, je suis humaine. Il n'y a rien dans mon sang.

— Tu es marquée par les runes.

— Je suis humaine.

Il bougea ses énormes épaules alors qu'il me regardait fixement.

— Choisie par les dieux pour travailler avec la magie.

— Humaine, répétai-je à voix haute.

Il soutint mon regard de défi en silence.

Lorsqu'il devint évident qu'il ne dirait rien d'autre, je pris la parole.

— Alors, quelle est la malédiction ? Que se passe-t-il si vous ne la brisez pas ? Que faut-il faire pour la briser ?

— Tu n'as pas besoin de connaitre les réponses à ces questions. Seulement que la clé se trouve dans le sanctuaire. Nous devons retourner à la statue, et tu dois terminer ton travail dès que nous le pourrons.

Je déglutis maladroitement.

— J'ai cassé le bâton en or. Quand je suis tombée.

— Quoi ?

J'en sortis le bout de ma poche.

— Je l'ai accidentellement apporté.

Il regarda fixement le morceau d'or. Comme ma vision devenait floue, je le posai sur l'herbe.

— Il a l'air... réparé.

— Oh. Oui, j'ai fini de réparer la plume tordue.

— Et ? Y avait-il quelque chose de spécial ?

— Je ne crois pas.

Je regardai tour à tour lui et le pommeau du bâton, envahie par l'inquiétude.

— Écoutez, je veux bien l'examiner encore, mais pas maintenant. Travailler avec de l'or...

Il me coupa la parole.

— Quand tu seras reposée et ressourcée, nous retournerons au sanctuaire, tu répareras la statue et tu découvriras les secrets qu'elle renferme.

Avant que je puisse répondre, il émit un sifflement grave et Arthur releva la tête.

— Ma blessure me laisse un bref répit, et je souhaite en profiter. Reprenons notre route vers le palais, dit-il.

Chevaucher un ours géant dans une forêt de caverne en compagnie d'un Prince faë, ce n'était pas quelque chose que j'aurais jamais pu imaginer faire un jour. Mais je ne remarquais même pas la beauté éthérée qui nous entourait, mon esprit étant plutôt occupé à essayer de faire le tri dans ce que j'avais appris.

Le Prince Mazrith avait besoin de mon aide pour

lever une malédiction qui lui avait été jetée par un faë d'or.

À son insu, je savais aussi qu'il utilisait la magie de sa mère, et non la sienne.

Que se passerait-il s'il ne parvenait pas à briser cette malédiction ? Tomberait-il mort ? Ou perdrait-il simplement toute magie ? Je supposais que, pour l'héritier du trône de la Cour d'Ombre, perdre sa magie équivalait à mourir. Sa Cour n'accepterait pas un roi impuissant, pas plus que la Reine folle qui lui disputait le pouvoir.

Mes pensées glissèrent vers les cicatrices qui recouvraient son visage.

Les avait-il cachées avec de la magie ? Quoi que contienne cette fiole, cela les avait fait diminuer et lui avait redonné des forces, alors pourquoi n'en avait-il pas bu plus tôt ?

Je laissai échapper une longue expiration silencieuse, submergée par la confusion et une foule de nouvelles questions.

Le Prince était une énigme. Secrets et violence, pouvoir et magie.

C'était un faë de la famille royale de l'Ombre, un monstre funestement craint.

Mais il cachait ses blessures, croyait farouchement en l'honneur et vivait sous le coup d'une malédiction.

Je savais que je ne pouvais pas lui faire confiance.

Alors pourquoi, au nom de Freya, avais-je tant envie de le faire ?

Il fallut quelques heures pour arriver à l'autre bout de la forêt luisante, où Arthur commença à gravir une série de marches taillées dans la paroi rocheuse.

Je me surpris à m'assoupir fréquemment, bercée jusqu'au sommeil par le doux balancier de l'énorme créature.

Au bout de quelques heures, les marches s'aplanirent pour former une longue corniche qui donnait sur la forêt luisante, en contrebas. Un filet d'eau brillante se fraya un chemin sur notre chemin, le long du rocher.

— Veux-tu t'arrêter pour boire de l'eau ?

— Oui, dis-je, ayant besoin de me dégourdir les jambes et le dos.

Cependant, la douleur dans mon pied lorsque celui-ci toucha le sol fut suffisante pour me mettre à genoux, et une série de jurons vola de mes lèvres.

Mazrith descendit d'Arthur en un clin d'œil et s'age-nouilla devant moi.

— La morsure de serpent ?

— Oui, ça va, grognai-je, même si j'étais presque sûre que ça n'allait pas.

La douleur m'envahissait le tibia, d'une intensité qui me retournait l'estomac.

— Je vais te chercher de l'eau, grogna-t-il.

Je basculai sur mon derrière, en respirant profondé-ment et en essayant de me concentrer sur Mazrith en train de remplir la gourde plutôt que sur la douleur.

Ce qu'il y avait dans l'autre flacon fonctionnait visiblement encore, car il pouvait marcher et se pencher, ce dont il n'était pas du tout capable auparavant. Mais ses énormes épaules recouvertes de fourrure étaient tendues, et son corps maladroitement voûté.

Son visage exprimait la fureur à peine contenue lorsqu'il revint, et j'essayai de ne pas montrer ma nervosité.

— Je ne nous ralentirai pas, si c'est ce qui vous fâche, soufflai-je en lui prenant la flasque. J'ai juste besoin d'une minute.

— Je suis en colère contre la personne qui t'a fait ça, siffla-t-il. Le pouvoir de tous les anciens dieux réunis ne la sauvera pas de ma colère quand je la retrouverai.

Je levai les yeux vers lui.

— Pourquoi ?

Le mot sortit de ma bouche avant que je ne puisse le retenir.

— Parce que…, dit-il, avant de s'interrompre, son expression changeant.

La fureur brute céda la place à une froide maîtrise.

— J'ai besoin de toi pour briser ma malédiction.

Quelque chose papillonna désagréablement dans mon estomac.

— Bien sûr.

Je bus lentement à la gourde.

— Des hordes d'Affamés comme ça, c'est normal à la Cour d'Ombre ? demandai-je, essayant de rompre le silence gênant.

— Ce sont des vermines, siffla-t-il, le visage plus sombre. Tu m'insultes en suggérant qu'ils sont les bienvenus à ma Cour.

Je levai une main dans un geste défensif.

— Je ne sais rien de votre Cour.

— Tu l'as fait clairement comprendre depuis ton arrivée, dit-il à voix basse. Il est bon de t'entendre enfin l'admettre.

Je lui lançai un regard noir.

— Ce n'est pas ce que je voulais dire, et vous le savez.

Il haussa un sourcil.

— Mais c'est vrai. Tout ce que tu sais, ce sont rumeurs et calomnies de notre plus vieil ennemi.

— Il n'y a pas qu'à la Cour d'Or qu'on vous déteste. Votre Cour terrorise continuellement les Cours de Glace, de Feu et de Terre.

— Et je suppose que tu as entendu cela de la bouche d'un faë d'or ?

Le visage de Mazrith était figé comme de la pierre, la colère étincelant dans ses yeux.

— Oui.

— Ont-ils également dit que les puissants faës d'or étaient les seuls que *nous* craignions ?

— Oui, répondis-je, moins sûre de moi lorsque je me souvins de la carte qu'Ellisar avait sortie sur le bateau.

Une carte qui, contrairement à celles de la Cour d'Or, montrait les cinq Cours de taille égale, plutôt que l'énorme Cour d'Or au milieu. Et qui montrait des parties environnantes d'*Yggdrasil* que les cartes de la Cour d'Or avaient ignorées.

Je déglutis difficilement. Était-il possible que la Cour d'Or ait menti au sujet de la Cour d'Ombre pendant toutes ces années ?

Mais la magie des faës d'ombre était de contrôler les esprits. *D'induire la peur.* Des images de la Reine avec ses yeux rouges et ses dents noires me suffirent pour secouer la tête.

— Il y a des corps suspendus au plafond dans votre palais, et je les ai vus moi-même.

Le Prince me lâcha du regard.

Les faës d'ombre étaient l'incarnation littérale des ténèbres, et tous les humains tués lors de leurs raids au cours de ma vie n'étaient pas des mensonges.

Qu'ils soient d'or ou d'ombre, c'étaient tous des faës. Ce qui signifiait qu'ils étaient tous des monstres avides et cruels.

CHAPITRE 7

REYNA

Le silence s'installa à nouveau, encore plus gênant qu'auparavant.

— Voror a dit que la créature qui avait chanté cette horrible chanson était une Ancienne, dis-je, ramenant le sujet sur les Affamés.

— Oui. J'aimerais bien savoir comment elle a pu entrer dans ma Cour, grogna Mazrith.

— Les Anciens sont-ils vraiment le clan originel que les Dieux ont puni ?

Il acquiesça.

— Quand les dieux ont-ils disparu ?

Il fronça les sourcils.

— Comment se fait-il que tu ne connaisses pas les réponses à ces questions ?

Je pouffai.

— Je suis une thrall.

Il me regarda fixement, attendant que j'en dise plus.

— Je n'ai pas eu de leçons d'histoire quand j'étais petite.

— Alors, tu es plus savante que tu ne devrais l'être. Tu m'as donné l'impression d'être une personne instruite.

Je sentis mes joues chauffer.

— J'ai eu de la chance.

Il me regarda une seconde, puis parla.

— Les dieux sont partis il y a six cents ans. Ils ont emmené les hauts faës et les nains, et ils ont laissé les Affamés derrière eux. Personne ne sait pourquoi ils sont partis.

— Les nains ont vraiment existé ?

— Le meilleur ami de mon grand-père était un nain.

Je penchai la tête.

— Quel âge avez-vous ?

— Comme je te l'ai déjà dit, trente ans dans deux mois.

Je fronçai les sourcils.

— Mais votre grand-père était vivant il y a six cents ans ?

— Les faës vivent longtemps.

Je le savais, bien sûr. Mais je n'avais jamais vraiment pensé à ce que cela faisait de vivre aussi longtemps.

— Quel âge avait votre père quand il est mort ?

Un éclair de colère passa sur la figure de Mazrith à la mention de son père.

— Assez de questions. Nous devons passer à autre chose.

Je me morigénai en gardant une expression neutre. Je l'avais poussé trop loin.

— Y a-t-il quelque chose à manger dans cette montagne ? demandai-je en me levant doucement.

Il agrippa ma main dans la sienne, m'aidant à me relever, et un frisson de quelque chose passa entre lui et moi. Nous nous figeâmes tous les deux, et deux runes d'or s'envolèrent de son poignet.

Je n'eus pas le temps de lui demander ce qui venait de se passer. Il lâcha ma main comme si elle était en feu et se retourna vers Arthur.

— Ici, mon garçon, marmonna-t-il.

L'ours arriva à ses côtés, s'abaissant jusqu'au sol. J'ouvris la bouche pour parler, mais Mazrith me coupa la parole, grimpant sur le dos d'Arthur pendant qu'il parlait.

— Il y a beaucoup de proies comestibles dans la montagne, mais nous ne sommes pas en mesure d'attraper quoi que ce soit. Nous devons retourner au palais.

Il soutint mon regard pendant un moment, et mon cœur rata un battement dans ma poitrine. Une tresse sombre tomba sur son visage quand Arthur bougea.

Il était beau.

D'une beauté maudite, d'une puissance féroce, même avec le trou noir fissuré dans sa poitrine.

— Reyna, nous devons retourner au palais. Maintenant.

Savait-il à quoi je pensais ? L'avais-je regardé comme une adolescente amoureuse ? Par le destin, j'espérais que non.

Je secouai la tête, essayant d'éclaircir ce qui embrouillait mes pensées, et me hissai sur le dos d'Arthur, repoussant la main que le Prince me tendait à contrecœur. Mazrith avait raison, nous devions retourner au palais.

J'avais besoin de lui fausser compagnie assez longtemps pour me remettre les idées en place. Nous devions sortir de cette montagne.

~

— Reyna ?

Je me réveillai en sursaut à cette voix, ne sachant pas si elle était réelle ou dans un rêve. Je me rendis compte que je m'étais affalée vers l'avant, sur le dos du Prince, profondément endormie.

Je clignai de mes yeux vaseux en regardant autour de moi. Arthur montait toujours l'escalier en colimaçon dans la roche, mais le chemin était plus large et moins escarpé. De petites grottes parsemaient la paroi rocheuse sur notre gauche, et la droite était une chute abrupte.

Je me décollai du dos de Mazrith.

Je me sentais malade, réalisai-je en bougeant doucement la tête. Mon mal de tête était probablement dû à la soif, mais lorsque je pensai à boire ou à manger quelque chose, mon estomac se retourna.

— Reyna.

La voix me parvient à nouveau, à l'intérieur de ma tête.

— Voror ?

— Il y a quelque chose qui approche.

La peur me saisit instantanément.

— Les Affamés ?

— Non. Ce sont des créatures de la Cour d'Ombre. Je n'en avais jamais vu auparavant, mais elles n'ont pas l'air amicales. Elles se dirigent vers le chemin qui mène à vous.

— Mazrith, sifflai-je en tapant dans le dos du Prince.

Lentement, le Prince glissa de côté sur le dos de l'ours.

Je poussai un juron, essayant de l'attraper. Mais il était trop lourd – un poids mort. Un cri s'échappa de mes lèvres tandis qu'il s'écrasait au sol, sa tête rebondissant durement contre le sol rocailleux.

— Arthur, arrête !

L'ours s'exécuta, et je glissai de son dos, en prenant soin de ne pas toucher le sol avec mon pied blessé.

Le vertige m'envahit, et je fus obligée de m'arrêter et de m'appuyer sur l'ours en aspirant de l'air.

— Mazrith, gémis-je.

Quand s'était-il évanoui ? C'était un miracle que nous soyons restés aussi longtemps sur l'ours.

Arthur poussa un faible grognement, ses runes brillant de mille feux.

Un autre grognement jaillit de l'obscurité en réponse.

— Ohh par le destin, murmurai-je.

Je me décollai d'Arthur pour me diriger vers le Prince.

Voror apparut en piqué et se posa à côté de lui.

— C'est une longue chute, sans eau au fond. Fais attention, dit-il.

Je fis rouler le Prince, grimaçant à la vue du sang sur sa tempe, et j'attrapai la flasque de liquide à l'odeur dégoûtante.

Arthur rugit, et je levai les yeux de la ceinture du Prince.

Mes entrailles se refroidirent, un nouveau vertige s'emparant de moi.

Deux énormes créatures ressemblant à des loups se dirigeaient vers l'ours, au détour du sentier. Elles étaient d'un noir d'encre, à l'exception de leurs yeux rouges brillants et de leurs dents blanches étincelantes. Des volutes d'ombre ondulaient sur leur longue fourrure, leur donnant l'air de ne pas être solides, de sortir d'un rêve. Ou d'un cauchemar.

— Bouclier ! criai-je à moitié à Arthur.

Mais les runes ne jaillirent pas de sa fourrure comme la dernière fois. En fait, leur éclat diminuait.

— L'énergie de l'ours est épuisée. Il a voyagé pendant deux jours avec un lourd fardeau, dit Voror.

— Putain.

Je retournai à la ceinture de Mazrith et sortis la flasque d'une pochette. Je ressentis le même malaise profond que la dernière fois que j'avais manipulé ce flacon.

Un claquement me fit tourner la tête.

Voror était dans les airs, battant des ailes face à un

troisième loup que je n'avais pas remarqué et qui avait contourné Arthur pour se diriger tout droit vers moi et le Prince.

Le loup sursauta et se retourna, claquant de ses mâchoires mortelles vers le hibou.

— Fiche-lui la paix ! criai-je, cherchant quelque chose à utiliser comme arme.

Trouvant un rocher, je le lançai sur le loup, le touchant de plein fouet au ventre. Il recula en montrant les dents.

Arthur tournait en rond avec les deux autres, essayant de se maintenir entre eux et nous.

Voror s'élança à nouveau tandis que le troisième m'attaquait. La bête fouetta de la queue, frappant Voror et l'envoyant valser.

Le loup se jeta sur moi.

Je me jetai au sol alors qu'il bondissait, la flasque m'échappant de la main. Je donnai un grand coup de pied avec ma jambe valide au moment où il m'atteignait, le heurtant dans les airs. Il glapit bruyamment en s'écrasant sur le flanc d'Arthur, et l'ours se retourna sous l'effet de la surprise. C'était la distraction dont les deux autres avaient besoin. Comme un seul loup, ils s'élancèrent.

CHAPITRE 8

REYNA

— Arthur ! Voror !

J'essayai de me relever, mais le troisième loup était de nouveau sur ses quatre pattes, à claquer des mâchoires dans ma direction. La prudence le tenait à distance, mais je ne savais pas pour combien de temps.

— Mon aile est abîmée. Je ne suis pas sûr de pouvoir aider, me parvint la voix du hibou.

Je n'eus pas le temps de ressentir du soulagement à le savoir en vie, car je vis Arthur essayer désespérément de se débarrasser des deux loups implacables.

La culpabilité m'envahit. C'était moi qui avais donné à ces choses l'occasion d'attaquer. L'ours nous avait transportés sans nourriture ni repos. C'était notre faute s'il ne pouvait pas se défendre.

Au loin, un nouveau bruit parvint à mes oreilles. J'aspirai un souffle tremblant, aux aguets.

— Voror, tu entends ça ?

— Oui. Des chevaux.

Je n'aurais jamais imaginé être heureuse de voir de la magie d'ombre. Mais quand un ruban noir surgit pour frapper de plein fouet l'un des loups qui tentaient d'arracher des lambeaux de chair du dos d'Arthur, j'en fus tout étourdie de soulagement.

Frima et Svangrior apparurent au galop au virage au-dessus de nous, fouettés par des ombres.

Je vis de la peur dans les yeux du loup avant qu'il ne replie la queue entre ses pattes et ne se retourne pour prendre la fuite. Je me mis à genoux, rampant jusqu'à Arthur.

— Hé, mon garçon, tu t'es bien débrouillé, croassai-je, en essayant d'examiner son corps massif à la recherche d'une blessure grave.

Frima et Svangrior sautèrent en même temps de leurs montures, Frima se précipitant vers le Prince. Svangrior s'approcha de moi, les yeux brillants.

— Qu'est-ce qui s'est passé ? demanda Frima en s'agenouillant à côté de Mazrith.

Je commençai à lui répondre, mais un nouveau vertige me fit basculer sur le côté. Svangrior me rattrapa brutalement.

— Nous devons les ramener au palais. Tout de suite.

— Au palais, marmonnai-je. Oui. Au palais.

J'avais tenu bon par pur instinct de survie, mais la responsabilité de nous garder en vie, moi et le Prince, m'ayant été retirée des épaules, mes facultés m'abandonnèrent également. L'épuisement prit le dessus.

J'étais à peine consciente de ce qui se passait lorsque Mazrith et moi fûmes chargés sur les chevaux. Svangrior me dit qu'Arthur n'était pas gravement blessé et qu'il nous suivait, et Voror ne cessa de m'assurer qu'il était en sécurité, mais au-delà de ça, j'étais trop fatiguée, confuse et souffrante pour me soucier de quoi que ce soit d'autre.

Nous n'étions pas en train de nous faire dévorer par des loups de l'ombre. Nous étions en route pour trouver de l'aide. C'était suffisant.

Je m'endormis par intermittence pendant que nous chevauchions, drapée sur le cheval de Frima comme une sorte de cerf pour le dîner, mais je ne risquais pas de tomber.

Je fus vaguement consciente d'entrer dans une grotte avec une porte secrète comme j'en avais déjà vu, puis d'être transférée du cheval à un petit chariot de nourriture. Des rideaux tombèrent de part et d'autre de moi, de sorte que je ne pouvais pas voir à l'extérieur. La panique tenta brièvement de s'emparer de moi, mais elle s'effaça au profit d'une fatigue profonde. Ces faës ne me feraient pas de mal, je le savais. Ils étaient loyaux envers leur Prince, et il leur avait ordonné de me protéger.

Lorsque le chariot s'arrêta et qu'on releva les rideaux, je vis Ellisar soulever le corps immobile du Prince d'un autre chariot et le déposer sur l'épais tapis de fourrure qui recouvrait le plancher sombre.

— Est-il…

— Il est vivant, dit Frima, avant de s'accroupir et de m'aider à descendre de mon propre chariot.

Mon pied me lâcha instantanément, et je tombai à genoux.

— Brynja, aboya Frima, puis elle se dirigea vers le Prince.

Tait, le *filombre*, était penché sur lui, à marmonner rapidement.

La femme de chambre s'accroupit et passa un bras sous le mien. Elle m'aida à m'asseoir dans le grand fauteuil rembourré.

— Sommes-nous dans les appartements du Prince ? marmonnai-je, clignant des yeux pour regarder autour de moi, essayant de me concentrer.

— La Suite du Serpent, oui.

Je reconnaissais la couleur du mur, pensai-je faiblement. Une porte près de la cheminée s'ouvrit, et je vis le visage de Kara, Lhoris juste derrière elle.

— Qu'est-ce que…, commençai-je.

La jeune fille se précipita vers moi, se jetant sur mes genoux pour me serrer dans ses bras. Des larmes de douleur me piquèrent les yeux, mais cela ne m'empêcha pas de me délecter de sa présence incroyablement bienvenue.

— Reyna, que s'est-il passé, au nom d'Odin ?

Le choc de voir mes amis me donna de la force, et je me redressai sur la chaise.

— C'est juste mon pied. La morsure de serpent. Et je suis très fatiguée et j'ai faim.

Kara frémit lorsque Lhoris nous rejoignit.

— Brynja nous a parlé du serpent, dit-il. Je suis heureux de te voir en sécurité. Mais je ne suis pas sûr que tu ailles bien.

Il fronça les sourcils tout en me regardant, de l'inquiétude dans ses yeux sombres.

La voix de Voror résonna dans mon esprit.

— Je suis dans les combles. Mon aile va guérir, mais je dois me reposer ici pour l'instant. Et je suis d'accord avec le barbu. Tu as le teint vert. Je n'avais jamais vu un humain au teint vert, dit-il.

— Vert ? répétai-je en regardant Kara. Je suis verte ?

Elle se mordit la lèvre, puis acquiesça.

— Je dirais que c'est un peu vert, oui.

Elle baissa les yeux vers mes pieds.

— Nous devrions probablement jeter un coup d'œil.

— Très bien. Que faites-vous ici ?

Kara regarda Brynja, puis les faës rassemblés autour de Mazrith.

— Je ne sais pas. Ils nous ont amenés ici hier, et quelqu'un nous garde depuis.

Je remarquai qu'elle avait des poches sous ses yeux habituellement brillants.

— Nous les avons entendus parler de la disparition du Prince et de la tienne.

Lhoris parla gravement :

— Je pense qu'en ton absence, les guerriers du Prince ont voulu surveiller leur moyen de pression sur toi, en toute sécurité, sous leurs yeux.

Et à l'abri de l'appétit cruel de la Reine tant que Mazrith n'était pas là pour les protéger.

— Où étais-tu ? Que s'est-il passé ? me demanda mon mentor calmement.

— Je ne peux pas vous le dire maintenant, répondis-je en chuchotant.

— Reyna, il faut qu'on examine ton pied pour s'assurer que ta blessure n'est pas infectée, dit Kara.

Je pouvais entendre le doute dans sa voix, et entre la douleur, le vertige et la nausée, je ne pouvais pas m'empêcher d'être d'accord avec elle.

— Brynja, apporte de l'eau chaude tout de suite, appela Frima.

La servante me fit un sourire encourageant avant de s'éloigner en vitesse.

J'adressai un signe de tête à Kara.

— Finissons-en.

— D'accord. Dis-nous tout ce que tu peux. Cela pourrait te distraire de la douleur, dit-elle avec appréhension, en s'asseyant et en tendant la main vers ma botte, avant de s'arrêter. C'est quel côté ?

Je fis un geste vers le pied blessé, puis je pris une grande inspiration.

— Donc, quelqu'un a essayé de me tuer. Deux fois, en fait, commençai-je en jetant un regard suspicieux aux guerriers faës. La première fois, avec un serpent.

Kara délaça doucement ma botte pendant que je parlais, et je ne fis qu'une légère grimace à cause de la douleur.

— Euh, Reyna, il va falloir couper.

— Quoi ?

— Ta botte, pas ton pied, s'exclama-t-elle, alarmée.

Je lui jetai un regard.

— Mais j'ai besoin de mes bottes. Tu ne peux pas m'en couper une.

— Eh bien, je ne vais pas pouvoir te l'enlever.

À contrecœur, je baissai les yeux.

Elle avait raison.

Ma cheville était tellement enflée qu'il n'*y* avait aucune chance de retirer ma botte. Pire, la peau de ma jambe était verte. Pas d'un vert pâle et maladif comme j'imaginais ma figure, mais vraiment verte, comme une grenouille.

Nous restâmes tous muets pendant un moment.

— Tu as été mordue par quel type de serpent ? finit par demander Lhoris.

— Je ne sais pas. Je n'ai pas demandé.

Kara fronça les sourcils.

— Qui n'aurait pas posé cette question ?

— Quelqu'un de terrifié à l'idée qu'un prince faë contrôle son esprit, murmurai-je.

Des voix s'élevèrent parmi les faës, puis celle de Mazrith résonna dans la pièce.

— Je vous ai dit de vous occuper d'*elle*, maintenant !

Tout le monde se tut, puis il y eut une agitation croissante : Frima, Brynja et Tait se dirigèrent tous vers moi.

— Je vais bien..., commençai-je à dire.

Mais la voix de Kara, habituellement petite, fut assez forte pour me couper la parole :

— Je pense que la morsure de serpent est infectée. Elle a besoin d'aide.

Je lui jetai une œillade noire, mais elle soutint mon regard.

Le sourire compatissant de Brynja se transforma rapidement en grimace de dégoût lorsqu'elle vit mon pied botté.

— Oh, par le destin, ça n'a pas l'air…

Elle s'interrompit, puis s'accroupit à côté de Kara.

Frima se pencha, un couteau à la main.

— Je vais découper ta botte. Cela va faire mal, mais je t'assure que je ne te toucherai pas avec ma lame.

À ma grande surprise, son ton neutre m'apaisa, et j'acquiesçai.

— Tait, donne-lui quelque chose pour la douleur.

— N'envisage même pas de refuser, me siffla Kara.

Je lui adressai un sourire bref.

— Je suis peut-être difficile à vivre, mais je ne suis pas une *heimskr*, lui dis-je. Je prendrai tout ce qu'ils me donneront.

Tait fouilla dans l'une des dix poches de sa ceinture, puis me tendit une petite fiole contenant un liquide couleur miel. Je reniflai.

De l'hydromel, et quelque chose d'autre. Quelque chose de plus fort.

Une vague de douleur se propagea dans mon tibia, me coupant le souffle, et je me renversai dans le gosier ce qu'il y avait dans la fiole.

— Par le corbeau d'Odin, c'est bon, sifflai-je alors que quelque chose d'incandescent me brûlait l'œsophage.

— Allez-y, maintenant, dit Tait d'une voix serrée.

Frima s'anima, sa lame tranchant le cuir dur de ma botte.

Une sensation de chaleur m'envahit et effaça la majeure partie de la douleur.

Je me forçai à regarder la botte tomber en lambeaux.

— Je dirais que c'est infecté, dis-je d'un air détaché.

Je n'avais plus vraiment l'impression que c'était mon pied. Ça ne ressemblait certainement plus à mon pied.

C'était vert, énorme, avec deux méchantes marques noires là où les crocs du serpent m'avaient transpercé la peau.

Frima s'assit sur ses talons, regarda Tait, puis Mazrith.

— C'est grave ? entendis-je le Prince demander.

Elle marqua une pause avant de répondre.

— Ce n'est pas bon.

— Tait, guéris-lui le pied avant de toucher à mon bâton, aboya le Prince.

— Mais... vous avez un méchant trou noir dans la poitrine qui vous fait perdre connaissance tout le temps, dis-je doucement, alors qu'un bourdonnement agréable commençait à se faire entendre dans ma tête, chassant le mal de crâne. Vous devriez régler ça d'abord.

Tait me fixa en clignant des yeux.

— Mazrith m'a dit que vous aviez les morceaux de son bâton ? me demanda-t-il doucement.

— Oui, mais il y a un trou, maintenant. J'en ai raté des morceaux.

Mon estomac se retourna, et un éclair de douleur me crispa tout le corps.

— Je me sens malade, dis-je à voix basse, alors qu'une nouvelle douleur me frappait à l'arrière du crâne et me faisait voir flou.

Tait se tourna vers le Prince.

— Je pense que nous devrions peut-être l'endormir.

Un frisson d'alarme tenta de se manifester à travers mes pensées brumeuses, mais une pression apaisante de Kara sur mon bras me fit l'ignorer.

— On ne te quittera pas, murmura-t-elle.

Je haussai les épaules.

— Le Prince me veut vivante. Il a besoin de moi.

Kara haussa un sourcil interrogateur, mais Tait passa devant elle pour me donner une nouvelle fiole.

— Je crains que ceci ne soit pas aussi agréable, s'excusa-t-il.

La douleur me remontait à nouveau du pied, et je lui pris le médicament.

— Est-ce que ça va arrêter cette douleur ?

— Oui. Vous serez inconsciente et vous ne sentirez rien, tandis que...

Il marqua une pause et se tourna vers le groupe improbable dans la pièce.

— Pendant que l'un d'entre nous, Odin seul sait qui, essaiera de résoudre ce problème.

L'inconscience semble infiniment préférable à la migraine, à la nausée et à la douleur.

Et je savais qu'il me protégerait.

Je vidai la fiole et me laissai emporter dans le noir.

CHAPITRE 9

REYNA

Lorsque je me réveillai, je n'avais plus du tout mal à la tête. Et je n'avais pas mal au pied. Il me fallut beaucoup de temps pour me forcer à ouvrir les yeux, cependant.

Quand j'y parvins enfin, je vis que j'étais toujours dans les appartements du Prince. En fait, j'étais dans son lit. Encore une fois.

En gémissant, je roulai en position assise. *Il faut que tu arrêtes d'en faire une habitude, Reyna, il va penser que tu as envie d'être dans son lit.*

Chassant des souvenirs du rêve induit par le vin faë qui accompagnaient cette pensée, je repoussai les couvertures, notant que je semblais porter une chemise d'homme beaucoup trop grande pour moi, mais qui préservait ma pudeur.

Je baissai les yeux vers mon pied avec appréhension, les tripes serrées.

Il était bandé avec de la gaze blanche et propre,

jusqu'à mi-tibia. La peau au bord du bandage était d'une couleur normale, ce qui était une bonne chose. Je tapotai dessus avec hésitation.

Ça allait bien.

– Tu es réveillée.

La voix du Prince me fit relever la tête d'un coup sec. Il se tenait dans l'embrasure de la porte, appuyé contre le chambranle.

— Oui.

— Tait ! appela-t-il.

Le *filombre* apparut à ses côtés, Kara non loin sur ses talons.

— Comment vous sentez-vous ? demanda Tait en s'approchant de moi et en se penchant sur mon pied.

— Bien. Qu'avez-vous fait ?

— Pas moi, madame, dit-il en secouant la tête. Je fabrique des potions et je file les ombres, je ne fais pas..., dit-il en regardant Kara avec insistance,... d'opérations chirurgicales.

Je regardai ma protégée, les sourcils froncés.

— Ellisar a aussi aidé, dit-elle en rougissant. Mais il s'est trouvé que les livres que j'avais lus sur le venin étaient très utiles. Et le père d'Ellisar était un guérisseur d'animaux.

— Un guérisseur d'animaux ?

Elle fronça les sourcils, inquiète.

— Oui, tu sais, son travail consiste à...

— Oui, je sais ce que c'est, c'est juste que...

Je m'interrompis, secouant la tête.

— Est-ce que ça va guérir ?

Son sourire n'atteignait pas tout à fait ses yeux.

— C'est possible.

— C'est vrai.

— Pour l'instant, nous pensons avoir absorbé le venin et nous avons essayé de traiter l'infection avec des potions de Tait.

La voix grave de Mazrith attira tous les regards.

— Dès que je pourrai faire venir un guérisseur de confiance de la Cour, ce sera fait. Mais avec la Reine qui soupçonne ma faiblesse, et les nombreuses menaces qui pèsent déjà sur ta vie, je ne fais confiance à personne pour l'instant.

— Si nous pouvions trouver un guérisseur digne de confiance, il faudrait qu'il s'occupe de vous, marmonna Tait en regardant le Prince avant de se retourner vers moi.

— Vous avez besoin de quelque chose ? Vous avez mal ?

— Non, répondis-je. J'ai juste faim.

Il acquiesça.

— Bien. Alors, il faut que je retourne à mon travail sur le bâton avant que l'hydromel ne perde ses effets sur le Prince faë le plus têtu du monde.

Il jeta un regard à Mazrith, puis quitta précipitamment la pièce.

Brynja entra une seconde plus tard, tenant un plateau recouvert de pain et de charcuterie, ainsi qu'un grand verre de ce que j'espérai être de l'hydromel.

— Madame, dit-elle en les posant, jetant un regard

nerveux au Prince, toujours dans l'embrasure de la porte. Faites-moi savoir si vous en voulez plus.

Elle s'empressa de partir avant que je puisse la remercier.

— Kara, va avec elle, dit Mazrith.

J'ouvris la bouche pour protester, mais son regard fermait la porte à toute discussion. Kara déposa un baiser rapide sur ma joue, puis quitta la pièce. Il entra, refermant la porte derrière lui.

— Qu'est-ce que vous faites ?

— Nous devons parler. Mange d'abord.

Lentement, il s'installa dans le grand fauteuil près de la cheminée, au bout de l'énorme lit à baldaquin. Il y avait des corbeaux brodés sur les gros coussins. Une porte à sa gauche était entrouverte, et je supposai qu'il s'agissait d'une salle de bain.

Fixant ses yeux sur moi, Mazrith croisa les bras.

— Je ne peux pas manger si vous me regardez comme ça.

— Tu as besoin de manger. Tu es faible.

— Vous savez parler aux femmes, dis-je. Arrêtez de me regarder.

— Bon.

Il se tourna vers le feu, et j'enfournai des tranches de jambon dans ma bouche.

— Tu souffres ?

Sa voix était si douce que je l'entendis à peine.

— Non. Et vous ?

Il continua de fixer le feu.

— Oui.

— Oh.

— Mais Tait réparera mon bâton ce soir, et je pourrai alors inverser une partie des dégâts.

— C'est vrai.

— Je…, commença-t-il avant de s'arrêter, en se tortillant sur la chaise noire.

Lâchant le morceau de pain que je tenais, je choisis une tranche de bœuf rôti.

— Vous quoi ?

Il se tourna vers moi, et je perçus dans ses yeux une émotion inattendue.

— Je veux dire que je ne savais pas que tu souffrais autant.

Je reposai maladroitement la viande dans l'assiette et resserrai l'enchevêtrement de couvertures autour de moi.

— Ce n'est rien, lui dis-je.

— Ce n'est pas rien. Je découvrirai qui a mis ce serpent dans ta chambre à coucher et je le mettrai en pièces à mains nues. Les ombres seraient trop douces.

Une rage féroce brillait dans ses yeux, et je dus me rappeler qu'il n'avait pas de magie. Tout ce pouvoir venait de lui.

J'entrouvris les lèvres, sur le point de lui dire qu'il n'avait pas besoin d'être aussi protecteur avec ses jouets, mais la réplique ne vint jamais.

Pourquoi était-il si en colère parce que j'avais été blessée ?

Parce qu'il avait besoin de moi pour lui sauver la vie ?

Ou y avait-il autre chose ? Est-ce que je *voulais* croire qu'il y avait autre chose ?

— Il y a à peine quelques jours, vous me menaciez de faire des choses tout aussi terribles à mes seuls amis, dis-je à voix basse, autant pour me le rappeler à moi-même qu'à lui.

— C'était le seul moyen de te rallier à ma cause. De faire en sorte que tu acceptes de te lier à moi.

Je levai la main, la rune de ligature noire brûlée sur ma peau.

— Alors, vous ne leur auriez pas fait de mal ? C'était du bluff ? demandai-je en laissant la dérision empoisonner ma voix. C'est des foutaises. Vous avez pris ce que vous vouliez, par la menace et la force.

— Comme on peut s'y attendre venant de mon peuple, grogna-t-il.

— Exactement.

Cherchant ma résolution, je me répétai que c'était vrai. La menace et la force. Les secrets et la violence. C'était son monde.

Mais en plongeant le regard dans ces beaux yeux intenses, je n'y croyais pas tout à fait.

Aurait-il vraiment tué Kara et Lhoris ?

Je me surpris à repenser au jour où il avait fait irruption dans l'atelier du palais d'or, son masque de crâne scintillant sur le visage. Il avait semblé tout à fait capable de les égorger, comme il avait menacé de le faire.

— La bague, dit-il brusquement.

— Quoi ?

— La bague de fiançailles du serpent. Elle contient ma magie. C'est ainsi que j'ai su où tu étais lorsque tu es sortie du palais.

Je clignai des yeux, l'esprit en ébullition. J'avais mis la bague dans ma poche au cas où il aurait fallu que je la porte au palais, et elle y était restée depuis.

J'eus une épiphanie. Si je m'étais échappée, il m'aurait retrouvée instantanément.

Un sentiment insidieux de trahison et de colère monta dans ma poitrine et, pendant un instant, je crus sentir la rune de ligature brûler sur ma main.

La liberté était vraiment un rêve perdu depuis longtemps.

Mon visage se durcit.

— J'ai besoin que tu termines ton travail dans le sanctuaire. Dès que possible. Et j'ai besoin de ta parole que tu ne parleras à personne de ma malédiction.

J'acquiesçai, ne me sentant pas capable de parler. Il continua à me fixer.

— Ta parole, Reyna, finit-il par dire.

— Sur Odin, grinçai-je.

Je le pensais vraiment. Je ne parlerais à personne de sa malédiction. Mais je ferais tout ce qui était en mon pouvoir pour en savoir plus. C'était peut-être la seule chose qui puisse me sauver.

CHAPITRE 10
MAZRITH

Je savais qu'elle serait en colère à propos de la bague. La liberté était ce qu'elle désirait au plus profond de son cœur, je l'avais vu.

La liberté.

Quelque chose qu'elle, et moi, ne connaitrions jamais.

Elle pensait en savoir plus sur moi maintenant. Elle pensait être en train de découvrir mes secrets. Comme elle se trompait.

Ses yeux verts féroces soutenaient les miens, et plus je les fixais, plus je m'émerveillais. Comment une femme humaine, ostracisée et abusée toute sa vie, pouvait-elle encore brûler d'un tel feu ?

Tu le savais, Mazrith. La voix de ma mère résonna dans mon esprit. *Tu savais que cela arriverait.*

C'était vrai, bien sûr. Je savais que si je la trouvais, elle mettrait tout à l'épreuve. Tout mon être.

L'orfèvre aux cheveux de cuivre.

L'outil de mon ennemi.

La hantise de mes rêves.

Elle était dangereuse. Elle ne le savait pas, mais elle avait le pouvoir de tout changer. Le destin d'*Yggdrasil*.

Une profonde nostalgie s'enroula dans mes tripes, si puissante qu'elle me brisa presque. Je voulais qu'elle sache ce qu'elle était. Je voulais qu'elle ressente le vrai pouvoir. Qu'elle prenne sa revanche sur ceux qui lui avaient fait du tort.

Non.

Contrôle-la. Qu'elle soit à tes côtés, mais qu'elle ne puisse jamais voir en toi. Elle est la clé.

J'étais allé trop loin le soir du bal. Cette maudite robe, son beau corps pressé contre le mien. Tous les hommes qui la regardaient fixement, laissant libre cours à toutes leurs pensées, c'en avait été trop. J'avais failli prendre un chemin dont je n'aurais pas pu revenir.

Et maintenant, j'avais encore laissé transparaître mes émotions. Je l'avais laissée voir la rage qui m'envahissait à l'idée que quelqu'un puisse lui faire du mal.

C'est pourquoi elle devait savoir à propos de la bague. C'est pourquoi j'avais besoin qu'elle me regarde avec haine maintenant, qu'elle complote derrière ces yeux brillants et provocateurs. Ces putains de beaux yeux.

Je ne pouvais pas être faible. *Odin, aidez-moi à rester fort. Mère, aidez-moi à rester fort.*

REYNA

— Il faut que je me repose, maintenant. Tu devrais faire de même.

Sa voix était aussi tendue que je me sentais.

— Vous pouvez reprendre votre lit, dis-je en me déplaçant sur le côté du matelas.

— Non.

— Je n'en veux pas.

Nous nous regardâmes dans les yeux, et je savais que ma colère transparaissait dans mon expression. Je ne fis rien pour la masquer.

— Tu as besoin de te reposer, dit-il.

— Je suis restée inconsciente pendant des heures. Je ne veux pas dormir.

C'était vrai. Aussi vrai que le fait que je ne voulais plus être dans son lit.

Une autre minute s'écoula en silence, puis il haussa légèrement ses énormes épaules.

— Très bien. Ellisar !

La porte s'ouvrit immédiatement en grinçant, et l'énorme guerrier passa la tête.

— Maz ?

— Envoie quelqu'un pour l'aider à s'habiller, dit-il en me désignant d'un signe de tête, puis en quittant la pièce d'un pas raide.

— Je peux m'habiller toute seule, dis-je, avant de me rappeler que je n'étais pas dans ma propre chambre et que je n'avais donc pas mes vêtements à disposition. Si quelqu'un a quelque chose que je puisse porter.

Ellisar me décocha un sourire, puis s'éloigna. Brynja arriva quelques instants plus tard avec une chemise de nuit propre et une simple robe verte. J'essayai de la convaincre que je pouvais me préparer moi-même, mais elle insista pour m'aider. Je lui demandai donc de m'aider à coiffer mes cheveux du bandeau enchanté, ainsi que de la plume de Voror.

— Qui, euh, m'a donné un bain ? lui demandai-je maladroitement alors qu'elle tripotait mes cheveux.

Elle me pressa l'épaule d'un air rassurant.

— Moi-même et Kara. Votre pudeur a été préservée, madame. Voilà, vous êtes prête, maintenant.

— Merci, dis-je alors qu'elle sortait. Tu peux dire au Prince que je serai dehors dans quelques minutes, et que je lui laisse la chambre ?

Elle s'inclina et quitta la pièce.

— Voror ? chuchotai-je dès qu'elle fut partie.

— Reyna.

— Je suis heureuse d'apprendre que nous avons

dépassé le stade où tu m'appelais *Heimskr*. Comment va ton aile ?

— Elle se remet bien.

— Bien. Il faut qu'on parle.

Il y eut un tourbillon de blanc, puis Voror vola silencieusement depuis les combles.

— À propos de quoi ? dit-il en se perchant sur l'extrémité du lit massif. Je l'examinai brièvement, satisfaite de ne voir aucun signe de blessure.

— J'ai besoin de savoir ce que tu as vu et entendu de ce qui s'est passé dans la montagne.

— Tout. Je suis extrêmement furtif et observateur, et j'ai une excellente ouïe.

— Ah oui.

Je me retins de lever les yeux au ciel. Je baissai la voix.

— Alors, que penses-tu de sa malédiction ?

— Il y a beaucoup de choses qu'il ne te dit pas.

— Je sais.

Je me mordis la lèvre, ne sachant pas trop ce que je devais avouer au hibou.

Il inclina la tête.

— Il y a beaucoup de choses que tu ne me dis pas.

Je hochai lentement la tête.

— Je ne peux pas tout dire. Mais je sais qu'il utilise la magie de sa mère.

Voror cligna des yeux.

— Sa mère décédée ?

— Oui.

Ses yeux immenses se rivèrent dans les miens.

— Et ?

Je pris une inspiration, avant de prendre une décision.

— Tu as déjà entendu parler d'un bâton de brume ?

— Non.

Mon visage se plissa de déception.

— J'espérais que si.

— Pourquoi ?

— Je crois que c'est ce que le Prince attend de moi. Que je l'aide à trouver un bâton de brume.

Nous restâmes tous deux silencieux un moment.

— Je crois qu'il n'y a pas de changement de plan, si ce n'est que tu dois faire très attention aux gens qui essaient de te tuer, dit finalement Voror.

— Réparer la statue ? dis-je.

— Oui. Voyons si cela te donne des réponses.

— D'accord. Le même plan. Réparer la statue, dis-je en hochant fermement la tête.

— Et ne te fais pas tuer.

Je lui jetai un regard.

— Tu es censé être le grand maître de la furtivité et de l'observation. Je te charge de surveiller tout le monde et de découvrir qui est mon mystérieux agresseur.

Ses plumes se hérissèrent.

— Une tâche que je prends déjà au sérieux.

— Je suis heureuse de l'entendre.

Malgré toute ma désinvolture, j'étais en fait incroyablement reconnaissante d'avoir le hibou magique à mes côtés. Un garde du corps capable de voler à travers les murs et qui avait déjà risqué ses plumes pour me sauver – deux fois –, c'était assez spécial. En vérité, l'assassin masqué m'inquiétait plus que je ne voulais le reconnaître.

On ne me prendrait plus par surprise comme dans le sanctuaire. Qui que ce soit, il avait montré ses cartes, et maintenant, j'étais prête.

~

En quittant la chambre du Prince, je me retrouvai dans le grand salon. Le Prince était dans le fauteuil, dos à la chambre, et Frima était accroupie à côté de lui à parler à voix basse. Lorsqu'elle me vit, elle se leva.

— Tes amis sont par là.

Elle m'indiqua la porte fermée près de la cheminée. Son ton était froid, et je me demandai si elle avait renoncé à sa stratégie d'essayer de se lier d'amitié avec moi.

Je hochai la tête et ouvris la porte, pénétrant dans un couloir court et étroit avec une porte ouverte sur ma gauche et un virage sur la droite. Des armes étaient accrochées aux murs : des haches, des poignards et des couteaux de lancer.

Je jetai un coup d'œil par la porte ouverte. Les murs de la grande pièce étaient gris, comme ceux du salon et de la chambre, et les rideaux et les tissus d'ameublement étaient noirs. Mais il y avait une énorme table ronde qui dominait l'espace et semblait avoir été taillée directement dans un arbre géant. Elle était magnifique, et j'eus aussitôt envie de passer mes mains sur le bois riche, pour en sentir la texture et l'âge. La moitié de la table était recouverte d'une maquette de la Cour d'Ombre, en papier peint soigneusement disposé, avec de petites figures en bois sculpté qui me firent penser à un jeu d'échecs.

La large carrure de Svangrior s'avança dans l'embrasure de la porte, entre moi et la carte.

— Ça va mieux ? demanda-t-il, sans la moindre chaleur.

— Beaucoup.

— Reyna ! Viens t'asseoir ici, entendis-je la voix de Kara.

Svangrior soutint mon regard un instant, puis s'écarta, révélant Kara et Lhoris assis à une table beaucoup plus petite, sous une grande fenêtre au fond de la pièce. Ellisar était assis à l'autre bout de la table géante et me salua joyeusement lorsque je passai devant lui.

— J'ai entendu dire que tu avais aidé à soigner mon pied, dis-je en m'arrêtant près de lui.

Il acquiesça.

— Mon père était doué avec un scalpel. Il s'avère que je ne suis pas trop mauvais non plus.

Très reconnaissante d'avoir été inconsciente lorsque cet énorme humain m'avait entaillé la chair au scalpel, je hochai la tête.

— Eh bien, merci.

— Je t'en prie.

Quand j'arrivai près de Kara, elle se décala sur le banc sur lequel elle était assise pour me faire de la place.

— Comment va ton pied ?

— Bien. Je peux marcher dessus, maintenant, lui dis-je.

— Regarde.

Elle me montra la fenêtre et je me penchai pour mieux voir.

La Cour d'Ombre n'avait vraiment rien à voir avec ce que j'avais imaginé. En contemplant le ciel au-dessus des flèches du palais noir étincelant, on aurait dit que quelqu'un avait pris une feuille de soie marine, transpercée de milliers de trous, puis tendue vers une étoile.

— Ça brille, souffla Kara. Mes livres en parlaient, mais les descriptions ne lui rendent pas justice.

— La Cour d'Or brille aussi, grogna Lhoris. Cela ne veut pas dire qu'il y a du bon en elle.

Je regardai autour de la pièce, décidant de ne pas faire savoir à mon mentor à quel point je trouvais la vue hypnotique.

— C'est une carte de la Cour ? murmurai-je en montrant de la tête les pièces posées à l'autre bout de la table.

Lhoris acquiesça.

— Je crois que oui.

— Raconte-nous le reste de ce qui s'est passé, dit Kara en poussant vers moi un verre de liquide foncé. De la bière au gingembre, ajouta-t-elle en souriant. C'est délicieux.

Je bus une gorgée en regardant ma jeune amie. Hormis son air fatigué, je ne l'avais jamais vue aussi vivante.

— Tu n'as pas été maltraitée en mon absence ?

Je savais déjà que la réponse était non.

Elle secoua la tête, jetant un bref coup d'œil à Ellisar.

— Non. En fait, c'est plus agréable ici que dans les quartiers des thralls. Il y a une grande chambre dans le couloir où Lhoris et moi avons dormi, et nous avons une salle de bain pour nous tout seuls. Frima a dit que ces appartements s'appelaient la Suite du Serpent.

J'acquiesçai.

— Bien.

— Alors, tu étais à la partie sur le serpent dans ta chambre.

— Ah oui.

Je leur racontai que le serpent m'avait mordu, et que j'avais vu le Prince torturer le pauvre garde. Même si je parlais à voix basse, je savais qu'Ellisar et Svangrior pouvaient m'entendre, alors je restai aussi neutre que possible.

— Le Prince a voulu que j'aille dans un endroit à la Cour qui est... en hauteur. Il a dû s'absenter quelques instants et quelqu'un m'a poussée. Depuis le bord du gouffre.

Les yeux de Kara s'écarquillèrent.

— Quel gouffre ?

— Cela n'a pas d'importance. Mais c'était haut. J'ai survécu en atterrissant sur un tapis d'herbes aquatiques. Mais le courant m'a emportée dans les forêts à la lisière de la Cour d'Ombre.

— Que s'est-il passé ensuite ?

Ellisar rapprocha sa chaise de nous, et Svangrior s'adossa au mur le plus proche, observant la scène. Je me retournai, regardant droit dans les yeux du faë maussade.

— Votre Prince vous a-t-il raconté comment il a brisé son bâton ?

Il acquiesça.

Certaine que je ne disais rien d'anormal, je repris la parole.

— Les Affamés.

La main de Kara vola vers sa bouche, et Lhoris jura.

Je leur parlai de l'arrivée de Mazrith, d'Arthur et de notre voyage dans la forêt.

— Puis nous sommes allés aussi loin que possible avec nos blessures jusqu'à ce que Frima et lui nous trouvent et nous ramènent, dis-je en pointant du doigt Svangrior.

— Tait a dit que tu avais ramassé les morceaux du bâton de Maz, dit Ellisar.

Réalisant que je n'avais plus mon pantalon, et par conséquent ni mes poches profondes ni leur contenu, je sursautai. *Le pommeau du bâton d'or était dans mon pantalon.*

— Où sont-ils ?

— Le *filombre* les a. Il dit que tu lui avais épargné de nombreuses journées de travail.

La voix de Svangrior était serrée, comme s'il détestait admettre que j'avais fait quelque chose de bien. Mais lorsque je croisai le regard de Lhoris, je ne manquai pas sa désapprobation.

— Il le fallait, lui dis-je à voix basse. C'était lui ou les morts-vivants.

Sa mâchoire se crispa, mais son visage s'adoucit.

— Je suis désolé d'apprendre ce que tu as dû affronter. Mais je suis heureux que tu sois maintenant ici pour tout raconter, dit-il doucement.

— Moi aussi.

Je tendis la main et lui serrai la main avec reconnaissance.

— Où est Tait ?

Si le *filombre* avait le contenu de mes poches, il avait aussi le pommeau du bâton d'or, et je voulais le récupérer le plus vite possible.

— Pourquoi ?

— Je veux lui demander quelque chose.

— Il travaille.

— C'est important. Pour le Prince.

Ce n'était pas un mensonge. Sans la pièce en or, je ne pouvais pas réparer la statue, ce qui était la seule chose pour laquelle ce maudit Prince faë avait besoin de moi.

Avec un soupir, Svangrior se décolla du mur.

— Viens avec moi.

Je suivis Svangrior dans le salon. Le Prince était introuvable, et seule Frima était présente. Elle était assise dans le fauteuil près du feu, à regarder les flammes en sirotant un verre.

— Elle veut parler à Tait. Elle dit que c'est important, grogna Svangrior.

Frima me regarda, puis releva le menton.

— Elle a épargné des jours de travail à Tait. Je suis sûre qu'il ne lui en voudra pas pour dix minutes. Mais s'il est en train de filer, il faudra attendre.

Svangrior grogna, puis se dirigea vers l'autre côté de la pièce, où était suspendue une tapisserie représentant une couronne en os entrelacée de lianes d'un gris profond. Des ombres volèrent de son bâton, coururent sur la tapisserie avant de se faufiler en dessous. Le tissu scintilla, puis la douce lueur d'une porte apparut.

— Des portes secrètes partout, marmonnai-je, les yeux écarquillés.

— Et elles ne s'ouvrent qu'avec de la magie d'ombre, me répondit Frima, avec un ton d'avertissement.

Je lui jetai une œillade.

— Je n'essayais pas de m'échapper. En fait, j'allais essayer de rentrer par mes propres moyens. Avant que le Prince ne me trouve.

Elle pouffa et retourna à son verre.

Je me demandai ce que le Prince leur avait dit au sujet du sanctuaire. Il ne voulait pas que d'autres personnes connaissent l'existence des statues, il avait bien insisté, mais il avait dû leur dire quelque chose sur ce qui s'était passé.

Je franchis la porte magique derrière la tapisserie, et mes interrogations disparurent, remplacées par une curiosité brûlante.

Tait était debout devant un énorme rouet posé sur une table au milieu d'un petit atelier, entouré de tas de fuseaux et de roues, et de diverses petites pièces en bois.

La table et la roue semblaient ne faire qu'un, fabriquées dans un matériau qui ressemblait exactement à celui des murs du palais. C'était une pierre profondément sombre et lisse qui brilla d'éclats de lumière à mes mouvements, et je ne voyais aucune jointure, comme si elle était entièrement organique plutôt que créée par l'homme ou le faë.

Les morceaux de crâne que j'avais récupérés se trouvaient sur la table, à côté du fuseau aiguisé comme une aiguille.

Tait leva les yeux vers nous, une lueur passant dans son regard à ma vue.

— Ah. Vous vous sentez mieux ?

— Oui. J'espère que je ne vous dérange pas ?

— Non. J'aurais besoin d'un peu d'aide, en fait.

Svangrior se déplaça à côté de moi.

— Elle appartient à notre ennemi, aboya-t-il.

Tait le regarda, puis pointa du doigt la rune noire sur mon poignet.

— Au contraire, elle appartient à votre Prince.

— J'aimerais encore mieux appartenir au cul d'Odin qu'à votre Prince de malheur, sifflai-je, avant de regretter instantanément mon emportement.

Tait éclata de rire, et Svangrior siffla.

— Blasphème *et* idiotie. Je te la laisse, grogna le faë, avant de tourner sur ses talons pour quitter la pièce.

Je regardai le *filombre* d'un air d'excuse. Il hocha la tête avec sagacité.

— Vous êtes venue chercher votre or ?

Mon pouls s'accéléra.

— Oui.

Il montra du doigt une ceinture suspendue à un chariot recouvert de fuseaux et de petits morceaux de bois sombre.

— Je l'ai trouvé en cherchant ça, dit-il en désignant le crâne. Je ne voulais pas être indiscret. Mais bien sûr, j'ai dû en parler à Maz.

Il me regarda à travers ses grosses lunettes.

— Et que vous a dit le Prince ? demandai-je prudemment.

— Il a parlé du sanctuaire. Et des statues avec leurs bâtons.

Sans rien dire, je m'approchai de la ceinture pour fouiller dans les pochettes à la recherche du pommeau du bâton.

Tait est la seule personne à part Mazrith à avoir mentionné le sanctuaire. Était-il possible qu'il mente en prétendant que le Prince ne lui en avait parlé qu'aujourd'hui ? Se pouvait-il que ce soit lui qui m'avait poussée ?

Mon instinct me disait qu'il était plus digne de confiance que n'importe quel faë. Mais c'était quand même un esclave de la Cour d'Ombre.

— Vous savez, il aurait dû mourir de cette blessure. Vous avez fait ce qui était juste en le sauvant.

— C'est ce qu'il y avait dans cette fiole qui l'a sauvé, dis-je en cherchant le bâton d'or.

Je le sortis et le glissai dans la poche de ma robe avec un soupir de soulagement, avant de me retourner vers Tait.

— Qu'y avait-il dans cette flasque ?

Je n'avais pas vraiment eu l'intention de poser la question, mais elle surgit sans crier gare.

Il fit une drôle de tête, ses yeux plus sombres.

— Rien dont vous puissiez avoir envie de vous soucier.

— C'était bizarre.

Ses yeux s'étrécirent, et il me regarda.

— Cela n'aurait pas dû vous sembler bizarre, dit-il calmement. Pas à vous.

Je fronçai les sourcils.

— Que voulez-vous dire ?

— Venez. Tenez-moi ça, dit-il en désignant le crâne. Le trou que je dois combler est difficile à atteindre.

Incapable de résister à la chance de voir comment travaillait un *filombre*, je délaissai la ceinture et m'approchai de lui.

Avec précaution, il ramassa les morceaux du crâne reconstitué et me les passa. Il tendit le bras et toucha l'extrémité du fuseau, en grimaçant lorsque la pointe lui transperça la peau. J'aspirai de l'air à ma surprise, mais lorsqu'il retira son doigt, un ruban d'ombre d'encre l'accompagnait, comme un fil de toile d'araignée.

Il tendit l'autre main et fit un geste vers le fuseau.

— Faites glisser le crâne dessus. Ne laissez pas les morceaux se séparer, dit-il, la voix basse et intense.

Un peu hésitante, je fis ce qu'il me demandait. En me disant qu'il était impossible que le fuseau de pierre ne brise pas à nouveau tous les morceaux de métal argenté, je plaçai la base du crâne contre la pointe, la toile d'ombre s'étendant toujours du crâne jusqu'au doigt de Tait.

Je sentis que le fuseau attirait le métal comme un aimant. Le crâne glissa dessus sans difficulté, la pierre traversant le métal comme s'il n'existait pas.

— Je vous remercie. Vous pouvez vous lâcher, maintenant.

Je me rendis compte que je tenais toujours le crâne et le regardais fixement. Je reculai, fascinée, alors que l'ombre sortant du doigt de Tait volait vers la roue, s'enroulait autour d'elle et revenait en arrière.

Tait me jeta un regard en coin.

— Si vous voulez rester, vous pouvez, mais je dois vous prévenir, j'en ai pour quelques heures.

Je jetai un coup d'œil autour de moi et j'aperçus un petit tabouret en bois. Je le tirai vers moi et m'assis.

— Si cela ne vous dérange pas, je vais rester.

Il hocha la tête, puis la roue se mit à tourner.

Je vis ses yeux changer au fur et à mesure que la transe l'envahissait, de la même manière, supposai-je, qu'une vision d'or.

La roue en pierre lisse tournait de plus en plus vite et, au bout d'un moment, je commençai à voir des reflets d'argent s'entrefiler au ruban d'ombre qui tournoyait dessus. Le fuseau tournait lui aussi, avec le crâne en argent qui bougeait si vite que je n'en distinguais aucun détail. Les morceaux ne s'envolaient pas pour autant, l'étrange magnétisme du fuseau les maintenant ensemble.

Les doigts de Tait se mirent soudain à bouger, s'approchant et s'éloignant du fuseau. Au début, je ne vis pas ce qu'il faisait, mais, au bout d'un moment, je compris qu'il ramassait de l'argent dans l'ombre.

Je ne sais pas combien de temps cela prit, mais il finit par avoir la paume pleine de petits morceaux de métal argenté. La roue ralentit, et il recommença à faire des allers-retours, déposant cette fois les morceaux sur le crâne qui se déplaçait plus lentement.

Je regardais bouche bée. Il devait voir des runes noires qui lui indiquaient exactement où se trouvaient les éclats d'argent, et où et quand les placer. J'avais envie de voir ce qu'il pouvait faire. Les alentours étaient-ils devenus plus sombres à ses yeux comme ils devenaient dorés pour moi? Le temps qui passait se transformait-il en quelque chose d'intangible? *Avait-il des visions de monstres lorsqu'il avait terminé?*

J'aurais pu l'observer pendant des jours. La roue ralentit encore, et de profonds sillons de concentration lui creusèrent la figure. Désireuse d'en voir plus, je me levai silencieusement et me plaçai derrière lui pour mieux voir. Il ne réagit pas, alors je m'approchai encore.

Le doigt qu'il s'était piqué produisait encore de l'ombre, qui entretenait le mouvement de la roue. Son autre doigt touchait et effleurait l'argent du crâne, lissant les éclats sur l'objet.

Une unique rune noire sortit de l'ombre et s'enroula autour du fuseau.

Je me figeai.

Je pouvais la lire.

« Appuie ».

Une autre rune s'éleva.

« Attrape ».

Je reculai d'un pas, le cœur battant. L'obscurité bordait ma vision, une douce vignette de ténèbres.

Comment, au nom de Freya, avais-je pu voir des runes noires?

J'étais *orfèvre*, je n'aurais pas dû voir autre chose que des runes d'or.

Je fixai la marque à mon poignet, refusant de regarder Tait et sa roue.

Ce devait être à cause du lien, me dis-je fermement. La rune noire maintenant brûlée sur ma peau ne pouvait être une coïncidence. Mais... cela signifiait-il que je saurais quoi faire avec de l'ombre comme avec de l'or ?

Je risquai une œillade vers Tait. Le ruban d'ombre coulait toujours du bout de son doigt, son autre main travaillant maintenant plus doucement sur le crâne en argent.

Je secouai la tête assez fort pour me faire un peu mal. Même si le fait d'être liée au Prince de la Cour d'Ombre m'avait permis de voir et de comprendre les runes noires, cela ne signifiait pas que j'étais une *filombre*. Je ne pouvais pas me piquer le doigt et faire jaillir des ombres, pas plus que je ne pouvais voler !

— Ouf. Je dois vous dire que cela aurait pris des jours si j'avais dû recommencer, dit Tait lourdement, me faisant sursauter avec sa voix.

— Vous avez fini ?

Je le regardai, essayant de ne pas trahir ma confusion.

Ses épaules s'affaissaient, et la roue s'était arrêtée de tourner. Aucune ombre ne coulait plus de ses mains.

— J'en ai terminé avec le crâne, oui. Il faut que j'ajoute et répare les épines, puis que je le fixe à une nouvelle hampe.

Il plissa les yeux vers moi.

— Vous savez, j'aimerais bien voir comment vous faites ce que vous faites.

Je détournai le regard maladroitement.

— C'est euh... la même chose que forger du métal. Juste... plus délicat.

Je n'allais pas l'inviter à me regarder travailler. Pas avec ce qui allait suivre. En le regardant à nouveau, je me demandai comment je pourrais lui demander s'il lui arrivait quelque chose d'étrange après avoir filé des ombres.

— Les *orfèvres* sont très fatigués après avoir travaillé, dis-je avec désinvolture.

Il me fit un signe de tête ironique.

— Moi aussi, autrefois. Mais je suis vieux. Mon endurance s'est accrue avec l'âge.

— Depuis combien de temps faites-vous cela ?

Il sourit.

— Trop longtemps. Et pour trop de gens qui ne sont pas comme le Prince.

Je penchai la tête.

— Comment ?

Ses yeux brillèrent d'émotion.

— Un mensonge.

— Que voulez-vous dire ?

Il balaya ma question d'un revers de main.

— Je dis trop de choses à qui je ne devrais pas, c'est une de mes mauvaises habitudes.

Il m'adressa un sourire sincère, s'éloignant de la roue et montrant le crâne.

— Voulez-vous admirer mon travail ? Ça plaît toujours à un vieil homme qu'on lui flatte l'ego.

Je me levai avec méfiance, puis j'inspectai le crâne. Je n'aurais jamais su qu'il avait été endommagé.

— Comme neuf, dis-je.

— En effet. Encore quelques heures, et Mazrith retrouvera sa magie.

— Et il pourra guérir cette blessure ?

Le *filombre* redevint sérieux.

— Je l'espère. Mais jamais de façon permanente. Pas tant qu'il est ainsi affligé.

— Affligé ? demandai-je en fixant Tait avec intensité. Vous voulez dire sa malédiction ?

Tait acquiesça.

— Il m'a dit qu'il vous avait mis au courant.

— Il n'avait pas vraiment le choix, murmurai-je, en me rappelant la blessure incandescente.

Et les cicatrices.

— Est-ce un faë d'or qui l'a maudit ?

— Mes lèvres hyperactives en ont terminé pour la journée, dit-il. Les secrets du Prince lui appartiennent. Maintenant, si vous voulez bien demander aux autres de m'envoyer du ragoût de lapin, j'ai du pain sur la planche.

Il fit un geste vers la porte.

Je refusai quand on me proposa une des chambres d'amis dans la suite du Prince, préférant rester dans le grand fauteuil devant la cheminée alors que tout le monde se retirait. Une énergie fébrile me rendait intolérable l'idée de rester allongée dans un lit pendant des heures. La faible chaleur émanant des braises orangées de la colossale cheminée avait quelque chose d'apaisant, et le fauteuil rembourré me procurait un sentiment de sécurité.

Mais ce n'était pas suffisant pour calmer mes pensées. J'avais décidé de ne rien dire à Lhoris au sujet des runes noires. Il était farouchement opposé à toute idée d'aider les faës d'ombre, et je ne voulais pas qu'il pense que j'avais une affiliation avec eux, maintenant. Mais à part mon mentor runé, je ne savais pas à qui demander. Il semblait peu probable que Voror en sache beaucoup à propos des runés.

Le Prince ?

Pour ce qui devait être la centième fois, mes yeux dardèrent vers la porte fermée de la chambre du Prince.

Je rejetai l'idée. Je ne voulais pas qu'il pense que je me rapprochais des faës d'ombre, pas plus que Lhoris.

La chaleur de la pièce et le crépitement silencieux du feu finirent par me faire sombrer dans le sommeil.

Les cauchemars surgirent presque instantanément, la peur me faisant ouvrir les yeux à chaque fois que je m'assoupissais. Encore et encore, je retournai dans un lieu où de l'or liquide engloutissait le monde et où des ombres tourbillonnantes, charriant des morceaux de cadavres pourris et des visages recousus, nageaient devant moi sur l'air de la chanson de l'Ancienne.

— Tu sais, tu es restée inconsciente pendant une journée. Tu n'as probablement pas besoin de dormir beaucoup plus, jaillit la voix douce de Frima de derrière ma chaise, après que je m'étais à nouveau réveillée en sursaut, en balayant du revers de la main le spectacle inexistant devant moi.

Je me penchai en avant, frottant mon visage en sueur, maudissant le fait qu'elle voyait ma faiblesse.

— C'est le venin du serpent, mentis-je.

Elle contourna ma chaise alors que je laissais tomber mes mains.

— Hum. Tu veux boire quelque chose? Il reste quelques heures avant que la journée ne commence.

Décidant que tout valait mieux que les rêves, je la suivis dans la pièce avec la grande table.

Elle referma la porte derrière nous et je ne pus m'empêcher de me détendre un peu. La pièce était plus lumineuse que le salon, avec les murs gris éclairés par des appliques et l'immense fenêtre au fond de la pièce qui étincelait encore. On se sentait plus loin des ténèbres du monde des rêves que j'essayais d'éviter.

Frima se dirigea vers une rangée d'étagères et prit une carafe.

— Tisane aux orties, dit-elle.

— Je n'ai jamais essayé.

— C'est amer, mais ça fortifie.

— Alors, j'en prends, dis-je en m'asseyant sur une chaise devant la carte. Merci.

Elle versa les boissons, puis en posa une devant moi.

— En fait, on dirait que c'est à toi que l'on doit les remerciements.

Elle me regarda fixement, les perles de ses tresses scintillant.

— Hein ?

— Maz serait mort si tu l'avais laissé dans la forêt. La Reine, ou les Affamés, l'auraient tué.

Je pris ma tisane, maladroitement.

— Il m'a sauvé la vie. Ça ne semblait pas juste de le laisser mourir.

— Il t'a kidnappée et il a menacé de tuer tes amis. Je ne l'aurais pas sauvé.

Je lui jetai un regard noir.

— Peut-être que je n'aurais pas dû.

— Mais tu l'as fait, parce que tu savais.

— Savais quoi ?

— Qu'il n'est pas le monstre que le monde a besoin qu'il soit.

Je retournai à mon thé, incapable de soutenir son regard et ne voulant pas lui répondre.

Elle ne dit rien, et le silence s'étira.

— C'est une carte ? finis-je par dire, en montrant les papiers soigneusement disposés sur la table et pressés sous des figures sculptées.

Maintenant que j'étais plus près, je voyais qu'il s'agissait bien de pièces d'échecs, mais peintes en cinq couleurs. La plupart étaient noires, mais il y avait quelques pièces bleues et vertes.

Elle acquiesça et s'assit à côté de moi.

— Oui. C'est ce que nous appelons la salle de guerre. Où nous élaborons nos stratégies. Les bleus, ce sont les faës de glace que nous savons être ici, et les verts sont les faës de terre.

Je cherchai de l'or ou du rouge, mais ne trouvai rien. En réponse à ma question non formulée, Frima haussa les épaules.

— On n'a pas vu les faës de feu depuis des décennies. Et aucun faë d'or ne serait autorisé à rester ici.

— Pourquoi laissez-vous les autres rester ?

— Ils ne causent aucun mal. Et la Reine n'est pas au courant. Voilà notre problème actuel.

Elle désigna un petit groupe de pièces qui n'avaient pas de couleur, ou juste celle d'un bois pâle.

Je me rendis compte qu'il y en avait plusieurs groupes, tout autour des limites de la Cour d'Ombre.

— Les Affamés, murmurai-je.

— Oui. Nous ne les avions jamais vus se rassembler de la sorte.

— Attaquent-ils les gens ?

— Pas encore. Ce qui signifie qu'ils n'essaient pas de grossir leurs rangs. Ils ne marchent pas non plus sur la montagne. Nous ne savons pas pourquoi ils se rassemblent.

— Pourquoi me dites-vous cela ?

Elle rit doucement.

— Que ferais-tu de ces informations ? Tu ne retourneras jamais à la Cour d'Or. Et même si c'était le cas, pourquoi se soucieraient-ils du fait que nous soyons confrontés à une armée de morts-vivants ? Ils nous détestent.

Je n'avais rien à répondre à cela, alors je bus une gorgée de ma tisane. Elle avait raison, c'était amer. Mais cela avait quelque chose de fortifiant. Je bus encore quelques gorgées.

— Je suis venue ici parce que je n'arrivais pas à dormir, murmurai-je à voix basse, en fixant les groupes de pièces incolores.

— Et maintenant, je t'ai donné plus de carburant pour tes cauchemars ?

— Je le crains. Allez-vous les combattre ?

Son visage se durcit.

— Nous ne les laisserons pas prendre la Cour, c'est sûr comme Odin. Mais ils sont difficiles à tuer.

Son regard se porta sur les pièces.

— Impossible à tuer, en fait. Seul Maz peut s'en approcher.

Ses yeux se fixèrent à nouveau sur les miens.

— S'il te plaît, dis-moi que c'est pour cela qu'il a

besoin de toi ? Pour qu'on débarrasse notre monde de ces créatures maléfiques ? Je sais qu'il a trouvé quelque chose sous la montagne, je sais qu'il te cherche depuis des années.

Sa voix était enthousiaste, et je ne pus soutenir son regard intense.

— Je ne peux rien vous dire qu'il ne vous dirait pas, vous le savez.

Je ne le lui aurais pas dit même si j'avais pu. Elle le savait probablement aussi. Mais à l'intensité de sa motivation à débarrasser le monde des Affamés, je me sentis plus proche d'elle.

Ses épaules s'affaissèrent.

— Je ne comprends pas pourquoi il ne me parle pas de toi. Il me dit tout le reste.

Je fus étonnée d'entendre de la défaite dans la voix de cette femme féroce.

— Vous êtes...

Je me forçai à éructer le mot suivant, sans comprendre pourquoi il avait un goût si désagréable dans ma bouche.

— ... amants ?

Elle laissa échapper un petit rire.

— Ce serait comme baiser mon frère, dit-elle en faisant la grimace. J'ai entendu dire que les faës de feu aimaient ça, mais pas chez nous, merci beaucoup.

Maudissant silencieusement le soulagement que je ressentais, je changeai de sujet.

— La Reine est-elle revenue de la forêt ?

— Oui. C'est pourquoi nous sommes tous dans la

Suite du Serpent, ce soir. Si elle apprend que Maz n'a pas de magie, il faudrait que nous soyons tous présents pour avoir une chance de le protéger.

— Elle est puissante, alors ?

Les sourcils de Frima se haussèrent.

— Incroyablement, dit-elle avec résignation. Son vrai nom est Lasta, mais nous avons seulement le droit de l'appeler « la Reine ». Qu'Odin maudisse cette putain de femme infernale.

— Quelle est l'histoire de la vraie mère de Mazrith ? demandai-je.

— Non, non, dit Frima en secouant la tête. Si tu veux te rapprocher du Prince, demande-le-lui, pas à moi.

Cela valait la peine d'essayer.

Tait entra dans la pièce sur la pointe des pieds, en brandissant un bâton muni d'une hampe, d'un serpent et d'épines. Il avait l'air épuisé, mais il était rayonnant.

— C'est prêt.

CHAPITRE 14

REYNA

Frima se leva d'un bond et, ensemble, ils se précipitèrent dans la chambre du Prince, me laissant seule dans la salle de guerre.

Je tripotai distraitement une figure peinte en noir, jusqu'à ce que Brynja entre dans la pièce, avec un plateau recouvert de pâtisseries et de fromage.

— Bonjour, Madame.

— Oh, Brynja. Bonjour.

— J'ai entendu une rumeur et je voulais que vous l'appreniez d'abord, dit-elle d'une voix étouffée. La Reine va faire une annonce aujourd'hui.

Mon estomac se noua.

— À propos de quoi ?

— Je ne sais pas, mais, d'après les rumeurs, des cavaliers ont été envoyés à toutes les Cours il y a quelques jours, et le dernier est revenu il y a une heure. Oh, et c'est en rapport avec l'anniversaire du Prince.

Je me détendis un peu.

— Probablement un bal prétentieux.

Elle secoua la tête.

— La Cour d'Ombre n'a pas envoyé d'émissaires aux autres Cours depuis que le Roi était en vie, apparemment.

Elle jeta un coup d'œil à la porte.

— Elle a même envoyé quelqu'un à la Cour d'Or.

Mon estomac se noua de plus belle. La Cour d'Ombre venait d'attaquer le palais de la Cour d'Or et de voler trois *orfèvres*. Qu'est-ce qu'elle pouvait bien préparer pour prendre le risque d'envoyer un émissaire ?

— Comment va ton pied, Reyna ?

La voix de Kara emplit la pièce à son arrivée, ainsi que le battement de ses mains à la vue des pâtisseries.

— Ça va, merci. Tu as bien dormi ?

Je me laissai glisser dans une conversation facile avec Kara pendant que nous prenions notre petit déjeuner, en essayant de ne pas laisser ma nervosité prendre le dessus. J'avais envie de demander comment allait le Prince Mazrith, mais je m'abstins. Je n'avais aucune idée du temps qu'il lui faudrait pour se soigner à l'aide de sa magie, mais je me doutais qu'il ne voudrait pas de moi lorsqu'il le ferait.

Ellisar sortit un échiquier de l'une des grandes bibliothèques du salon, et Kara et moi passâmes quelques heures à jouer sur le tapis de fourrure devant le feu, Svangrior faisant les cent pas et Lhoris affichant une mine renfrognée pendant tout ce temps.

Je tendais l'oreille, à l'affût du moindre bruit provenant de la chambre du Prince, et un coup fort frappé à la porte me fit sursauter.

Svangrior s'approcha et ouvrit le battant d'un pouce.

— Rangvald, grogna-t-il.

— J'apporte un message de la Reine à son *fils*.

— Parlez.

— Je préfère transmettre le message en personne.

— Et je préfère que ce ne soit pas le cas, rétorqua Svangrior.

La porte de la chambre s'ouvrit en grand, et le Prince Mazrith sortit à grands pas, son bâton à la main. Son visage n'était plus pâle, et il était vêtu comme un Prince doit l'être, en pantalon de cuir, fine chemise de lin noir et épais manteau de fourrure.

Svangrior fit un pas de côté, mais pas assez pour que le conseiller de la Reine puisse voir combien de personnes se trouvaient dans ses appartements. La grande silhouette de Mazrith combla immédiatement l'espace.

— Que voulez-vous ?

— Pas moi, votre Altesse. C'est la Reine qui vous demande.

Il émit un petit rire obséquieux.

— Votre présence est requise à la cérémonie du thé, en milieu d'après-midi, aujourd'hui.

— Dites-lui que je refuse poliment.

— Non, non, Prince Mazrith. C'est une affaire de la cour. Tous les courtisans doivent être présents, et vous devez y assister avec votre fiancée. La Reine a préparé quelque chose de très spécial, et c'est pour vous.

Mon cœur rata un battement. Ce devait être ce dont Brynja avait entendu parler.

— Quelle heure ? grogna Mazrith.

— Deux heures après midi. Adieu.

Mazrith claqua la porte, puis se retourna.

J'essayai de ne pas retenir mon souffle quand ses yeux se posèrent sur moi. Des ombres déferlaient dans ses iris, et il avait son bâton réparé à la main. La magie du Prince était de retour.

— Comment va ton pied ?

— Comment va votre poitrine ?

Nous parlâmes tous les deux en même temps.

Un silence suivit les questions entremêlées, puis toutes les personnes présentes dans la pièce commencèrent à bouger, apparemment pressées de partir.

Mazrith s'approcha de moi, alors que j'étais assise en tailleur devant le plateau de jeu.

— Mon pied va bien, merci, dis-je avec raideur.

— Ma poitrine est en grande partie guérie, répondit-il, tout aussi laconique. Merci.

Il posa son regard sur ma tête.

— Garde ce bandeau pendant le thé, quoi qu'il arrive. Je veillerai à ce que tes amis restent sous bonne garde ici.

Une bouffée de gratitude sincère à l'idée qu'il ait pensé à Lhoris et Kara m'adoucit.

— Il y a des rumeurs selon lesquelles la Reine a envoyé des cavaliers dans les autres Cours, et maintenant, ils sont tous de retour.

Il fronça les sourcils.

— Où as-tu entendu cela ?

— Cela n'a pas d'importance.

— Ta femme de chambre. Personne d'autre n'a quitté cette pièce depuis notre retour.

Je me renfrognai à mon tour.

— Très bien. Oui, c'était ma femme de chambre. Que pensez-vous que la Reine mijote ?

— Je suppose que nous le saurons bientôt.

La colère, plutôt que la nervosité, brillait dans ses yeux.

— Que se passe-t-il lors d'une cérémonie du thé ?

— Dans la tradition normale, on sert du gâteau et du vin. Dans le monde de ma belle-mère, Odin seul sait.

— Au moins, vous l'affrontez avec votre magie.

Il laissa échapper un petit rire, ses tresses tombant sur son épaule.

— Si je devais l'affronter sans ça, je mourrais.

Il se retourna lorsque la porte de l'autre pièce s'ouvrit pour laisser entrer Frima, son masque de demi-crâne sur la tête et son bâton à la main.

— Il faut que tu ailles t'habiller, me dit Frima.

Je fronçai les sourcils en baissant les yeux vers moi.

— Je suis habillée.

— Pas assez bien pour la fiancée d'un Prince lors d'une soirée à la Cour.

Frima m'escorta jusqu'à ma chambre avec Brynja, vérifiant soigneusement qu'il n'y avait pas de serpents dans la pièce avant de nous quitter. J'espérais que Voror avait réussi à nous suivre et qu'il avait lui aussi vérifié qu'il n'y avait pas de menaces dans la chambre.

Une fois que nous fûmes seules, Brynja passa, à mon avis, un temps excessif à passer en revue les robes qui s'étaient apparemment multipliées dans l'immense armoire. La longue coiffeuse s'était également ornée de bijoux, de grosses pierres rouges et marines serties dans des bracelets, des colliers, des épingles à cheveux et des broches en argent.

— D'où ça vient? demandai-je en regardant, bouche bée, les pierres précieuses.

Leur valeur aurait suffi à corrompre cent fois les gardes de la Cour d'Or.

— Elles ont toutes été envoyées par la couturière le matin de votre, hem, *départ*, madame.

— Hum.

Une fois la robe choisie et lacée, elle appliqua des poudres et des presses sur mon visage jusqu'à, supposai-je, que j'aie l'air d'avoir ma place au sein d'une famille royale faë. À part mes cheveux, bien sûr. Ils ne me donneraient jamais l'air d'avoir ma place nulle part. Elle parvint cependant à m'en faire une coiffure élaborée autour du bandeau enchanté et y glissa discrètement la plume de Voror.

La robe était d'un violet profond, avec de longues manches échancrées, des lacets sur le devant et un profond décolleté. Un collier orné d'un rubis sombre était posé au milieu, sur mon sternum, et je mis à contrecœur la bague serpent assortie. Je la fixai du regard en la glissant à mon doigt.

Elle représentait parfaitement mon manque de liberté. Un serpent venimeux avait tenté de m'ôter la vie, et maintenant, j'en portais un au doigt, qui donnerait à jamais ma position à mon ravisseur.

— Vous êtes ravissante, madame.

— Merci, Brynja.

Je n'avais pas particulièrement envie de me regarder dans le miroir, mais je ne pouvais pas quitter la pièce sans apercevoir mon reflet.

J'avais l'air plus grande. Élégante. Plus vieille en quelque sorte, le maquillage accentuant délibérément mes joues et mes yeux.

Je laissai échapper une longue respiration.

— Finissons-en.

J'espérais que, cette fois-ci, je pourrais passer un repas avec la Reine sans qu'on me gave comme une oie ou que le sang d'un autre ne dégouline sur moi.

Je vis la mâchoire du Prince tressauter à ma vue. Ses yeux dardèrent sur la bague à mon doigt lorsque Frima et moi le rejoignîmes à l'extérieur de ses appartements, avec Svangrior.

— Tu as l'air... convenable, dit-il.

J'étais sûre que son regard était un peu trop bas.

— Merci, j'imagine. Ellisar reste-t-il avec mes amis ? demandai-je.

Il me fit un bref signe de tête, et nous nous mîmes en route dans les couloirs marron et lugubres.

— En tant qu'humain, il n'est pas le bienvenu à la Cour.

Je levai les yeux au ciel.

— Ne parle pas à moins que la Reine ne t'adresse la parole.

— Je me souviens de la dernière fois où j'ai dû partager un repas avec la Reine, dis-je. Ne vous inquiétez pas. J'ai l'intention de faire de mon mieux pour passer inaperçue.

Il me jeta un regard en coin, et je le surpris en train de marmonner quelque chose qui ressemblait à « peu de chance ».

Je me tus, ne voulant pas déclencher une dispute. J'appréhendais trop cette cérémonie du thé. C'était déjà assez déstabilisant de me retrouver en présence de la Reine folle, sans compter que je ne savais pas quelles nouvelles conneries elle s'apprêtait à nous balancer.

Nous.

Le mot résonna dans ma tête, et je me demandai quand j'avais commencé à considérer le Prince et moi comme un « nous ».

Lorsque j'avais accepté que mon destin était lié au sien, par quelque chose de plus ancien et de plus important que les problèmes du Prince de la Cour d'Ombre, me dis-je fermement.

Certainement pas quand j'avais vu les cicatrices qu'il

cachait sur son visage. Ni quand il m'avait promis de ne pas entrer dans ma tête. *Absolument pas.*

À mon grand soulagement, nous bifurquâmes de la salle du trône en bas du grand escalier, pour nous diriger vers la cour où s'était déroulé le bal. Deux gardes ouvrirent la porte tandis que le Prince mettait son masque de crâne.

Je pris une grande inspiration et le suivis dans la cour.

Les lieux semblaient très différents par rapport au bal costumé. J'hésitai, mes pas hésitants.

Les abords de la cour n'étaient plus qu'un fossé de boue noire épaisse, qui tournait doucement dans un cercle sans fin. Un brouillard noir tourbillonnant tournoyait autour des murs monolithiques qui la surplombaient, s'élevant avec les flèches qui piquaient vers le ciel autour de nous. De minuscules lumières rouges et orange dansaient dans le brouillard, ressemblant étrangement à des yeux et fournissant juste assez de lumière pour installer une atmosphère inquiétante dans l'air chargé.

Quatre longues tables en marbre noir étaient disposées en enfilade au milieu de la cour, et la Reine était assise au centre d'une table d'honneur, la plus grande de toutes. Des invités faës occupaient chaque siège, tous vêtus de robes sombres et de bijoux d'argent étincelants.

La Reine se leva lorsqu'elle nous vit et désigna d'un

geste les deux sièges vides à chaque extrémité de sa table. Rangvald occupait le siège à sa gauche, et un personnage portant une cape au profond capuchon occupait la chaise à sa droite.

Je me figeai, envahie par les souvenirs de la personne qui m'avait poussée du haut du sanctuaire. Mais cette cape était incroyablement ornée, couverte de pierres précieuses scintillantes et de beaux fils métalliques, rien à voir avec celle que portait mon agresseur.

Je forçai mes pieds à se remettre en mouvement, suivant le Prince, consciente que tous les yeux étaient braqués sur moi. Des arbres noueux et tordus se dressaient çà et là entre les dalles, leurs branches semblant prêtes à s'enrouler autour d'une victime à tout moment et à la projeter dans la tourbière qui bordait la cour. Je rassemblai mon courage tandis que Frima et Svangrior s'installaient aux tables des invités, et nous arrivâmes à la table d'honneur.

Mazrith tira mon siège et attendit que je m'y installe, le cœur battant. Il prit place à son tour, à l'autre bout de la longue table. Je ne pouvais pas lui parler, mais je le voyais bien.

Au centre de la table, entre des candélabres en argent portant des bougies en cire noire, se trouvaient des plateaux de sandwichs et de gâteaux. Une assiette en cristal, une tasse à thé et un verre à vin étaient disposés à ma place, et sur mon assiette se trouvait un gâteau au glaçage noir et rouge. Il avait la forme d'une personne minuscule, recroquevillée en position fœtale.

Je détournai le regard, l'estomac noué. Une légère

odeur de pourriture flotta sous mon nez, et je déglutis difficilement.

— Bienvenue, mes chers courtisans et honorable famille, dit la Reine, dont la voix maladivement douce emplit tous les coins de la cour.

Elle portait une longue robe verte sans manches en soie chatoyante qui lui collait au corps, et un énorme rubis à la gorge, si gros qu'il faisait ressembler le mien à un jouet. Sa couronne en os était perchée sur une large torsade de tresses, et d'autres rubis étincelants étaient enchâssés dans ses cheveux noirs.

Elle écarta les bras, son bâton de mon côté. Je remarquai que le crâne au bout de la hampe avait de la couleur dans les yeux. J'essayai de l'examiner davantage, mais elle l'écarta de mon champ de vision, le levant haut au-dessus de sa tête. Un lent sourire se dessina sur son visage, montrant ses dents noires, et son regard rêveur se posa sur Mazrith.

— Bienvenue, mon fils.

Il ne bougea pas et ne parla pas.

— Mon cher enfant, j'ai un cadeau pour toi. Quelque chose pour célébrer ta trentième année.

De l'ombre commença à couler du bout de son bâton, s'accumulant d'abord sur la table devant elle, puis se déversant sur le sol. Je bougeai la tête pour essayer d'en voir plus, mais il faisait trop sombre, et ma vue était trop obstruée.

— Mais nous devons d'abord prendre part au délicieux festin que j'ai préparé pour vous tous.

Elle montra la cour d'un geste, et tous les faës

applaudirent à tout rompre, des murmures de remercie-ment s'élevant des tables.

— Un toast, suivi d'une délicieuse dégustation, dit-elle en s'avançant et en prenant un verre de vin pétillant.

Je regardai mon propre verre, mais ne fis aucun geste pour le prendre.

— Fais ce qu'elle dit, surgit la voix de Mazrith dans ma tête.

Je lui lançai un regard noir, puis ramassai le vin.

Je ne boirais qu'une gorgée.

Je sentis des yeux sur moi, et je regardai la personne encapuchonnée à côté de la Reine. Je me rendis compte qu'elle portait un masque sous la capuche, mais il faisait trop sombre pour en voir les détails, si ce n'est qu'elle semblait tournée vers moi.

— À la Cour d'Ombre, dit la Reine avant de siroter son verre.

— À la Cour d'Ombre, dirent les autres faës en faisant de même.

Je bus une gorgée en même temps qu'eux, essayant de me distraire de la personne encapuchonnée.

Autour de moi, les gens mordaient dans les gâteaux dans leurs assiettes. Je ramassai mon propre morceau, cher-chant subrepticement un endroit pour m'en débarrasser.

Une toux se fit entendre à une autre table, et les yeux de la Reine pétillèrent de joie.

—Aha !

Je me retournai pour voir un homme repousser sa chaise en se serrant la gorge. Les faës assis de part et d'autre ne semblaient pas savoir quoi faire, l'un d'eux se penchant pour lui donner un coup dans le dos.

— Vous avez trouvé ma fève !

Un ruban d'ombre jaillit de son bâton, droit dans la bouche du faë, qui tressaillit. Moins d'une seconde plus tard, il était ressorti, volant vers la Reine. L'homme aspira de l'air, en soulevant les épaules, tandis que le ruban d'ombre déposait quelque chose dans la main de la Reine. Elle le brandit avec un sourire.

C'était une dent.

Mon visage se crispa de dégoût. Avait-elle mis une dent dans le gâteau pour l'étouffer ?

— Savez-vous à qui cela appartenait, Lord Tyr ?

Le visage du faë perdit toutes ses couleurs lorsqu'elle s'adressa à lui.

— N... Non, Votre Altesse, s'étouffa-t-il.

La voix de la Reine se fit plus grave, mais toujours doucereuse.

— Elle appartenait à l'homme qui a suivi le mien à la Cour d'Or.

Le mâle se raidit, retenant son souffle.

— Je ne sais pas de quoi vous parlez, Votre Altesse.

C'était un mensonge évident. Le visage de la Reine rougit de rage, puis son sourire revint.

— On m'a dit qu'il s'appelait Rolf. On m'a également informée que vous désapprouviez l'envoi d'un émissaire à la Cour d'Or.

Les yeux du mâle se portèrent sur moi. De la haine y brillait, et j'en eus le souffle coupé.

— Ma Reine, je voulais juste m'assurer que nos ennemis ne profitaient pas de nous.

Ses yeux s'étrécirent en me regardant.

— Ou qu'ils n'infiltrent pas notre palais.

— Vous pensez que je suis corruptible ?

La voix de la Reine était calme. Dangereuse.

— Non, ma Reine.

— Vous pensez que je ne suis pas capable de diriger cette Cour ?

— Non, ma Reine. J'essayais juste de…

— De faire ce qu'on ne vous demandait pas ? De saper mon autorité ? Par méfiance ?

Un bruit sifflant et grondant s'éleva du sol, et l'instinct me crispa tout le corps. Avec fracas, quelque chose de noir et d'énorme bondit des pieds de la Reine, sur la table entre Mazrith et moi.

La peur me fit lever de ma chaise avant que la voix de Mazrith ne résonne fort dans ma tête.

— Ne bouge pas !

La chose sur la table ne ressemblait à rien de ce que j'avais jamais vu, même dans mes rêves. Entièrement constituée d'ombre, elle ressemblait à s'y méprendre à une sorte de molosse. Mais tout en elle était disproportionné ; ses membres étaient trop longs, son corps trop grand, ses dents noires trop grosses pour sa mâchoire. Sa longue queue était barbelée, et ses yeux étaient aussi rouges que ceux de la Reine.

La créature tourna sa gueule vers la faë qui tremblait à présent, claquant des mâchoires en silence.

— Tyr, votre manque de confiance en moi est très troublant.

Le sourire de la Reine disparut, sa voix se transformant en sifflement.

— Tu es un imbécile. Un imbécile indigne du palais et de ma Cour.

Elle fit un geste, et la bête d'ombre s'élança au-dessus de ma tête.

J'étouffai un cri, me baissai sur ma chaise et pivotai à temps pour la voir s'élancer sur l'homme, le percuter et l'éjecter de sa chaise. Il n'eut même pas le temps d'attraper son bâton. La créature serra ses mâchoires autour de sa gorge et lui brisa la nuque.

Je fis volte-face dès que le sang commença à jaillir. J'essayai de garder les yeux sur Mazrith, de maîtriser ma peur qui grondait alors que les bruits affreux de la créature dévorant sa proie derrière moi déchiraient le silence. Mais son masque scintillant ne faisait qu'empirer les choses.

Le crâne se profilait dans l'obscurité, et la panique commença à m'envahir. Un sentiment écrasant d'être complètement prise au piège me fit tourner la tête et regarder de tous les côtés, à la recherche d'une échappatoire.

Je ne pouvais pas quitter cet endroit.

Je ne pourrais jamais être ailleurs.

Pour toujours.

Mes mains tremblaient sous l'effet de la panique.

— Regarde-moi.

La main de Mazrith se leva et, d'un seul geste, il retira son masque.

Mes yeux se fixèrent sur son visage.

— C'est sa magie. Elle inspire la peur. Tu n'es pas faible.

Sa voix était claire et profonde dans mon esprit.

Je le regardai fixement.

Ce n'était pas réel.

Le mâle en train d'être dévoré par une putain de créature d'ombre était réel. Mais en regardant les yeux brillants et intenses de Mazrith, je sentis que je reprenais le contrôle.

— Maintenant que cette affaire désagréable est réglée, dit la Reine en frappant dans ses mains, ce qui me fait sursauter. Nous pouvons passer à mon cadeau à mon fils.

Elle agita son bâton, et les ombres se précipitèrent pour y retourner. Je refusai de me retourner pour voir le carnage.

J'entendis des raclements de chaises et des murmures soulagés.

La Reine se tourna vers Mazrith, qui déplaça lentement son regard de moi à elle.

— Cher fils. Cela fait des siècles que les membres de la famille royale ne célèbrent pas les anniversaires comme il se doit. C'est pourquoi j'ai organisé une célébration très spéciale, qui renoue avec les anciennes traditions.

Les murmures excités remplacèrent les chuchotements nerveux.

— Comme c'est intéressant, dit Mazrith sans ambages.

Les yeux de la Reine brillèrent.

— Oh, je pense que ce sera très intéressant. J'ai organisé, spécialement pour toi, un *Leikmot*.

Il y eut un hoquet collectif, puis des applaudissements enthousiastes.

Je cherchai dans ma tête ce que signifiait ce mot ancien, mais je ne trouvai rien.

Le Prince se leva lentement.

— Un festival de jeux, c'est un cadeau très attentionné, dit-il en s'inclinant. Merci.

Leikmot, c'était un festival de jeux ?

— C'est bien ce que je pensais, lui dit la Reine avec un sourire rayonnant.

— Comment et quand jouerons-nous ?

La Reine lui adressa un sourire ravi.

— J'ai envoyé des invitations à toutes les autres Cours, et toutes ont accepté de participer, sauf la Cour de Feu.

Le sourire aimable de Mazrith glissa.

— Vous avez invité les autres Cours ?

— En effet, rayonna-t-elle.

— Y compris la Cour d'Or ?

— Y compris la Cour d'Or.

Le regard de Mazrith darda presque imperceptiblement vers moi avant qu'il ne prenne la parole.

— Nous avons pris leurs runés par la force, au prix d'effusions de sang.

Une petite acclamation s'éleva parmi les invités, tandis que ma peau se tendait sur mon corps.

— Je suis surpris qu'ils n'aient pas tué votre émissaire sur le champ.

Le personnage à côté de la Reine se leva lentement.

— Le fait est qu'à la Cour d'Or, dit-il, son capuchon basculant vers l'arrière pour révéler un masque scintillant et des cheveux blancs raides, nous sommes moins barbares que ce que l'on a voulu vous faire croire.

Mon sang se changea en glace dans mes veines lorsque je compris. *Non. Ce n'était pas possible. Pas ici, à la Cour d'Ombre.*

Le masque d'or brillant se tourna vers moi.

— N'est-ce pas, Reyna ?

La vision qu'il m'avait envoyée, de moi-même attachée à un lit, sanguinolente et battue, me revint en tête, tandis que Lord Orm laissait échapper un long rire grave.

CHAPITRE 16

REYNA

J'avais vaguement conscience de murmures et de chuchotements tout autour de moi, mais aucun de tous ces mots ne pénétrait dans mon crâne.

Lord Orm était ici, à la Cour d'Ombre.

Comment ?

Pourquoi ?

La peur, et l'envie de fuir, m'envahit.

— Qui est notre invité, je vous prie ?

La voix de Mazrith était glaciale et dure comme l'acier. J'arrachai mon regard du faë d'or pour regarder le Prince à la place.

— Je suis Lord Orm, dit-il en inclinant la tête. Et je suis ici sur l'invitation de votre mère.

Il y eut de nouveau des hoquets et des murmures, mais ils s'éteignirent rapidement. Les courtisans étaient face à un ennemi juré dans leur propre palais, mais étant donné ce que la créature d'ombre de la Reine avait fait à la dernière personne qui avait remis en question ses décisions, je ne voyais aucun d'entre eux objecter à voix haute.

Pourquoi? Pourquoi avait-elle invité un faë d'or à la Cour d'Ombre? *Et de tous les faës, pourquoi lui?*

— Mon cher fils, j'ai pris exemple sur toi, dit la Reine, dont les yeux rouges brillaient d'une lueur cruelle. Tu as embrassé notre ennemi, pour notre bénéfice mutuel, selon tes dires. Lord Orm a répondu à mon émissaire, et nous avons compris que nous pouvions nous enrichir mutuellement.

Elle se tourna vers les autres faës.

— Nous organiserons le premier tour du *Leikmot* dès demain. En tant que mes plus proches courtisans, vous êtes tous les bienvenus.

Les invités de toutes les tables se levèrent d'un bond, applaudissant à tout rompre. Dans le tumulte, je trouvai le visage du Prince juste à temps pour voir l'éclair de fureur avant qu'il ne maîtrise ses traits.

— Une fois de plus, je vous remercie, dit-il à la Reine, suffisamment fort pour être entendu par la foule en liesse. Je dois me préparer et assurer la sécurité de la Cour pour nos invités.

Un silence s'abattit sur la cour.

— En effet, dit la Reine. Prépare-toi à une célébration des plus spectaculaires.

～

Je me hâtai de suivre le Prince et ses guerriers à travers la salle principale et en haut des grands escaliers. Ils semblaient tous prêts à tuer d'un seul regard, et aucun d'entre eux n'avait dit un mot depuis que nous avions quitté la cour.

Le choc de voir le cruel faë d'or commença à s'atténuer une fois que je fus hors de sa présence, ce qui permit à toutes les questions que je me posais de remonter à la surface.

La Cour d'Ombre avait attaqué le palais de la Cour d'Or, provoquant la mort de nombreux gardes humains et l'enlèvement de trois des précieux *orfèvres* des faës d'or. Pourquoi, au nom d'Odin, accepteraient-ils de participer à un festival de jeux ?

Il devait y avoir quelque chose, une raison secrète pour accéder à la Cour d'Ombre. Allaient-ils essayer de récupérer ce qui leur avait été volé ? La peur fit ralentir mes jambes, et Frima me jeta un regard lorsque je me laissai distancer par leurs longues foulées. J'accélérai le pas, la tension balayant les couloirs tandis que nous nous hâtions.

Dès que nous arrivâmes aux appartements du Prince, Frima se mit à parler, et Svangrior claqua la porte derrière lui assez fort pour me faire sursauter.

— Maz, elle va vous désigner pour participer aux jeux. Elle ne sait peut-être pas ce qui s'est passé dans la forêt, mais si elle a trouvé les restes des Affamés, elle saura ce qu'il vous en a coûté d'en éliminer autant. Elle sait que vous n'êtes pas en pleine possession de vos moyens.

Mazrith se dirigea tout droit vers le meuble situé contre le mur de gauche et se servit un verre.

— Il ne s'agit pas que de moi, dit-il d'un ton sombre.

Svangrior émit un sifflement.

— Elle méprise la Cour d'Or et sa sœur. Pourquoi inviterait-elle l'un d'entre eux ici ?

— Tout le monde dehors, dit Mazrith.

Tous se figèrent.

— Maz, nous devons..., commença Frima.

— J'ai dit : dehors !

Les deux faës filèrent vers la salle de guerre, et je me précipitai à leur suite.

— Pas toi.

Sa voix était dans ma tête, et je m'arrêtai. Avec une longue inspiration, je me retournai lentement vers lui.

Dès que nous nous retrouvâmes seuls, il réduisit la distance qui nous séparait.

— Le faë d'or te connaissait.

J'acquiesçai.

— Oui.

— Comment ?

C'était une demande, pas une question.

— C'est un courtisan important, qui vivait au palais. Il a la réputation d'être cruel.

— Rien de tout cela ne répond à ma question.

Je ne pus soutenir son regard.

— Il a aussi la réputation de faire du mal aux femmes.

L'obscurité s'abattit dans la pièce, et lorsque je levai

les yeux, il y avait des ombres qui remplissaient les iris de Mazrith.

— T'a-t-il fait du mal ? grogna-t-il.

Je secouai la tête.

— Non. Mais le jour où vous êtes venu au palais...

J'hésitai. Qu'est-ce que j'acceptais de lui révéler ?

— Ne m'oblige pas à te prendre ce que j'ai besoin de savoir, siffla Mazrith en guise d'avertissement.

Je reculai d'un pas, fronçant les sourcils.

— Vous avez promis de ne pas entrer dans ma tête sans permission.

Que je ne vous donnerai jamais.

— C'était avant que je le voie, que je sente ce qu'il pensait de toi, cracha-t-il. J'ai besoin de savoir, Reyna. Quel est ton passé avec ce faë ?

Une rage puissante lui jaillissait par tous ses pores, une fureur féroce gravée dans chaque trait de son visage.

Je pris ma décision et parlai.

— Il m'a choisie comme sa prochaine concubine. J'avais l'intention de m'échapper du palais et de la Cour d'Or la nuit où vous êtes arrivé.

— Tu... Tu allais t'enfuir ?

— Oui.

— Où serais-tu allée ? N'importe quelle Cour tuerait la runée d'une autre.

Je carrai les épaules et le regardai d'un air de défi.

— Je préférerais mourir que de vivre liée à ce mâle, sans hésiter.

— Tu m'as dit que tu préférerais mourir plutôt que d'être liée à moi.

Ses mots étaient un murmure, presque pour lui-même.

— Et je l'aurais fait. Mais vous avez menacé mes amis.

Ses yeux descendirent le long de mes cheveux. Je fronçai les sourcils lorsqu'ils retrouvèrent mon regard.

— Qu'est-ce que vous regardez ?

Son regard s'intensifia avant qu'il ne secoue la tête. Il me tendit le verre de liquide.

— Cela t'aidera à te sentir mieux.

Je fis une pause, puis je le pris.

Il avait raison. Ça avait un goût de fenouil et ça me brûla jusqu'au fond de la gorge, mais le feu valait mieux que la peur.

— Pensez-vous qu'ils souhaitent attaquer de l'intérieur ? Qu'ils sont là pour récupérer leurs runés ? demandai-je au Prince, hésitante.

— Les motivations des faës d'or sont plus faciles à deviner que celles de la Reine. Je ne sais pas pourquoi ma belle-mère s'est alliée à un seigneur faë d'or, grogna Mazrith. Il se peut qu'elle veuille qu'il t'enlève à moi. Ou peut-être a-t-elle concocté un plan aussi fou qu'elle. Elle joue un jeu dont nous ne connaissons pas encore les règles.

Mazrith tendit la main, me prit le verre et le vida.

— Ce que je sais, c'est que tu ne quitteras pas mon champ de vision.

— Mais...

— Tu. Ne. Quittes. Pas. Ma. Vue.

Ses yeux brillants et féroces se plantèrent dans les

miens, et la résistance que j'aurais dû ressentir ne vint pas.

Mazrith ne m'avait pas fait de mal. Et il avait besoin de moi vivante.

Mais à la Cour d'Or… Lord Orm m'avait choisie, uniquement pour me faire du mal. Un frisson me parcourut la peau. Ce moment, quand j'étais restée debout, toute nue, sur ce tapis dans le hall lumineux et scintillant du palais de la Cour d'Or, ça me semblait remonter à une éternité.

— Si vous pensez que je ne suis pas en sécurité, alors mes amis ne le sont pas non plus. Ils doivent être protégés eux aussi, dis-je en respirant profondément.

— D'accord, dit-il.

Les arguments que j'avais préparés moururent sur mes lèvres. Je m'attendais à une bagarre.

— Ils resteront dans la Suite du Serpent et seront surveillés en permanence.

— Merci, murmurai-je.

Je savais qu'il gardait Lhoris et Kara en sécurité parce qu'ils étaient un atout pour lui. Parce qu'ils étaient un moyen de pression sur moi.

Mais plus ces yeux profonds et torturés restaient fixés sur les miens, plus je voulais croire qu'il les gardait en sécurité parce que c'était important pour moi.

Mazrith ne détourna pas son regard de moi tandis qu'il appelait ses guerriers.

— Frima, va dans les quartiers des thralls. Découvre ce que tu peux. Tous les ragots peuvent être utiles, ordonna-t-il à la faë.

Elle acquiesça.

— Oui, Maz.

— Svangrior, va à l'armurerie. Si le *Leikmot* s'inspire des jeux anciens, il y aura des épreuves de force, d'esprit et de vitesse. Trouve tout ce qui pourrait nous donner un avantage.

Svangrior frappa le sol de son bâton, puis sortit de la pièce en tournoyant. Frima roula des yeux dans son dos, jeta un dernier regard inquiet à Maz, puis suivit le guerrier hors de la pièce.

— Nous avons du travail à faire.

Il me fallut une seconde pour comprendre ce qu'il voulait dire. Nous retournions au sanctuaire.

— Vous auriez dû me laisser parler à mes amis avant de venir ici.

Je jetai un regard noir au Prince tandis que le petit bateau flottait vers la caverne du sanctuaire sur le doux courant de la magie d'ombre.

Il me jeta un coup d'œil, puis se retourna vers la caverne.

— Ils auraient eu des réactions à la présence des faës d'or à la Cour d'Ombre qui nous auraient pris trop de temps. Du temps que nous n'avons pas.

— Charmant, murmurai-je.

Il y eut un court silence, et je retournai la boîte à outils d'orfèvrerie que j'avais entre les mains.

— Crois-tu que tes amis espèrent retourner au service de la Cour d'Or ?

— Grâce à des effusions de sang ? Non, dis-je en baissant les yeux vers l'eau claire sur laquelle nous dérivions. Mais je crois que le travail de l'or leur manque à tous les deux. Un runé qui ne fabrique pas de bâtons n'a pas de raison d'être.

— Cela te manque-t-il de travailler l'or ?

Je me retournai pour le regarder.

— Je travaille l'or depuis mon arrivée ici.

Un malaise m'envahit. *Et cette fois, il serait là quand les visions viendraient.*

Je n'avais pas l'intention de lui en parler, mais je ne pouvais pas cacher la réaction physique que ces visions provoquaient chez moi, et il m'avait clairement fait comprendre qu'il n'allait pas me perdre de vue. Étant donné que quelqu'un avait essayé de me tuer la dernière fois que je m'étais retrouvée seule dans le sanctuaire, je n'étais pas sûre de vouloir qu'il le fasse.

— Après que j'ai réparé le bâton, j'aurai besoin d'un peu d'espace, dis-je, d'un ton aussi décontracté que possible.

— Ce ne sera pas possible.

Je fronçai les sourcils.

— Cela fait partie de la vie d'un runé. J'ai une réaction viscérale à l'œuvre après l'avoir terminée. Et j'ai besoin d'espace quand ça arrive.

Ses yeux se plantèrent dans les miens, brillants et intenses.

— Il n'y a pas de place dans le sanctuaire. Ce ne sera pas possible.

Mes sourcils se froncèrent avec colère.

— Tout ce que je demande, c'est que vous me laissiez tranquille pendant quelques minutes. Vous n'avez pas besoin de partir complètement, juste de..., dis-je en agitant la main. Retournez sur le pont en forme de poignet et laissez-moi un peu d'intimité.

Il secoua la tête, les yeux plissés.

— Tu me mens encore, petite *orfèvre*.

Je sentis des volutes froides sur ma nuque, et la peur m'envahit.

— Arrêtez.

— Arrête de mentir.

— Je ne vous dois aucune vérité.

Je crachai ces mots, ma peur attisant ma colère, me forçant à me défendre.

— La réponse est : non.

— Ce n'était pas une question.

— Alors la déclaration est : non.

Je sifflai, frappant de la paume de la main le bord du petit bateau, le faisant osciller dans l'eau douce. Il était exaspérant.

— Bon. Si vous insistez pour que je me donne en spectacle, alors ne me parlez pas, ne me touchez pas et ne me demandez rien.

— Tu crois qu'il est embarrassant que ton travail te fatigue ?

Il avait l'air sincèrement étonné, plutôt que moqueur.

Je fus submergée par la conviction profonde que personne d'autre que moi ne devait être au courant à propos de mes visions, et je m'efforçai de trouver quelque chose de crédible à répondre. Il m'avait promis de ne pas rentrer dans ma tête, mais s'il était convaincu qu'il avait une raison assez forte, je soupçonnais qu'il reviendrait sur sa parole.

— Chaque runé réagit différemment. J'ai des...

J'essayai d'imaginer à quoi ressembleraient mes visions aux yeux d'une personne extérieure.

— Des vagues de douleur intenses. Je ne suis pas gênée, c'est juste que je n'aime pas montrer que je suis vulnérable.

C'était en partie vrai.

Le Prince ne dit rien, et nous retombâmes dans un silence tendu.

Lorsque notre petit bateau arriva en bas du poignet, le Prince en descendit pour poser le pied sur la pierre. Je le suivis, mais au-dessus du gouffre, j'hésitai.

Les muscles de mes cuisses commencèrent à trembler, et je jurai méchamment. *Ressaisis-toi, Reyna.*

Mais à chaque fois que je faisais un pas, le tremblement revenait.

La honte me brûla les joues. J'étais plus forte que ça, je n'avais pas le vertige.

Le souvenir de mes jambes pédalant dans le vide au-dessus du gouffre m'emplit la tête, puis celui de mon plongeon dans les airs. Je m'agenouillai et posai mes mains sur la pierre pour m'assurer qu'elle était bien là.

Refusant de lever les yeux vers le Prince, je m'assis sur mon séant et je commençai à avancer en me tortillant sur le pont. Je ne levai pas les yeux de la pierre une seule fois avant d'avoir atteint la main et les statues.

Le visage si chaud qu'il me faisait mal, je rampai maladroitement jusqu'au milieu de la paume, mes bras tremblant maintenant, eux aussi. J'étais consciente de la présence du Prince, tout près de moi, mais je refusais de le regarder.

— C'est l'adrénaline, sifflai-je, incapable de supporter son silence. Je suis humaine, et il y a des substances chimiques dans notre corps qui nous font parfois réagir d'une manière que nous ne désirons pas.

J'avais besoin d'air frais, et ma tête commençait à tambouriner.

— Les faës ont aussi de l'adrénaline.

Ma tête se releva vivement, et involontairement, à sa réponse à voix basse. Ses yeux étaient brillants, et je lui lançai un regard noir.

— Laissez-moi deviner, vous êtes assez fort pour surmonter ça ?

— Pas toujours. Non.

Sa voix douce désarma toute envie de me battre.

Il tendit la main. Mon instinct fut de le repousser, mais mon geste rageur se figea à mi-chemin.

En réalité, une main ferme pour m'aider à me relever, c'était exactement ce dont j'avais besoin. Je ne voyais aucun jugement dans ses yeux, et il était trop tard pour cacher ma vulnérabilité.

Je lui pris la main et le laissai me tirer lentement vers mes pieds. Il hocha la tête quand je fus debout – une question silencieuse.

J'acquiesçai, et il lâcha prise, se dirigeant vers la

statue au bâton brisé. Lentement, avec prudence, je le suivis.

~

Une fois devant la statue abîmée, je pris une grande inspiration, les tremblements se dissipant. Remettant le pommeau du bâton brisé à sa place, je sentis une attraction, comme celle d'un aimant. La vision d'or m'engloutit immédiatement, et des runes, plus nombreuses que d'habitude, se déversèrent vivement de l'endroit où la hampe touchait le pommeau. Je sortis un scalpel et un pinceau épais de ma trousse, puis me mis au travail, mélangeant l'or de façon homogène.

Lorsque les runes cessèrent de couler, que les instructions complexes et magnifiques s'arrêtèrent, je reculai, et le voile doré qui recouvrait ma vue se leva.

Je pris quelques longues respirations, consciente de la présence de Mazrith juste derrière moi.

Combien de temps s'écoulait-il avant que les visions ne commencent ? En général, quelques minutes.

Un grattement puissant me figea tous les muscles du corps.

— Qu'est-ce que... ? commença Mazrith.

Mais un craquement résonna dans la caverne, lui coupant la parole.

Je fis deux pas précipités en arrière, reculant au milieu de la paume, alors que la pierre qui constituait la statue faë commençait à se fissurer, des veines sombres se frayant un chemin à travers la pierre. Puis la pierre craquelée commença à se détacher complètement, et je portai les mains à ma bouche sous l'effet de la surprise.

Sous le granit gris se trouvait... *de l'or*. La même belle femme faë qui tenait son bâton, mais en or massif.

La pierre continua à se détacher, jusqu'à ce qu'il ne reste plus que le métal luisant.

— Au nom de Freya...

Je fis un pas timide vers la statue en or, incapable de résister à l'attrait d'une si grande quantité du métal précieux. Mais alors que je le faisais, le bras de la statue bougea.

Je me figeai.

Elle levait son bâton. Un autre mouvement attira mon attention, et je retins mon souffle, étonnée de voir ses lèvres s'entrouvrir.

« Haut de dix pieds, ou plus encore,

À jamais grand, mais dans la mort.

Charmé par la nuit sombre et l'or,

Honneur d'acier, précieux trésor

Éveillera pierre qui dort. »

Lorsqu'elle eut fini de parler, son bâton retomba doucement sur le sol, et sa bouche se referma.

CHAPITRE 18

REYNA

Un silence, si épais qu'il en était assourdissant, s'abattit sur la caverne.

— Vous... Vous avez entendu ça, n'est-ce pas ?

Je ne regardai pas Mazrith en parlant, mes yeux rivés sur la statue.

— Oui. Il faut que je l'écrive, maintenant.

Je me tournai vers lui alors qu'il commençait à sortir des objets d'une pochette à sa ceinture. Je le vis dérouler un petit morceau de parchemin juste avant qu'une vague de ténèbres ne déferle sur moi.

— Merde, jurai-je avant de rouler sur le dos et de poser les mains à plat contre la pierre, comme je l'avais fait tout à l'heure.

— Qu'est-ce qui ne va pas ?

— La douleur dont je vous ai parlé. Ça commence, dis-je rapidement. Ne me parlez pas, ne me touchez pas.

— Comme tu voudras, répondit-il.

Mais son dernier mot n'était qu'un murmure lointain.

Le rire fusa, en arrière-plan. Le malaise, la sensation bizarre. Puis l'odeur envahit mes narines, et la peur s'empara de mon corps. L'odeur était censée se manifester lors de la deuxième vision. Pas la première.

— Reyna.

Pendant un instant, je crus que mon cœur s'était complètement arrêté.

C'était elle. L'Ancienne.

L'obscurité se leva, et j'aspirai de l'air, en souhaitant être ailleurs que sous la terre. De la sueur s'était accumulée sur ma nuque, et mes mains étaient humides sur la pierre froide.

— Reyna, tu es pâle, laisse-moi...

— Laissez-moi tranquille ! hurlai-je à moitié au Prince.

La deuxième vague commença, et je grattai la pierre sous le bout de mes doigts quand mes mains se crispèrent involontairement.

Elle riait. C'était elle. Est-ce que ç'avait toujours été elle ?

— Reyna. L'orfèvre aux cheveux de cuivre.

La lumière tomba sur la scène teintée de rouge. Des morceaux de cadavres. Des jambes ici, des bras là, des os nettoyés à blanc.

De la bile me remonta dans la gorge lorsqu'une silhouette apparut en boitant.

— Nous te rendrons quand nous en aurons fini avec toi.

Une terreur à glacer les os m'envahit, et je sentis mes yeux brûler lorsque la vision se dissipa.

Je serrai les dents, me forçant à contenir ma peur. Ce n'était pas réel. C'était une vision. Toute ma vie, j'avais eu des visions des Affamés. Ce n'était pas différent.

Mais *c'était différent*. Je le savais. Pouvait-elle me voir ? Communiquait-elle avec moi ?

La vague suivante arriva, et je fis appel à toute ma détermination, à tout mon courage.

— Il ne peut pas t'aider.

Elle se rapprochait en boitant, et une lumière rouge intense éclairait les restes épars qui l'entouraient. Elle était également sous terre, dans une grotte ou un terrier.

— Il t'a peut-être sauvée une fois, mais il a l'intention de te tuer. Nous te donnerons une nouvelle vie. Une vie éternelle.

Un éclair de lumière tomba sur son visage qui me souriait, avec la moitié de sa mâchoire qui manquait, un vide noir à la place d'un œil, et des mèches de cheveux qui pendaient d'un morceau de crâne. J'entendis le hoquet sortir de mes propres lèvres lorsque la vision se leva.

— Reyna, que se passe-t-il ?

La voix de Mazrith me parvint alors que je fermais les yeux bien serrés.

— C'est presque fini, laissez-moi tranquille.

J'enroulai mes bras autour de mes genoux, essayant de remplir mes poumons, de me préparer à la quatrième vision.

Elle ne vint jamais.

Lentement, avec méfiance, je laissai retomber mes bras et j'ouvris les yeux.

N'allait-elle vraiment pas venir ?

— Merci, Odin, murmurai-je.

— Pourquoi remercies-tu les dieux ?

La voix de Mazrith était serrée. Je pris une autre longue inspiration, puis je relevai la tête pour voir son visage pincé de colère.

— Parfois, il y a quatre vagues de douleur, dis-je à voix basse. Aujourd'hui, il n'y en a eu que trois.

— Pourquoi travailles-tu l'or, si c'est la conséquence ? Tu es blanche, tu trembles, tu transpires et...

Il s'interrompit, secoua la tête, sa main crispée autour de son bâton.

Mes sourcils se rejoignirent.

— Je vais bien. Ça passe vite.

En réalité, si les visions allaient s'aggraver depuis ma rencontre avec l'Ancienne, je ne serais peut-être plus aussi disposée à travailler l'or.

Elle m'avait parlé. C'était comme si les visions précédentes avaient été des railleries, des expériences. Maintenant, elles étaient ciblées, directes.

— C'était plus que de la douleur, déclara Mazrith. Je sais reconnaître la peur quand je la vois.

Ses yeux se plantèrent dans les miens, et je sentis des vagues de froid sur ma nuque.

— Ne vous avisez pas, sifflai-je.

Il soutint mon regard une seconde de plus, puis rétrécit les yeux et souleva le parchemin que je ne l'avais pas vu froisser.

Après l'avoir lissé, il jura.

— Je ne me souviens pas exactement de ce que la statue d'or a dit.

Je déglutis, soulagée qu'il ait changé de sujet.

— Quelque chose à propos d'éveiller la pierre qui dort.

— Ce n'est pas suffisant.

Sa voix était serrée.

Je fermai les yeux et soupirai.

— Dois-je essayer de la faire parler à nouveau ?

Je ne désirais pas du tout prendre le risque d'avoir à nouveau les visions. Mais il était sûr comme Odin que je ne voulais pas avoir subi tout ça pour rien.

— Non, dit Mazrith en s'avançant, le ton dur. Absolument pas.

Je lui lançai un regard.

— Je ne suis pas si fragile, marmonnai-je sans savoir si c'était vrai.

— Nous reviendrons plus tard, quand tu te seras reposée.

— Je pensais que nous n'avions pas le temps ?

La colère, ou la frustration, se dessinèrent sur ses traits.

— Je me souviens de ce qu'elle a dit. C'était une sacrée énigme, surgit une voix masculine hautaine dans mon esprit.

Et un faible sourire se dessina sur mes lèvres.

— Voror.

Je regardai le Prince, puis vers le plafond de la caverne.

— Voror a entendu l'énigme, lui dis-je en cherchant l'oiseau.

Mon cœur s'allégea lorsque je le vis sortir de l'obscurité et atterrir à mes côtés.

— Tu n'as pas l'air bien, dit-il en clignant des yeux.

— Je viens de travailler de l'or. Qu'a dit la statue ? Tu t'en souviens bien ?

Mazrith s'approcha, un parchemin et un petit bâton de charbon à la main.

— Je m'en souviens parfaitement, dit le hibou en relevant son bec. Elle a dit :

« Haut de dix pieds, ou plus encore,

À jamais grand, mais dans la mort.

Charmé par la nuit sombre et l'or,

Honneur d'acier, précieux trésor

Éveillera pierre qui dort. »

Tandis que Voror répétait mot pour mot ce que la statue avait dit, je transmis le message à Mazrith, qui les écrit sur son bout de papier. Lorsqu'il eut terminé, il fronça les sourcils devant son écriture.

— Est-ce que cela a un sens à vos yeux ? lui demandai-je.

— Peut-être.

Il regarda tour à tour les autres statues, puis moi.

— Nous devons trouver quelque chose pour réparer les autres statues ? Quelque chose qui éveillera la « pierre qui dort », relut-il.

Mes sourcils se haussèrent.

— Si les autres bâtons sont cassés, il faudra trouver des runés pour chacun d'entre eux.

Il s'approcha de la figure de pierre la plus proche et tendit la main pour la toucher.

— Celle-ci est d'ombre. Mais je ne pense pas que le bâton soit fait du même argent que le mien.

Je me levai prudemment sur mes pieds, les paumes encore humides. Je le rejoignis et balayai un peu de la pierre sur le pommeau, comme je l'avais fait pour le bâton d'or. À ma grande surprise, du métal jaune apparut.

— Encore de l'or ?

— Encore de l'or, dit Mazrith d'un ton serré.

Je grattai la pierre, exposant le pommeau du bâton. Il était magnifique. Un serpent s'enroulait sur lui-même en forme de huit, et son corps était serti d'une série de pierres vertes, de toutes les nuances et de tous les types.

— Sais-tu ce qu'il faut réparer ?

Je plissai les yeux, hésitant à y toucher – hésitant à prendre le risque de déclencher à nouveau la transe d'or.

Une rune noire unique flotta de l'extrémité du bâton.

Je ne pus retenir mon hoquet d'étonnement. *Je savais ce que signifiait cette rune.*

— Qu'est-ce que c'est ?

Des ombres jaillirent du bâton de Mazrith, prêtes à combattre. Ou à protéger.

— Il faut trouver du jade, chuchotai-je. Pour réparer ce bâton, on doit trouver un morceau de jade.

Je le savais de la même façon que je savais ce qu'il fallait faire grâce aux runes d'or que je voyais. Je m'ap-prochai de la statue et vis une petite entaille sur la partie inférieure du serpent, où il manquait manifestement une pierre précieuse.

— Là, dis-je en pointant du doigt.

Mazrith me jeta un long regard suspicieux.

— Comment sais-tu qu'il faut que ce soit du jade ?

J'envisageai de lui mentir. Mais je jetai un coup d'œil à l'inscription qui me désignait comme la clé de tout cela et je changeai d'avis.

— Je viens juste de voir une rune. Et elle signifiait « jade ».

Le Prince me fixa du regard, et je lui rendis la pareille. Enfin, il détourna les yeux et les baissa à nouveau sur son parchemin.

— Alors, cette chose de dix pieds de haut va nous donner du jade ?

Voror voltigea au-dessus de nous et se posa sur la tête de la statue.

— S'il est caressé par les ombres et l'or, dit-il.

Je répétai les paroles du hibou à Mazrith, qui jeta un regard en coin au bel oiseau blanc avec une méfiance persistante.

— Qu'est-ce que cela signifie ?

— Je ne sais pas, répondit Voror.

— Connaissez-vous des personnes de trois mètres de haut ? demandai-je.

— Pas chez les vivants.

— Alors... Vous pensez qu'il s'agit d'une autre statue ?

— Certainement.

Je me mordis la lèvre en réfléchissant.

— Les statues que nous avons vues à l'intérieur d'*Yggdrasil*, dis-je, en rougissant quand je pensai à l'arbre éthéré.

L'endroit que mon cerveau, engourdi par du vin faë, avait choisi comme scène de mon rêve obscène. Mazrith ne le savait pas, cependant, et je me forçai à me concentrer.

— Elles étaient grandes.

— Bien plus grandes que trois mètres, répondit-il.

Nous redevînmes tous silencieux.

— Nous devons y réfléchir, dit Mazrith après quelques minutes. Mais faisons-le avec de la chaleur et de la nourriture. Tu as besoin de te reposer.

Il avait raison. Je me sentais épuisée.

J'étais reconnaissante du silence qui régna pendant que nous sortions de la caverne et que nous retournions dans les appartements du Prince. Sa réaction à ma douleur me troublait, et mes pensées sombres s'efforçaient de démêler mes questions. *Et mes sentiments.* Ces maudits sentiments qui s'immisçaient et embrouillaient encore plus les choses.

Pourquoi était-il si protecteur avec moi ?

Parce que je suis un atout. Il a besoin de moi pour reprendre sa Cour à la faë folle qui est actuellement sur le trône, me dis-je.

Pas parce qu'il m'apprécie.

Je fermai les yeux pendant que nous flottions sur l'eau. *Reprends-toi, Reyna. Vraiment. Et ne lâche pas prise.*

— Tu n'as toujours pas l'air d'aller bien.

La voix de Voror fut un soulagement bienvenu au milieu de mon autoflagellation.

— Je suis juste fatiguée.

— Les effets du poison ne se sont pas encore dissipés.

J'acquiesçai.

— Peut-être pas complètement.

— Tu parles à ton oiseau ? se fit entendre la voix grave de Mazrith derrière moi, dans le petit bateau.

— Oui, lui répondis-je sans me retourner.

— Je vais réfléchir à cette énigme pendant que tu te reposes, dit Voror.

— Pourquoi appelles-tu cela une énigme ?

— Ça rime.

— Donc c'est un poème, non ?

— Seulement pour les imbéciles. Ce que tu es souvent, pour être honnête avec toi.

Mes épaules s'affaissèrent alors que je lui jetais une œillade.

— Bon. On devrait peut-être donner ça à Kara, puisque c'est la personne la plus intelligente que je connaisse.

— Quoi ?

La voix de Mazrith était si vive que, cette fois, je me retournai.

— Voror pense que le poème est une énigme. Et mon amie, Kara, est très savante. Elle est intelligente. Elle pourrait peut-être nous aider.

— Il n'en est pas question. Personne d'autre que nous ne doit être au courant.

Je le fixai dans la pénombre.

— Combien de temps avant votre anniversaire ?

Il me jeta un regard noir et ne dit rien. Je haussai les épaules.

— Bon. Alors, débrouillez-vous tout seul. Apparemment. Je suis une imbécile.

— La dernière chose que tu es, c'est une imbécile, marmonna-t-il alors que je me détournais à nouveau.

CHAPITRE 19

REYNA

—Tout va bien ? demanda Frima en nous scrutant tous les deux alors que nous entrions dans les appartements de Mazrith.

— Oui. Et de ton côté ?

Il les regarda tour à tour, elle et Svangrior, qui était appuyé contre la cheminée. La porte du couloir s'ouvrit, et Ellisar passa la tête. Voyant le Prince, il entra dans la pièce.

— Les faës de terre et les faës de glace arriveront à l'aube, et une cérémonie de bienvenue aura lieu devant les portes du palais. Je crois que c'est à ce moment-là qu'elle choisira le champion qui représentera la Cour d'Ombre, dit Frima.

Elle avait l'air de souhaiter pouvoir relever elle-même le défi.

— Alors, vous pensez qu'elle choisira le Prince ? demandai-je.

— Je ne vois pas d'autre raison pour laquelle les autres Cours viendraient, si ce n'est pour avoir la chance de battre publiquement un faë rival. Je pense que la Reine mijote cela depuis un certain temps.

Je jetai un coup d'œil au Prince.

— C'est donc par malchance qu'elle a choisi précisément le moment où il a été blessé pour l'annoncer ?

— Peut-être.

Svangrior frappa du poing sur la cheminée, interrompant la conversation. Il regarda le Prince.

— Laissez-moi combattre à votre place.

Mazrith se dirigea vers lui et, à ma grande surprise, lui donna une puissante tape sur l'épaule, assez forte pour faire trébucher le farouche faë.

— Merci, mon ami, mais non. Je ne peux pas prendre le risque de montrer la moindre faiblesse. C'est ce qu'elle veut. Que je me montre indigne de diriger la Cour.

Mazrith leva son bâton de quelques centimètres, et de la lumière brilla dans ses yeux avant que des ombres ne tourbillonnent.

— Et ne sous-estime pas ma force, mon ami. Je me sens mieux d'heure en heure.

Il y eut l'ombre d'un sourire sur ses lèvres.

— En fait, je commence à attendre les jeux avec impatience.

Svangrior ne discuta pas, se contenta de se renfrogner. Mazrith se tourna vers moi.

— Tu devrais dormir un peu.

Je n'aurais pas dû être surprise de me retrouver à dormir dans la chambre du Prince. Mazrith m'avait dit que je ne quitterais pas sa vue, alors je suppose que j'aurais dû être reconnaissante qu'il ne soit pas là avec moi. Il m'avait assuré qu'il y avait d'autres lits dans la Suite du Serpent et que je ne serais pas dérangée.

— Dors, Reyna, murmurai-je, faisant taire la frénésie d'imagination qui accompagna l'idée que le Prince me dérange dans mon lit.

Me tournant et me retournant sous la montagne de fourrures d'une douceur luxueuse, le mélange de cette chaleur réconfortante et des efforts de la journée me berça jusqu'au profond sommeil en quelques minutes.

Quand un bruit fort, puis quelqu'un tirant sur mes couvertures, me tirèrent de mon oubli béat, je gémis.

— Pourquoi ? marmonnai-je d'une voix épaisse.

— C'est l'aube. D'autres faës à saluer. La fiancée du Prince doit être là. Debout.

C'était la voix de Frima, et je me forçai à me redresser en me frottant les yeux.

— J'aurais pu dormir un jour de plus, au moins, gémis-je.

— Tu ne peux pas. Habille-toi.

Je me penchai sur le côté du lit pour attraper mon pantalon, mais Frima le repoussa d'un coup de pied.

— Non, en robe. C'est un événement formel.

Je la regardai d'un air renfrogné.

— Je ne sais pas comment mettre une robe.

Ce fut à ce moment précis que Brynja entra dans la pièce, portant un plateau avec une tasse de quelque chose de fumant, un énorme quignon de pain, du fromage et ce qui ressemblait à du vin.

— Oh, bien, dit Frima. Habille-la. Pour recevoir des invités royaux.

Brynja acquiesça et posa le plateau.

— Bien sûr, madame.

Elle me tendit la tasse fumante, que je reniflai. Ça sentait le chocolat, un délice que je n'avais goûté qu'une seule fois, il y avait de cela de nombreuses années.

— Aucune Cour n'a accueilli de faës depuis trois cents ans, dit Frima.

Ses yeux s'assombrirent un instant, de la tristesse traversant ses traits.

— C'est une honte, à bien des égards, dit-elle à voix basse.

— Quoi ?

— Que ce soit la Reine qui organise un tel événement. La mère de Maz...

Elle s'interrompit, puis croisa mon regard.

— La mère de Mazrith a voulu accueillir les faës de terre, une fois.

— Pourquoi ne l'a-t-elle pas fait ?

— Son père a refusé.

— Pourquoi ?

— Parce qu'il était...

Elle interrompit à nouveau brusquement sa phrase et jeta un coup d'œil à la porte fermée.

— Il l'a fait, c'est tout. Maintenant, dépêche-toi.

Alors qu'elle quittait la pièce, une fine silhouette

apparut de l'autre côté de la porte. Frima secoua la tête, mais la laissa entrer.

— Kara, souris-je, alors qu'elle se dirigeait tout droit vers le lit pour me serrer dans ses bras. Tu avais déjà entendu parler de *Leikmot* ?

Elle acquiesça et s'assit sur le bord du lit.

— Oui, on dirait que la Reine a un plan.

— Madame, quelle robe ?

Brynja montra une robe noire à manches longues en dentelle et une robe vert foncé au corsage très ferme. Elle avait l'air incroyablement inconfortable, alors je pointai du doigt la robe noire.

— Manches longues, s'il te plaît.

Je bavardai avec Kara pendant que Brynja me faisait enfiler la robe et essayait d'arranger le désordre dans lequel mes cheveux s'étaient emmêlés pendant la nuit.

— Comment va Lhoris aujourd'hui ?

— Bien. J'aimerais qu'il se détende un peu.

Je haussai un sourcil.

— Qu'il se détende ? Il est prisonnier d'une Cour ennemie ! Ce n'est guère propice à la détente.

Je penchai la tête.

— Tu es détendue, toi ?

Des couleurs lui montèrent aux joues.

— Eh bien, non, évidemment. Mais... Je n'ai pas été fouettée ou agressée une seule fois depuis que je suis là. La nourriture est bonne, et il y a des livres, dit-elle en haussant les épaules, l'air coupable. Le fait est que je ne me sens pas vraiment effrayée. Pas dans ces apparte-ments, avec ces guerriers.

Brynja acquiesça.

— Ils nous traitent bien. On ne peut pas le nier, madame. Je n'ai pas été battue non plus.

— C'est bien, dis-je.

Je me demandai si je devais dire à Kara qu'ils avaient été aussi bien traités parce qu'on les utilisait contre moi, et que j'avais joué un rôle crucial à jouer dans les malheurs de Mazrith. Mais je ne voulais pas qu'elle ait peur, et si elle se sentait en sécurité dans ces appartements, alors c'était une bonne chose, sans doute ?

Lord Orm, en revanche... Il était normal qu'il lui fasse peur. Qu'il fasse peur à tous les *orfèvres*. Moi y compris.

— Ne quitte pas ces appartements. Ni le champ de vision des guerriers du Prince.

Elle secoua vigoureusement la tête.

— Bien sûr que non. Je sais qui est là.

Brynja acquiesça.

— Il n'y a pas que la Reine ou ses faës d'ombre dont il faut s'inquiéter, maintenant. N'importe quel membre des autres Cours aurait du mal à résister à l'envie de vous tuer, dit-elle d'un ton détaché, avant d'écarquiller les yeux et de porter ses doigts à sa bouche. Je n'avais pas l'intention de parler si librement, pardonnez-moi, dit-elle à Kara.

Kara haussa à nouveau les épaules.

— Reyna m'a appris à ne pas être sensible à ce genre de choses. Je sais où nous sommes en sécurité et où nous ne le sommes pas.

Je ressentis un élan de fierté pour la jeune fille, ainsi qu'une envie féroce de lui parler de l'énigme, mais Frima ouvrit la porte avant que je ne puisse rompre ma promesse au Prince.

— Tu as le costume de ton rôle, dit-elle en me regardant. Tu es prête? Le Prince faë le plus puissant d'*Yggdrasil* a choisi une esclave humaine comme fiancée. Je suis prête à parier qu'on parlera de ça autant que de cette assemblée des Cours. Tu es sur le point de recevoir toutes les attentions.

J'hésitai, puis j'acquiesçai.

—Allons-y.

— On est en retard? demandai-je alors que nous arrivions en bas du grand escalier et que nous prenions une direction que je n'avais jamais empruntée auparavant.

Le hall était vide, contrairement à la dernière fois, où les invités étaient en train d'arriver en même temps que nous.

— Oui, répondit Mazrith.

— Oh. Cela ne va pas mettre la Reine en colère?

— J'espère qu'elle sera en colère. J'espère qu'elle commettra une erreur, qu'elle démontrera à tous qu'elle est inapte à gouverner.

—Ah bon. Eh bien, ne vous servez pas de moi pour la mettre en colère. Je pense que je peux la prendre dans une bagarre à mains nues, mais je ne crois pas qu'on en viendrait là.

Le Prince ralentit l'allure pendant un instant, et je fus presque sûre de l'avoir entendu rire.

— Je donnerais mon œil droit pour voir ma belle-mère se battre à coups de poing, dit-il. Mais tu as raison. Ce n'est pas son genre.

— Cette horrible créature d'ombre arracherait les membres de qui que ce soit qui essayerait de l'approcher.

Comme il ne répondait pas, je repris la parole.

— Vous pouvez créer de telles créatures avec les ombres ?

— Je n'en ai pas besoin, dit-il, l'humour ayant disparu de sa voix.

— D'accord. Cela semblait être un bon truc, juste au cas où...

Il tournoya soudain sur ses talons, m'attrapant par le coude pour me tourner vers lui, les yeux fixés sur lui.

— Tu es en sécurité avec moi. Tant que tu es à mes côtés, elle ne te fera aucun mal.

Je le regardai en clignant des yeux.

— D'accord, bégayai-je.

Il se retourna à nouveau, reprenant son chemin dans le hall.

Ma petite voix qui aurait habituellement protesté en disant que je n'avais pas besoin qu'on s'occupe de moi restait silencieuse, et je remarquai son absence.

Avais-je accepté sa protection ?

Contre sa belle-mère, j'aurais accepté la protection de n'importe qui. Elle me terrifiait. Et contre les Affamés aussi, pensai-je avec un frisson.

Mais je ne pouvais pas oublier le coût de cette protection.

Je jetai un coup d'œil à mon poignet pendant que nous pressions le pas, la rune noire bien visible, puis à la bague du serpent.

Il m'avait liée à lui par la force et s'était assuré que je ne puisse jamais le quitter, que je ne sois jamais libre.

Je le laisserais me protéger ici, là où tant de forces s'efforçaient de me nuire. Mais je ne me laisserais pas oublier le prix à payer.

CHAPITRE 20
REYNA

ous nous dirigeâmes tous les quatre vers les portes colossales du palais, traversant le carrelage luisant du vestibule principal. Je me rendis compte, en approchant, que je n'avais, en fait, jamais franchi ces portes. Chaque fois que j'étais entrée dans le palais, c'était par l'une des entrées secrètes du Prince.

Elles étaient massives, leurs côtés s'incurvant pour se rejoindre au sommet lorsqu'elles étaient fermées. Elles étaient ornées de sculptures semblables à celles des autres portes que j'avais vues dans le palais, avec des scènes de bataille représentant des victoires glorieuses et sanglantes des faës d'ombre.

Mazrith agita son bâton, et des ombres se précipitèrent vers les portes. Lorsqu'elles heurtèrent le bois sombre et riche, les battants s'ouvrirent avec plus de force que je ne m'y attendais.

Le Prince franchit la porte à grands pas, mais je m'arrêtai, contemplant ce que je voyais devant moi.

Je savais déjà que le palais était entouré de la forêt étrange et sinistre que nous avions traversée pour nous rendre à l'atelier de Tait. Mais en bas d'une série de larges marches faites de la même roche brillante et sombre que celle dans laquelle le palais avait été taillé, une clairière s'ouvrait dans le feuillage dense. Du sable avait été répandu par terre pour former une longue scène de forme ovale. Une arène. De hautes flèches couvertes de lianes sinueuses se dressaient autour, surmontées de boules de lumière brûlante qui éclairaient le sable.

L'arène est entourée de sièges sur tous les côtés. À chaque extrémité de l'ovale se trouvaient des rangées de bancs occupés par des courtisans. Depuis là où je me tenais, loin, mais en hauteur, je pouvais voir qu'ils étaient tous vêtus de noir et d'argent, ce qui en faisait probablement des membres de la Cour d'Ombre.

Du côté de l'arène qui était tourné vers le palais se trouvaient trois fauteuils ornés vides, tapissés de fin tissu argenté. Ils étaient flanqués d'une série de chaises plus simples et, derrière elles, d'autres rangées de longs bancs en bois.

Sur le côté de l'arène le plus proche du palais, entre nous et le sable, il n'y avait que dix chaises, et au milieu, un trône, tous tournés vers la scène de sable.

Je déglutis en reconnaissant l'arrière de la tête de la Reine.

Me préparant mentalement, je suivis le Prince en bas

des marches, sans pouvoir m'empêcher de regarder le palais par-dessus mon épaule lorsque j'entendis les portes claquer derrière moi. J'étouffai un hoquet admiratif. De l'extérieur, les portes étaient impressionnantes. Presque les jumelles des portes du tronc d'*Yggdrasil*, réalisai-je en les regardant fixement. Des braseros brûlaient sur les côtés, projetant des ombres inquiétantes, teintées de rouge. Je me retournai et me précipitai à la suite du Prince.

Quand les portes se refermèrent, le bavardage excité de la foule s'interrompit brièvement. Mais en nous voyant descendre les marches, il reprit rapidement, plus fort qu'avant. Mon regard était inexorablement attiré par les trois sièges vides de l'autre côté. Il s'agissait vraisemblablement des trônes pour les faës de glace, de terre et d'or.

Alors que nous nous rapprochions de la rangée de sièges de la Reine, je remarquai que seuls trois étaient vides, y compris celui situé immédiatement à sa droite.

Mazrith contourna le bout de la rangée et se dirigea nonchalamment vers sa belle-mère. Frima et moi étions derrière lui, Svangrior derrière nous. La Reine ne s'était pas retournée à notre approche, bien que Rangvald se soit penché de son siège à sa gauche pour lui parler à plusieurs reprises. Tous les gens que nous croisâmes se turent, et quand Mazrith arriva jusqu'à elle, elle se leva.

— Cour d'Ombre ! s'exclama-t-elle en écartant les bras et en se tournant vers les faës assis sur les bancs incurvés. Vous êtes avec votre Reine en ce jour spécial.

La foule entière devint complètement silencieuse.

— Nous sommes ici pour célébrer le trentième anniversaire de mon fils avec un événement sans précédent.

— Je ne suis pas votre fils, et ce n'est pas sans précédent, dit Mazrith.

Tout le monde se figea, les yeux dardant entre la Reine, désormais rigide, et Mazrith, qui se tenait devant elle. Il fixait tout le monde d'un air paresseux.

Que faisait-il ? Depuis que j'étais à la Cour d'Ombre, et lors des conversations que j'avais eues avec lui au sujet de sa belle-mère, il m'avait dit qu'il respectait les règles pour éviter toute perturbation au sein de sa Cour. Mais... n'avait-elle pas déjà elle-même provoqué cette perturbation ? Ou y avait-il une autre raison pour qu'il la titille aussi publiquement ?

Quand je pensai à sa créature d'ombre, j'en eus froid dans le dos.

— Mais, quoi qu'il en soit, continuez, je vous en prie, dit Mazrith dans le silence pesant, en agitant la main dédaigneusement en direction de la Reine.

Lorsqu'elle reprit la parole, un sifflement évident se le disputait à la douceur dans sa voix.

— Un *Leikmot* impliquant toutes les Cours d'*Yggdrasil*, c'est sans précédent de notre vivant, cher Mazrith.

Il la regarda.

— Oh, vous avez réussi à persuader les faës de feu de venir ?

Ses yeux s'étrécirent.

— Tu sais que personne n'a vu un faë de feu hors de sa propre Cour depuis des siècles.

Il haussa les épaules.

— *Presque* toutes les Cours d'*Yggdrasil*, alors, corrigea-t-il.

Elle lui jeta un regard noir, les deux s'affrontant dans une bataille d'ego. Des ombres tourbillonnaient de leurs deux bâtons, et Rangvald eut une toux presque inaudible.

La Reine quitta Mazrith du regard pour se tourner vers la foule.

— Avant d'accueillir nos visiteurs, nous devons désigner un champion pour notre Cour afin qu'il participe aux jeux du *Leikmot*.

Des voix marmonnaient et bavardaient tout autour, et on entendait assez bien les mots « Prince » et « Mazrith » dans la plupart des conversations.

— C'est un honneur, car les festivals de jeux peuvent parfois être dangereux.

Mon estomac se noua. Frima avait vu juste. Elle allait essayer de le faire tuer pendant le *Leikmot*.

— Les membres les plus estimés de ma Cour et moi-même en avons discuté longuement, et nous avons déjà pris une décision.

Il y eut quelques marmonnements déçus, qui s'arrêtèrent rapidement lorsque le regard froid de la Reine balaya la foule.

— Je fais entièrement confiance à mon fils, le Prince Mazrith, dit-elle en prononçant chaque mot avec une lenteur délibérée. Nous savons tous qu'il ferait un excellent travail en tant que représentant de notre Cour.

Même si Mazrith semblait toujours aussi détendu, je

sentais déferler de lui des vagues de tension. Le malaise filtra dans ma propre peau, et j'eus le sentiment que quelque chose n'allait pas.

— Et c'est en raison de cette confiance que nous avons décidé de choisir un autre champion. L'être en qui il a lui-même décidé de placer sa propre confiance.

Oh non.

Oh non, non, non.

— Mon cher enfant, que pourriez-vous demander de plus, toi ou la Cour, qu'une chance de montrer à tous que nous pouvons nous fier à ton jugement ? C'est avec grand plaisir que je te donne l'occasion de prouver que tu as eu raison de rompre des siècles de tradition en choisissant une humaine d'une autre Cour comme fiancée.

Les yeux de la Reine passèrent de Mazrith à moi.

— Reyna Thorvald, future princesse de la Cour d'Ombre, tu seras notre championne au *Leikmot*. C'est à toi de démontrer que le Prince de cette Cour est sain d'esprit et apte à gouverner. Si tu échoues, nous saurons tous que Mazrith Andask a commis une terrible erreur. Une erreur dont il paiera le prix.

CHAPITRE 21

REYNA

— Vous ne pouvez pas faire ça, siffla Mazrith en tournoyant sur ses talons pour lui faire face, son masque d'indifférence s'effritant.

Mon cœur battait trop fort dans ma poitrine.

— Je suis la Reine de cette Cour et je peux faire ce que je veux, répondit-elle à voix basse.

— Et je suis le champion de la Cour d'Ombre dont nous avons besoin, vous le savez. Arrêtez cette folie, ou vous allez donner une image de faiblesse à notre Cour, répondit-il plus calmement, toujours assez doucement pour qu'on puisse seulement l'entendre à portée d'oreille.

Mon estomac se tordait, mes yeux dardant vers les sièges vides de l'autre côté du sable.

Trois faës. Y compris Lord Orm. Et j'étais censée les affronter ?

J'en avais le tournis de ne pas savoir ce qui allait seulement se passer pendant ces jeux, et la peur me tenaillait les tripes. Un combat à mains nues ? Une course ? Un test de magie ? J'échouerais à toutes ces épreuves. Je n'étais qu'une humaine sans magie. Je n'avais aucune chance, et la Reine le savait. Mazrith le savait. Elle l'avait coincé.

La fureur s'empara de ses traits, des ombres sombres tempêtant dans ses yeux.

— Et nous commençons le premier jeu dès maintenant ! annonça la Reine, se détournant de Mazrith pour se tourner vers la foule.

On applaudit à tout rompre, et des visages excités s'illuminèrent dans les tribunes.

Mes genoux flageolèrent.

— Non, dit Mazrith, le corps rigide.

Elle le fixa un instant, ses yeux rouges brillants, puis parla encore plus fort à la foule.

— Je vous présente Lord Dokkar, le champion des faës de terre, et ses courtisans, Lady Kaldar, la faë de glace, et ses courtisans, et Lord Orm, le faë d'or, et ses courtisans !

Des faës émergèrent de la lisière de la forêt en face de nous, prenant place sur les bancs de l'autre côté de l'arène, tandis que les spectateurs de la Cour d'Ombre poussaient des sifflets et des acclamations à tout rompre. Trois faës passèrent devant les bancs et s'arrêtèrent au bord du sable. J'en reconnus un immédiatement. Lord Orm, ses cheveux blancs luisant sous la lumière artificielle, son armure d'or étincelante. Son bâton pulsait d'un pouvoir qui m'appelait, comme s'il reconnaissait sa créatrice.

À côté de lui se trouvait une femme d'un mètre quatre-vingt-dix, dont la peau avait la couleur du ciel par temps nuageux – le plus pâle des bleus gris. Ses cheveux étaient, en revanche, du bleu le plus vif que j'avais jamais vu, tressés en une épaisse natte qui lui tombait dans le dos. Elle portait une tenue blanche de guerrière, les joues barrées de peintures de guerre de même couleur. Un saphir étincelant à sa gorge était la seule indication qu'elle était autre chose qu'une guerrière. Je ne pouvais pas distinguer clairement son bâton, mais un saphir similaire accrochait la lumière en haut d'une hampe très droite.

Le faë de terre à côté d'elle avait la peau de la couleur de l'écorce des arbres, d'un brun riche et chaud. Ses yeux étaient noirs, tout comme ses cheveux, mais zébrés de mèches d'un vert éclatant, et il avait des centaines de perles et de feuilles tissées dans ses nombreuses tresses. Il portait des vêtements amples faits d'un patchwork de matériaux, et son bâton était d'un bois d'apparence organique, courbé à tous les angles et d'un vert éclatant au sommet.

— Reyna ? Prends place, dit la Reine en faisant un geste en direction de l'arène.

— Je ne le permettrai pas, aboya Mazrith.

Mais elle se pencha en avant et lui saisit le bras en souriant sereinement.

— Tu m'as sous-estimée, Mazrith, cracha-t-elle à travers son sourire. La Cour doit voir pourquoi tu l'as choisie. Tu ne peux plus rien y changer.

Pendant un instant, je crus que Mazrith allait la frapper. Mais au lieu de cela, il poussa un aboiement de fureur et s'écrasa sur le siège à côté d'elle.

Frima nous regarda tour à tour, lui et moi, puis se dirigea lentement vers l'un des autres sièges vides. Svangrior fit de même.

Je fus la seule à rester debout.

Elle avait raison. Il était trop tard pour changer les choses.

À *Yggdrasil*, rien n'était plus précieux que l'honneur, l'orgueil et le courage. Si la fiancée du Prince ne voulait pas se battre, c'était qu'elle n'en était pas capable. Et la Reine avait réussi à convaincre tout le monde que Mazrith n'en était pas capable non plus.

Je fis un pas vers l'arène, refusant de regarder les trois faës de l'autre côté. Mon sang battait si fort dans mes oreilles que les bruits de la foule se confondaient dans un bourdonnement lointain.

La voix de Mazrith traversa la brume, claire dans ma tête.

— Fais exactement ce que je te dis. Une fois ce premier jeu terminé, nous trouverons un moyen de te sortir de là.

Je ne voulais pas trahir le fait qu'il pouvait me parler dans ma tête, alors je ne réagis pas du tout à ces mots. Mais je m'y raccrochai. J'avais besoin de toute l'aide disponible.

— Chers faës, je vous souhaite la bienvenue à notre Cour et je vous remercie de votre présence, chantonna la Reine. Le *Leikmot* commence immédiatement ! Au cours du festival, chaque Cour organisera trois jeux, sur le choix des faës hôtes. Le premier jeu présenté par la Cour d'Ombre est le tir à la corde !

Le tir à la corde ? Donc, tirer sur une corde ?

Un mélange de soulagement et d'inquiétude m'envahit. Il ne s'agissait pas d'un test de magie ou d'habileté à la hache, ce qui était une bonne chose. En revanche, il n'y avait aucune chance que je sois physiquement plus forte que les faës. Et je devais peser la moitié de leur poids. Je ne pouvais pas gagner, évidemment. Mais je pouvais survivre et, dans le meilleur des cas, ne pas avoir l'air complètement nulle.

L'injustice du combat donna de la vigueur à ma colère, et j'y puisai, la rassemblant autour de moi comme une armure.

Une armure. Une autre chose que tous les guerriers faës avaient et que je n'avais pas. Je baissai les yeux sur la robe à manches longues, ma colère se transformant en rage.

Il était indéniable que la Reine avait gagné cette manche de son jeu de merde, mais je ferais tout ce qui était en mon pouvoir pour ne pas lui donner davantage de satisfaction.

Quatre thralls se précipitèrent sur le sable en portant des cordes visiblement lourdes qu'ils déposèrent par terre. Quatre autres fixaient de grands mâts aux deux extrémités opposées de l'arène sablonneuse et traçaient des triangles autour de leur base à l'aide de longs bâtons de charbon de bois.

Je forçai mes jambes à bouger alors que les trois

autres faës marchaient sur le sable au milieu des accla-mations.

— Vous devez tirer vos adversaires à travers le sable dans les triangles cibles et les attacher aux mâts, annonça la Reine. Le dernier faë encore debout gagnera. Que le défi commence !

Le dernier *faë* encore debout.

J'embrassai ma fureur. Nous savions tous que je ne pouvais pas gagner, mais qu'elle ne reconnaisse même pas que j'avais une chance ?

Les acclamations se transformèrent en un gronde-ment sourd tandis que les trois faës se déplaçaient rapi-dement vers les cordes posées sur le sable.

— Ne choisis pas la corde d'Orm, aboya la voix de Mazrith dans ma tête.

Je me retins de lui lancer un regard noir. Comme si j'avais la moindre envie d'affronter un type qui me détes-tait déjà.

Orm et Kaldar, la faë de glace, avaient déjà pris la corde de toute façon, chacun par un bout, alors je n'avais pas vraiment le choix de mon adversaire. Le faë de terre me fit un sourire dont je ne savais pas s'il était sincère.

— Pas pressée ? me demanda-t-il, ses yeux sombres illuminés de paillettes vertes.

— Je suis humaine, répondis-je. Vous voulez jouer sans votre bâton ? Pour que le combat soit équitable ?

Il jeta un coup d'œil au bâton qu'il tenait à la main, puis à moi. Il me décocha un autre sourire. Avant qu'il n'ait pu parler, la foule se mit à hurler, et nous regardâmes tous à notre gauche. Une lumière brûlante jaillissait du bâton d'Orm, et ma bouche s'ouvrit lorsque de la glace bleue étincelante remonta le long de la corde. Orm lâcha en poussant un cri, avant de reprendre la corde en grognant.

— Non merci, petite humaine. Je crois que je vais utiliser ce que j'ai à disposition, dit Dokkar en me regardant.

Son accent était doux, presque chantant, et son ton incroyablement détendu.

Je serrai les dents tandis qu'il soulevait son bout de la corde comme si elle ne pesait rien. Le pommeau de son bâton brilla, et des lianes s'enroulèrent autour de la gemme qui le surmontait, serpentant vers la corde. Je regardai par-dessus mon épaule le mât vers lequel j'étais censé le traîner.

Aucune chance. Pas même après un million de prières à Odin.

Je me penchai, ramassant la corde et écartant les pieds. Dokkar tira sur la corde avec un autre sourire, comme pour me tester, et je trébuchai. Mes joues s'en-flammèrent.

J'allais avoir l'air pathétique. Je ne pouvais rien y faire. Je n'avais aucun moyen de pression. Rien de ce que les autres avaient, pas le moindre avantage. Je portais une robe, bordel de merde.

Un autre cri dans la foule me fit regarder à gauche. Orm traînait la faë de glace vers son mât, accélérant au fur et à mesure qu'il se rapprochait du triangle. Alors qu'il n'était plus qu'à quelques mètres de son but, la faë se fit toute molle. La corde se tendit, et Lord Orm tomba à terre.

La foule se mit à rire. Je me retournai vers Dokkar, et son large sourire me fit froncer les sourcils. Une liane froide s'enroula autour de mon poignet. Je tirai sur ma main, mais la liane était trop forte. Elle s'était enroulée tout autour de la corde et ne semblait pas prête de ralentir.

— Désolé, petite humaine, dit Dokkar avec un haussement d'épaules.

Puis je m'envolai. La puissance combinée de ses muscles et de sa magie de terre suffit à me faire voler vingt pieds plus loin sur le sable, avant d'atterrir sur le flanc, durement, à quelques centimètres du mât.

Je me tortillai sur le sable, essayant de me remettre debout, mais la liane me remontait le long du bras, et un étrange engourdissement l'accompagnait, rendant mes doigts difficilement contrôlables.

— Lâche la corde, me dit la voix de Mazrith.

Mais je ne pouvais pas.

Dokkar attachait l'autre extrémité de la corde autour du mât comme s'il avait tout son temps, et la fureur de mon impuissance me fit crier :

— Vous pensez que ça vous rend fort de gagner un combat injuste ?

Dokkar me jeta un coup d'œil.

— Non. Il faut que je batte l'un d'entre eux, maintenant.

Il montra d'un signe de tête l'autre bout de l'arène,

où la forte lumière d'Orm cachait la majeure partie de ce qui se passait.

— Voilà ce qui me rendra fort.

Il s'approcha de moi, raccourcit la corde et m'entraîna dans le triangle. Je me débattis, donnant des coups de pied, mais il s'écarta facilement chaque fois que j'essayais. Ses lianes se resserrèrent autour de mon bras, me faisant tressauter. Avec nonchalance, il commença à attacher l'autre extrémité de la corde autour de mon membre désormais paralysé. Je le frappai au flanc avec mon autre poing, mais il ne broncha même pas.

— La paralysie n'est pas permanente, déclara-t-il joyeusement.

— Je passe pour une imbécile, sifflai-je, en continuant à frapper inutilement du poing contre ses côtes.

— Ce n'est pas moi qui t'ai désignée comme adversaire. Ne l'oublie pas, petite humaine. De plus, j'aurais pu t'attacher tout contre le poteau. Ainsi, tu gardes un peu plus de liberté, sourit-il, avant de lâcher mon bras engourdi.

Il y avait juste assez de corde entre moi et le mât pour me maintenir fermement dans le triangle.

Je lui montrai les dents, mais il se contenta de s'éloigner pour regarder les deux autres. Posant une main sur sa hanche, il frappa du bâton sur la terre, et ses lianes se rétractèrent aussitôt, laissant une marque rouge brillante sur ma peau, à l'endroit où elles s'étaient enroulées.

La foule rugit soudain, et la lumière du bâton d'Orm s'affaiblit juste assez pour que je puisse voir son visage triomphant et la faë de glace attachée au poteau.

La colère qu'Orm n'ait pas été battu me fit tirer sur mes liens.

Deux thralls sortirent en courant, en portant une nouvelle corde qu'ils posèrent au milieu de l'arène.

Lentement, Dokkar et Orm s'installèrent à chaque extrémité, s'observant l'un l'autre. Le sourire détendu de Dokkar demeurait sur son visage usé par le temps, tout comme le rictus d'Orm semblait fixé sur le sien.

Ensemble, ils soulevèrent la corde et la tendirent aussitôt

Dokkar prit l'avantage très tôt, ses lianes s'enroulant le long de la corde comme elles l'avaient fait contre moi, tandis qu'il souriait à pleines dents. Le bâton d'Orm dirigea un faisceau de lumière vers le faë de terre, mais sa progression prudente vers sa cible ne ralentit pas.

Une douleur me cisailla le cou et me fit me redresser, ma main libre se portant à ma gorge.

La corde. L'extrémité de la corde était autour de mon cou.

Une panique aveugle s'empara de moi, et je criai quand elle se resserra.

Je tournai la tête de tous les côtés, à la recherche de mon agresseur. Mais il n'y avait personne. Je cherchai des ombres en haletant, cherchai une trace de magie qui aurait pu animer la corde pour qu'elle m'étrangle, mais je ne vis rien.

— Reyna !

La voix de Mazrith était dans ma tête, puis je l'entendis crier à haute voix. Je tombai à genoux, griffant la corde jusqu'à ce que mes doigts me fassent mal, mais elle ne se desserrait pas.

— Qui fait ça ? rugit Mazrith.

J'essayai de regarder vers lui, mais mes yeux coulaient, ma vision se brouillait. La corde me cisaillait la peau, et un gargouillis quitta mes lèvres. Une nouvelle douleur s'ajouta à l'agonie de ma trachée écrasée.

Du noir envahit ma vision, puis des ombres tourbillonnèrent autour de moi, bloquant tout le reste. Je ressentis une douleur glaciale autour de ma main et de ma gorge, puis la pression disparut. Je tombai en avant, cherchant de l'air. Les ombres autour de moi se dissipèrent, et je fus certaine d'avoir vu une liane verte dans ma vision périphérique mouillée de larmes.

Puis, Mazrith s'accroupit devant moi, ses fourrures tremblant de rage. Doucement, il me souleva pour me mettre debout, me faisant tourner le menton pour me regarder le cou. Pendant une seconde, je vis ses yeux devenir noirs, puis il me ramassa et tourna sur lui-même. Il se déplaçait trop vite pour que je puisse voir grand-chose, et mes poumons brûlants et ma tête battante m'empêchaient de me concentrer.

Je crus entendre la Reine protester lorsque nous passâmes devant son trône, mais Mazrith ne s'arrêta pas.

Je fixais le mur, allongée dans le lit du Prince, pendant que j'écoutais les voix de Mazrith et de ses guerriers au-delà de la porte entrouverte.

— Par le corbeau d'Odin, elle a failli mourir !

— Une humaine contre trois faës. À quoi vous vous attendiez ?

— Ce n'est pas la compétition qui a failli la tuer, mais la personne qui contrôlait la corde.

— Comment un faë aurait-il pu faire cela ? Je n'ai rien vu. C'était comme si la corde était animée d'une vie propre.

— La corde est un matériau naturel, peut-être était-ce un faë de terre ?

En me retournant, je tirai l'un des épais oreillers rembourrés de plumes sur ma tête.

Je ne pouvais plus jamais quitter cette pièce.

La honte me brûlait, presque aussi douloureuse que la méchante ecchymose autour de ma gorge que Kara avait soignée, aussi doucement qu'elle l'avait pu, avec de l'horreur dans ses yeux.

Le faë de terre m'avait pratiquement ramassée comme si j'étais un jouet. Toute la foule, les membres les plus importants des Cours de tout *Yggdrasil*, m'avaient vue aussi faible qu'un enfant.

Et juste pour être sûr que je passe une journée de merde, une corde s'était animée et avait essayé de m'étrangler. Le souvenir de cette expérience me serra douloureusement la gorge. Le fait que Mazrith me porte dans l'arène comme une jeune fille sans défense n'avait rien fait pour apaiser ma honte aux yeux du monde. Mais serais-je ici sans lui ? Non. Il m'avait encore sauvé la vie.

J'étais tellement dépassée par les événements que c'en était risible.

Comment, au nom de Freya, allais-je pouvoir participer à d'autres jeux ?

Je ne pouvais pas. *Je ne le ferais pas.*

Le fait était qu'il n'y avait aucune chance que je gagne. Et alors, Mazrith perdrait sa Cour.

Je fronçai la figure sous l'oreiller moelleux.

Depuis quand je me souciais du maudit trône de Mazrith ?

— Est-il vrai que tu as failli mourir étouffée par de la magie ?

La voix était celle de Voror, et je repoussai à contre-cœur l'oreiller. Il était perché au bout du lit.

— Oui.

Ma voix était rauque et sifflante, mais cela ne me faisait pas très mal de parler.

— Je n'avais pas réalisé que cet événement avait lieu si tôt. J'étais parti chasser.

Il cligna lentement des yeux, levant légèrement une griffe.

— Je suis désolé.

Mes épaules s'affaissèrent.

— Ne t'inquiète pas. Tu n'aurais rien pu faire, de toute façon.

— Le Prince t'a sauvé la vie ?

J'acquiesçai.

— Encore une fois. Je suis trop faible et pathétique pour sauver ma propre maudite vie.

Le hibou inclina lentement la tête.

— Pour ton espèce, tu n'es pas faible.

— Espèce ?

— Tu es humaine. Pour une humaine, tu n'es pas particulièrement faible. Tu es, en fait, assez débrouillarde, même si tu n'es pas aussi sage que moi.

Je soupirai.

— Mais je ne me bats pas contre des humains. Je pourrais aussi bien être un putain de chaton dans une tanière de lions.

— Tu n'utilises pas les bons mots. Tu n'es pas faible. Tu n'es pas de la bonne espèce pour la situation.

Je le regardai fixement.

— En quoi est-ce censé m'aider ?

— Si je devais combattre trois mulots et gagner, est-ce que cela signifierait que les mulots sont faibles ?

Je secouai la tête en soupirant.

— Non. Je comprends ce que tu dis, mais ça ne sert à

rien. Je suis la seule humaine dans une Cour remplie de faës. Si je ne peux pas les égaler, c'est fini.

— C'est peut-être vrai, mais il n'y a aucun avantage à se dire faible ou à déprécier ce que l'on a. En te disant de fausses vérités, tu portes atteinte à ta confiance en toi, alors que c'est l'une des rares choses que tu possèdes. De plus, tu as des qualités que tes adversaires n'ont pas.

Je le regardai.

— Comme quoi ?

— Tu n'es pas aussi rapide ou forte qu'un faë, et tu n'as pas de fortune ou de magie...

— Ça ne m'aide pas d'énumérer ce que je n'ai pas, Voror.

Il me regarda en clignant lentement des yeux.

— Ils ne sont pas tous intelligents. Ils n'ont pas de hibou sage et magique. Ils n'ont pas la protection du plus puissant faë d'ombre de l'histoire. Ils ne sont pas mentionnés dans une ancienne prophétie comme étant la clé du destin d'*Yggdrasil*.

— Le destin d'*Yggdrasil*..., murmurai-je en me prenant la tête entre les mains. Ceux qui m'ont choisie ont mal choisi.

— Eh bien, il est trop tard pour que ça change, maintenant, dit le hibou d'un ton détaché. Qui a essayé de t'étouffer ?

Je laissai retomber mes mains pour le regarder.

— Je ne sais pas.

— Dis-moi ce qui s'est passé.

De mauvaise grâce, je racontai le premier jeu du *Leikmot* à l'oiseau.

— J'ai cru voir une liane avant que Mazrith ne me ramène ici, dis-je, le souvenir me revenant après que j'ai tout raconté.

Son bec claqua.

— Quelqu'un a essayé de te tuer deux fois avant l'arrivée du faë de terre, dit-il. Il est peu probable que ce soit lui.

— Mais il n'y avait pas d'ombres autour de la corde, ce qui aurait pu trahir un faë d'ombre. Quand Mazrith et la Reine utilisent leurs ombres, on peut les voir. Je ne pense pas qu'ils puissent les rendre invisibles.

Voror cligna des yeux.

— La magie de la Reine est… bizarre. Elle a un mauvais goût dans l'air.

— Tu penses que c'est elle ?

— Je crois qu'elle en a le pouvoir.

Je pris une grande inspiration et me renversai sur les oreillers, en grimaçant à cause de la douleur qui m'élança le cou à ce mouvement.

— Comment vais-je faire pour tenir jusqu'à la fin du festival des jeux ? demandai-je à voix basse.

— Il semble que les faës d'ombre au-delà de cette porte font de leur mieux pour répondre à la même question. Ils sont plus forts que toi. Laisse-les t'aider.

— Tout le monde est plus fort que moi.

— Les faës sont plus forts que toi, me corrigea-t-il.

— Putain de faës.

— Hé, je ne t'ai pas jetée aux lions.

À la voix de Frima, je me redressai vivement. Elle se tenait dans l'encadrement de la porte, appuyée contre l'embrasure, et ma bouche s'ouvrit quand je vis comment elle était habillée.

— Frima, vous avez l'air...

Je n'étais pas sûre de trouver une façon de lui dire qu'elle était sexy sans que ce soit bizarre.

Elle sourit et pointa un orteil, soulevant sa jupe moulante rouge écarlate et dévoilant sa jambe d'un air provocant.

— Ce soir, j'ai une mission qui nécessite de faire appel à des compétences que tu ne m'as encore jamais vue utiliser. Mais n'aie crainte, je suis aussi douée avec ça qu'avec une hache, dit-elle en bombant la poitrine, montrant son décolleté plus profond qu'on aurait pu le croire.

— Hum, dis-je, pas certaine de savoir quoi répondre.

— L'un des courtisans de la Reine a un faible pour moi. Je vais essayer de lui soutirer le thème des deux prochaines épreuves. Au moins, si nous avons une idée, nous pourrons essayer de nous préparer.

— C'est... C'est gentil de votre part. Merci.

Nous savons toutes les deux que je ne serai pas plus près de gagner. Ces mots resteraient en suspension dans le silence. Mes joues chauffaient à nouveau, et j'aurais voulu pouvoir chasser la honte que je ressentais d'avoir été si publiquement pathétique.

Ses yeux se portèrent sur mon cou, puis sur Voror qui restait immobile au bout du lit.

— Il y a un hibou dans ta chambre.

— Oui.

— D'accord. Comment te sens-tu ?

— J'ai mal quand j'avale, mais ça va, sinon.

— Maz veut te parler.

Je fronçai les sourcils.

— Alors pourquoi ne le fait-il pas ?

L'ombre d'un sourire passa sur ses lèvres.

— Il ne voulait pas entrer dans ta chambre sans que je vérifie d'abord que tu étais habillée.

Mes sourcils se haussèrent. Les faës d'or brûlaient les vêtements des femmes pour s'amuser.

— Il aurait pu frapper.

— C'est ce que je lui ai dit, mais il m'a envoyée.

— Il me donne une chance de dire non, réalisai-je lentement.

— Ou d'aller à lui, dit-elle en haussant les épaules et en me regardant d'un air avisé. Si tu es d'accord pour sortir du lit ?

Le défi dans sa voix était clair, et une étincelle bienvenue s'alluma en moi.

— Bien sûr que je peux sortir du lit, crachai-je. Je ne suis peut-être pas aussi forte qu'un faë, mais je ne suis pas invalide.

— Heureuse de l'entendre. Tu réalises que personne ne te regardait aujourd'hui, jusqu'à ce que la corde essaie de te tuer ? Tu as fait ce que tu pouvais, mais ce n'est pas toi qui les intéressais. Tu es un être humain. Ils t'ont éliminée avant même que les jeux ne commencent.

Je me raidis, mais le sens de ces mots pénétra la rage.

Personne n'avait été surpris par la facilité avec laquelle j'avais été vaincue dans cette arène. Ou ne s'en souciait.

Voror avait raison.

Je n'étais pas une faë, donc il était pire qu'inutile de me comparer à eux. Cela me portait même préjudice.

Et le hibou avait raison sur un autre point. J'*avais* quelque chose qu'ils n'avaient pas.

Mon envie de m'apitoyer sur mon sort s'évapora.

— Où est Mazrith ?

Frima sourit.

— Dans la salle de guerre.

CHAPITRE 23

REYNA

Lorsque je poussai la porte, Mazrith était assis à la grande table, à fixer la carte. Des assiettes de pain, de charcuterie, de pâtisseries et de fromage recouvraient l'autre côté de la table.

— Vous me demandez ? dis-je, regrettant instantanément ces mots lorsqu'il tourna la tête vers moi.

Il regarda d'abord mon cou, puis mon visage.

— Es-tu capable de manger ?

— Je ne sais pas. Mais j'ai faim.

Il se leva, appuya son bâton contre sa chaise avant de me passer une assiette. Il n'avait plus de fourrure, une simple chemise sombre recouvrant son énorme torse. Il montra la nourriture, puis se dirigea vers le meuble qui contenait les gobelets et les boissons.

Je me déplaçai le long des plateaux, choisissant des aliments qui, je l'espérais, ne me blesseraient pas la gorge, puis je pris un siège un peu plus loin que celui où il était assis. La cheminée était allumée et les rideaux ouverts, et la chaude lueur du feu combinée au ciel étincelant à l'extérieur rendait l'atmosphère étonnamment douillette.

— Vos appartements ne sont pas comme le reste du palais, dis-je.

Il ne répondit pas avant d'avoir versé les boissons et de les avoir apportées.

— De l'hydromel, dit-il.

Je pris le gobelet avec reconnaissance. C'était comme boire un liquide réconfortant, la sensation agréable engourdissant ma gorge et réchauffant ma poitrine.

— Je crois que c'est la magie de ma belle-mère qui contrôlait la corde aujourd'hui, dit-il d'une voix serrée en s'asseyant.

— Voror aussi.

Je pris un morceau de pain, que je mâchai avec hésitation. Je n'eus pas trop mal en avalant, et j'attaquai le reste de mon assiette avec plus d'enthousiasme.

— Nous devons trouver un moyen que tu survives.

Je ne pus m'empêcher de pouffer.

— Que je survive à d'autres épreuves comme ça? Bonne chance !

Ses yeux s'assombrirent.

— Je n'ai pas besoin de chance, grogna-t-il.

Je fermai les yeux un instant, puis je les rouvris.

— Écoutez. Plus vite nous résoudrons l'énigme, plus vite je pourrai remplir ma mission.

Il fronça les sourcils, baissant les yeux vers ma main. Il cherchait la bague que je ne portais pas.

— Après quoi, tu tenteras d'échapper à nos fiançailles, dit-il calmement.

Ce n'était pas la réponse à laquelle je m'attendais. Il avait tout à fait raison, mais ce n'était pas la direction que je voulais donner à cette conversation.

— Après quoi vous pouvez renverser la Reine et mettre fin aux jeux, dis-je fermement. Ou au moins, choisir un meilleur champion.

— Je t'avais dit que je t'aiderais, et je n'ai pas pu le faire, dit-il en fixant toujours ma main dénuée de bague.

Sa colère faisait-elle place à la culpabilité ? Je le fixai. Plus je regardais, plus j'étais sûre de voir les cicatrices qui tapissaient son visage.

Des souvenirs m'envahirent d'un coup, la plupart datant de ces deux nuits dans la montagne. Lui, sous le masque magique qu'il utilisait, recouvert de cicatrices de la tête aux pieds ; l'énorme blessure sur sa poitrine ; la vision de lui et de sa mère. Je me passai les mains sur le visage, essayant de sortir de ces pensées.

— Vous m'avez aidée. Vous m'avez sauvé la vie, encore une fois.

Ses yeux s'égarèrent un instant, puis revinrent sur les miens avec une intensité qui fit transpirer mes paumes autour du couteau à beurre que je tenais.

— Non.

— Comment ça, non ? Ce sont vos ombres qui ont enlevé la corde, n'est-ce pas ?

— La corde n'aurait jamais dû se retrouver autour de ton cou. J'ai échoué. Tu n'aurais jamais dû te retrouver dans cette arène.

Des ombres qui ressemblaient à des nuages d'orage s'agitaient dans ses yeux, tels des puits profonds remplis d'un langage que je ne pouvais tout simplement pas traduire.

L'émotion me submergea, m'échauffant la figure.

— Pourquoi vous vous en souciez ? murmurai-je.

Il me fixa si longtemps que je crus ne jamais pouvoir échapper à ses iris hypnotiques, en perpétuel mouvement.

— La Reine a été plus maligne que moi.

Son ton était froid, et il lâcha mon regard fixe. Mon estomac s'emballa, et je me mordis l'intérieur de la joue pour faire retomber mon émotion, me forçant à garder un visage neutre.

— Elle m'a roulé en public et me tient exactement là où elle veut.

Ses doigts se portèrent sur l'une des quelques amulettes qu'il portait au cou, et il la retourna dans ses mains, fixant la carte.

— Nous sommes attaqués de toutes parts, et elle a pris une longueur d'avance. Je ne vois pas comment nous en sortir.

Je fermai les yeux.

Il ment.

Il ne s'agissait pas seulement de la Reine. Je l'avais vu dans ses yeux, je pouvais le sentir déferler de lui. Il tenait à moi. Je n'arrivais pas à comprendre pourquoi. Une possessivité pure et simple de faë avide ? Ou quelque chose de plus ?

Je repris mon souffle.

Quoi qu'il se passe dans son cerveau mystérieux et intense, cela ne changeait rien à ce qu'il fallait faire.

— Si je perds, ce qui ne manquera pas d'arriver, vous perdrez toute crédibilité auprès de votre Cour.

— Oui.

J'ouvris les yeux.

— À moins que vous ne coupiez publiquement les ponts avec moi.

— Je ne peux pas faire ça.

— Pourquoi pas ?

Quelque chose qui tenait à la fois du soulagement et de la surprise accompagnait ma demande.

— Les fiançailles liées ne peuvent être rompues que par la mort.

Il ne me regarda pas pendant qu'il parlait.

Je serrai la mâchoire, me préparant à dire ce que je savais qu'il fallait que je dise.

— Et vous n'êtes pas prêt à me tuer ?

— Non, répondit-il doucement, sans me regarder dans les yeux.

Comme je l'espérais, mais c'était quand même bon à entendre.

— Je vais donc continuer à jouer le rôle de votre fiancée.

— Oui, et tu dois faire exactement ce qu'on te dit, moi et mes guerriers. Le monde doit croire que j'ai fait le bon choix, et nous devrons trouver un moyen de le prouver en dehors du *Leikmot.*

— Très bien.

Ses doigts s'immobilisèrent autour de l'amulette, et il me jeta un regard en coin. Je haussai les épaules.

— Vous vous attendiez à une dispute ?

— Oui.

— À quoi cela servirait-il ?

Lentement, il tourna la tête vers moi.

— Tu as perdu ta combativité ?

Mes yeux se rétrécirent instinctivement.

— On m'a fait passer pour une personne faible et une imbécile. Mais, comme l'a souligné mon ami, l'oiseau savant, ce n'est pas un combat équitable.

Mazrith inclina la tête.

— En effet. J'aimerais voir Dokkar te battre à l'art de travailler l'or.

J'acquiesçai, me redressant un peu.

— J'ai quelque chose qu'ils n'ont pas, dis-je en soutenant son regard. Vous.

Il ne dit rien, mais ses yeux étaient brillants.

— Ils ont peur de vous. Tout le monde dans les Cinq Cours vous craint. Et ils ont tous vu que vous m'aviez sauvée, aujourd'hui. S'ils croient que vous allez leur faire du mal, s'ils me font du mal, ils vont peut-être me ménager.

Mazrith continuait à me fixer.

— Tu ne souhaites pas dépendre de la force d'un autre. Tu l'as dit clairement à plusieurs reprises.

— Oui.

Mon visage était si chaud qu'il me faisait mal.

— Mais comme je l'ai déjà dit, ce n'est pas un combat équitable. *Vous* êtes leur égal, pas moi. Il n'y a rien d'autre que je puisse faire, et malgré toutes les premières impressions que j'ai pu vous donner, je tiens à la vie.

Je me levai.

— En attendant, il ne fait aucun doute que notre meilleure chance, et probablement la seule, de renverser votre belle-mère et de briser votre malédiction, c'est de résoudre l'énigme. Avez-vous d'autres idées ?

— Non, dit-il, le visage plus sombre. J'ai été quelque peu distrait.

— Alors, laissez-moi la donner à Kara. Elle n'a rien pour la distraire, et elle est plus intelligente avec les mots que n'importe qui d'autre de ma connaissance.

Sa mâchoire se serra.

— Tu ne dois pas lui en dire plus que ce qu'elle a besoin de savoir.

— Je ne le ferai pas.

Il acquiesça.

— Très bien. Donne-lui l'énigme.

Il sortit le morceau de parchemin de la pochette qu'il portait à la ceinture et me le passa par-dessus la table.

— Frima essaie de connaitre les thèmes des deux prochains jeux, afin que nous puissions prendre de l'avance.

— Cela ne peut pas faire de mal d'en savoir plus, dis-je en rangeant le papier dans la poche de mon pantalon.

— Y a-t-il quelque chose pour lequel tu sois exceptionnellement douée ?

Je ne pus m'empêcher d'esquisser un sourire de satisfaction en me remémorant la taverne de Haute Krossa et mes nombreuses victoires aux tables de jeu.

— Je ne suis pas aussi stupide qu'on me le reproche. Je suis plutôt bonne aux échecs.

Il pencha la tête.

— Il y avait des jeux d'adresse intellectuelle dans les anciens *Leikmots*. Espérons que cela se répète. Autre chose ?

— Hem. Je suis plus petite que les autres faës. Cela pourrait-il aider ?

Il secoua la tête.

— J'en doute.

On frappa à la porte.

— Entrez, dit le Prince.

Ellisar passa la tête à l'intérieur.

— Désolé de vous déranger, Maz, mais j'ai eu une idée, et Svangrior et Kara m'ont dit qu'il fallait vous en parler tout de suite.

Je haussai les sourcils au nom de Kara.

— Dis-moi, dit Mazrith.

— Je me suis dit que si on pouvait rendre votre magie invisible, comme la personne qui a manipulé la corde, vous pourriez aider Reyna pendant les jeux sans que personne ne le sache. Ou du moins, sans que personne ne puisse prouver que vous l'avez aidée.

L'espoir, un véritable espoir, m'enflamma la poitrine. Mazrith nous regarda tour à tour, moi et Ellisar.

— Nous devons parler à Tait. Allez le chercher et ramenez-le au palais.

— Bien sûr, Maz, acquiesça l'énorme humain.

Puis il ressortit de la pièce.

— Vous pensez pouvoir le faire ? demandai-je avec

enthousiasme.

— Si je le pouvais, cela pourrait être d'une grande aide.

— C'est un euphémisme.

Il me lança un regard.

— Tu avais faim, dit-il en jetant un coup d'œil à mon assiette vide.

— Oui.

— Et soif, dit-il en prenant mon verre vide. Encore ?

— Avez-vous quelque chose qui m'aiderait à dormir ?

Les cauchemars viendraient ce soir, c'était sûr.

— J'ai quelque chose pour tout, marmonna-t-il, d'une voix si basse que je l'entendis de justesse.

Il revint quelques instants plus tard avec deux verres de ce que je supposai être du vin rouge.

— Alors, dis-je en prenant le verre et en décidant d'être audacieuse. Nous travaillons ensemble, et maintenant, nous buvons ensemble.

— C'est ce qu'il semble.

Il s'assit, et mes yeux dardèrent sur l'amulette qu'il tenait. La plupart des bijoux qu'il portait avaient une allure royale, mais celui-ci était différent. Il était en forme de goutte d'eau et simple, sans pierres précieuses brillantes contrairement aux autres, et il était suspendu à du cuir, pas à une chaîne. Il n'y avait pas de serpent dessus. Le métal était usé par endroits, mais je pouvais distinguer un corbeau au centre, soigneusement ciselé.

— D'où ça vient ? dis-je en pointant du doigt.

— De ma mère.

— Elle vous l'a donné ?

Mon pouls s'accéléra. Serait-ce là le moyen d'entamer la conversation que je désirais tant avoir avec lui ?

— Je ne souhaite pas parler d'elle. Ni de mon père ni de ma malédiction, avant que tu ne commences.

Je soupirai.

— Bon.

Je bus une longue gorgée de vin rouge. C'était délicieux, avec un goût de prunes, d'épices et un soupçon de fumée.

— Au lieu de m'assaillir de questions, pourquoi tu ne me dirais pas plutôt quelque chose ? dit Mazrith.

Je lui jetai un coup d'œil, et il s'adossa à sa chaise, posa la cheville sur le genou opposé et but une gorgée de son propre vin.

— Que voulez-vous savoir ?

— Ton hibou.

Je fis une pause.

— Eh bien ?

— D'où vient-il ?

— Je ne sais pas.

— Menteuse.

Je ne lui répondis pas, sirotant plutôt du vin.

— Tu testes ma patience, dit-il d'une voix basse et grondante. Je regrette de t'avoir dit que je ne regarderais pas dans ta tête, de plus en plus à chaque seconde que nous passons ensemble.

— Regrettez-vous aussi que je vous aie sauvé la vie, puisque c'est pour cela que vous m'avez fait cette promesse ? demandai-je en posant mon verre et en croisant les bras sur ma poitrine.

— Cela ne me surprendrait pas que tu finisses par me tuer quand même.

— Hé, c'est à cause de vous, tout ça ! Je m'occupais de mes oignons quand vous êtes arrivé !

— Nous en avons déjà discuté. Une créature telle que toi avait autant de chance de vivre toute sa vie dans ce trou à rats qu'Ellisar de coucher avec la déesse Freya.

— Une créature telle que moi ? Qu'est-ce que ça veut dire ?

Il me montra les dents en se redressant sur sa chaise.

— Cela veut dire une femme qui a ce que tu as, quoi que ça puisse être, et qui n'arrête pas de me distraire !

Je le regardai fixement, mon pouls s'accélérant à ces mots.

— Vous avez dit que je m'ennuyais à mourir dans mon ancienne vie. Que j'étais faite pour autre chose, dis-je à voix basse.

— Tout est vrai. Bien que je sois malheureusement conscient que la vérité n'est pas un concept qui t'est familier ou qui semble te plaire.

— Vous n'êtes guère communicatif avec vos propres putains de vérités.

— Je ne mens pas.

— Refuser de dire quoi que ce soit, ce n'est pas beaucoup mieux.

— C'est infiniment mieux.

Je relevai le menton, fixant mon regard sur lui.

— Avez-vous jamais eu l'intention de me tuer ?

Il soutint mon regard.

— Non.

— Et mes amis ? Aviez-vous prévu de les tuer ?

Ma voix était rauque, et je compris pourquoi j'avais posé cette question. *Parce que je connaissais la réponse.*

Ses yeux se détournèrent des miens, et toute la chaleur restante quitta la pièce.

— Refuser de dire quoi que ce soit, ça vaut mieux qu'un mensonge, hein ? dis-je à voix basse.

Il ne dit toujours rien, baissant son regard noir vers ses genoux.

Je me levai et pris mon verre.

— Je suis fatiguée. Bonne nuit, dis-je ne tournant les talons.

Le Prince ne fit rien pour m'empêcher de partir.

Une fois seule dans ma chambre, je m'enfouis sous les couvertures, gardant un bras libre pour engloutir le vin.

J'étais dangereusement proche de lui faire confiance. De le désirer. *Pire, de désirer qu'il me désire.*

C'était pour cela que j'avais posé la question. Pour me forcer à revenir à la réalité. Pour me ramener au jour où il s'était introduit dans l'atelier et avait tiré Kara du garde-manger. Quand il avait menacé d'égorger mes amis.

Puis il m'avait liée à lui par la force.

Je vidai le verre de vin.

J'ai peut-être besoin de lui maintenant. Mais il était sûr comme Odin que je ne désirais pas le Prince Mazrith.

CHAPITRE 24

MAZRITH

Une minuscule figurine représentant un Affamé dansait entre mes doigts où je la faisais tourner.

Ils étaient en route.

Et ils voulaient Reyna. L'exaspérante humaine aux cheveux rouges était la clé. *De tout.*

Que ferait-elle quand elle le découvrirait ? Elle ne me faisait pas confiance, tout comme je ne lui faisais pas confiance.

Mais, qu'Odin soit béni, je la désirais.

Au plus profond de mon âme que j'avais jamais ressenti, elle était là.

Son courage me stupéfiait. Elle brûlait plus fort que tous ceux qui avaient jamais croisé mon chemin. Je ne pouvais le supporter.

Je lâchai le morceau de bois sur la carte avec un siffle-ment et pris mon verre de vin. Mais le breuvage n'était pas assez fort pour effacer les pensées qui me consumaient. Rien ne l'était.

Que le destin ait pitié de moi ! Ma vie d'avant me manquait – avant qu'elle ne domine mon esprit. Une domination que j'étais destiné à endurer pour l'éternité.

Elle voulait déjà s'échapper.

Si jamais elle voyait qui j'étais vraiment, elle se précipiterait.

— Debout, là-dedans ! chantonna la voix qui me tira du sommeil.

— Je vous déteste, dis-je en gardant les yeux fermés.

— Charmant.

Frima se laissa tomber au bout de mon lit, faisant sauter mes couvertures.

— Pourquoi c'est toujours vous qui me réveillez ? gémis-je.

— Je viens avec du chocolat, des pâtisseries et de bonnes nouvelles, dit-elle.

J'ouvris les yeux et la vis me tendre une tasse fumante et une assiette avec une pâtisserie enrobée de chocolat. Elle avait remis sa tenue de guerrière, et ses yeux brillaient de mille feux.

Je me redressai, lui pris la tasse, puis la pâtisserie.

— Merci.

— J'ai pu obtenir l'information du garde de la Reine.

Et aussi une nuit épique, à ma grande surprise. Il n'avait pas l'air capable de tels exploits.

Elle me décocha un sourire, et mon visage rougit.

— Les deux prochaines épreuves sont un concours de lancer de pierres et une course de chevaux.

Je lui adressai un regard vide.

— En quoi est-ce une bonne nouvelle ? Je ne suis certainement pas capable de lancer une pierre aussi loin que les autres, et je ne sais pas monter à cheval.

— Eh bien, dit-elle en croisant les bras. Le lancer de pierres, c'est perdu d'avance, j'en conviens. Mais tu peux apprendre à monter à cheval.

Je clignai des yeux.

— Combien de temps avons-nous ?

— Le lancer de pierres a lieu demain, après le déjeuner, et la course de chevaux, la nuit suivante.

— Je peux apprendre à monter à cheval aussi rapidement ?

— Peut-être pas, non. Mais tu peux apprendre à t'accrocher et à aller vite. Il n'y a pas besoin d'avoir de la magie ou de la force pour gagner une course de chevaux.

Elle n'avait pas tort. Je mordis dans ma pâtisserie.

— Et avant cela, je vais t'apprendre quelques mouvements.

J'interrompis ma mastication.

— Des mouvements ?

— Tu peux emporter un bâton lors des épreuves, tout comme les champions faës. Tu n'auras peut-être pas de magie dans le tien, mais je peux quand même t'apprendre à faire des dégâts avec.

Ses yeux brillaient d'une étincelle féroce et, une fois de plus, contre ma volonté, je me sentis plus proche d'elle.

— Suffisamment de dégâts pour qu'ils ne puissent pas me ramasser comme un jouet? demandai-je avec espoir.

— Suffisamment de dégâts pour qu'ils ne puissent pas s'approcher à moins d'un mètre de toi sans se protéger les bijoux de famille avec les deux mains, dit-elle méchamment.

— Quand commençons-nous?

— Maintenant, dans dix minutes. Habille-toi correctement, pas de putain de robe, et nous irons dans la salle d'entraînement.

Je me précipitai hors du lit. De l'énergie déferlait en moi, tous les vestiges de mon impuissance de la veille évaporés.

Cette fois, lorsque j'affronterais ces *veslingrs*, j'aurais une arme. Pas une arme magique, mais au moins, je ne serais pas sans défense. Frima était le bras droit de Mazrith, une guerrière respectée et redoutée. J'apprendrais tout ce que je pouvais d'elle, aussi longtemps que je le pourrais.

— S'il vous plaît, pourrais-je parler à Kara pendant que je me prépare? dis-je en me précipitant vers l'armoire. C'est important.

Frima acquiesça, puis quitta la pièce, Kara se glissant par la porte quelques instants plus tard.

— Bonjour. Comment tu te sens?

Ses grands yeux étaient pleins d'inquiétude, et son

regard se posa vite sur l'horrible ecchymose à mon cou, avant de darder vers mon pied.

La peau était de couleur normale, et les deux endroits où les crocs avaient transpercé ma peau ressemblaient à des croûtes ordinaires, maintenant.

— Je vais bien, Kara, dis-je quand elle s'approcha de moi.

Je mis mon justaucorps en cuir, par-dessus ma chemise.

— Comment vas-tu ?

— Bien, dit-elle distraitement, en s'approchant de moi et en soulevant mes cheveux emmêlés pour pouvoir regarder la marque de plus près. Ça fait encore mal ? Ta voix est un peu chevrotante.

— Non. Ce que tu m'as donné marche très bien.

Son visage s'éclaira.

— Encore des trucs du père d'Ellisar.

— Qui aurait cru qu'un guérisseur d'animaux puisse être aussi utile, dis-je.

Elle s'accroupit pour inspecter mon pied. Je restai silencieuse, serrant mon justaucorps, puis ma ceinture.

— Cela a l'air d'aller beaucoup mieux. Ça fait mal ?

— Non.

Je sortis le morceau de parchemin avec l'écriture soignée du Prince de sous mon oreiller, où je l'avais caché, et je le lui donnai.

— J'ai besoin de ton aide.

— Haut de dix pieds, ou plus encore,
À jamais grand, mais dans la mort.
Charmé par la nuit sombre et l'or,

Honneur d'acier, précieux trésor

Éveillera pierre qui dort. »

Elle lut tout le texte à haute voix avant de me regarder.

— Qu'est-ce que c'est ?

— Je, euh… Je ne peux pas vraiment te le dire, dis-je en m'excusant. Mais je pense que c'est une énigme.

— Mmm, on dirait, dit-elle en me regardant d'un air perplexe. Tu as besoin d'aide pour la résoudre ?

— Oui, acquiesçai-je.

Elle baissa à nouveau les yeux sur le papier, ses yeux vifs se déplaçant rapidement au fur et à mesure qu'elle lisait.

— Étant donné qu'il n'y a pas de faë de trois mètres de haut à ma connaissance, il doit s'agir d'une statue, murmura-t-elle.

— C'est ce que pensait Mazrith, dis-je sans réfléchir.

Ses yeux se relevèrent vivement vers les miens.

— Le Prince t'a donné ceci ?

— Oui, en quelque sorte. Écoute, je pourrai bientôt t'en dire plus. Mais, pour le moment, avec la Reine et les autres faës ici, il est honnêtement plus sûr que tu ne saches rien.

— D'accord, dit-elle. Je ferai de mon mieux.

Elle avait l'air un peu dubitative, mais je lui souris.

— Merci, Kara. Si quelqu'un peut résoudre ça, c'est bien toi. Mais s'il te plaît, ne laisse personne d'autre voir ça. Même Lhoris.

— D'accord. Tu quittes les appartements du Prince ?

— Oui. Frima va m'apprendre à me battre avec un bâton.

— Oh, c'est une bonne idée. Reyna, sois prudente.

Je lui serrai l'épaule.

— Je ne serai pas seule et je n'irai pas loin. Ne t'inquiète pas.

La salle d'entraînement se trouvait dans la même aile du palais que les appartements du Prince, et je fus heureuse de constater que les murs n'étaient pas peints en marron.

De fines fourrures recouvraient la partie centrale du parquet, et les murs de la grande pièce carrée étaient tapissés d'armes.

Frima se dirigea tout droit vers les bâtons.

— Choisis-en un.

— Y a-t-il quelque chose auquel je dois prendre garde ?

— Non, suis ton instinct.

Il y en avait au moins dix, de longueurs et d'épaisseurs différentes, en métal ou en bois.

Le métal ferait plus de dégâts, n'est-ce pas ? Mais c'était plus lourd à manier. Ma main passa de l'un à l'autre, tandis que je réfléchissais aux mérites de chacun.

— Tu ne fais pas appel à ton instinct. Tu essaies de réfléchir au résultat. Regarde-moi.

Je détournai mon regard des bâtons vers Frima. Elle pencha légèrement la tête, puis ses yeux s'illuminèrent. Elle se dirigea vers un meuble bas situé sur l'autre mur, sur lequel se trouvaient de petites dagues et des étoiles de lancer. Elle ouvrit un tiroir, puis poussa un cri de triomphe avant de revenir vers moi, un petit objet à la main.

Je jetai un coup d'œil curieux tandis qu'elle ouvrait la paume de sa main.

Une petite boîte de peinture à l'huile foncée.

Je haussai les sourcils.

— Je ne peux pas porter de peinture de guerre. Je n'ai pas de tresses.

— Il n'est pas nécessaire d'avoir des tresses pour porter de la peinture de guerre. Si tu te bats, il te faut des peintures.

Je regardai les marques noires qu'elle avait si souvent étalées sur les joues.

— Je ne suis pas de la Cour d'Ombre.

— Tu la représentes.

Je la regardai d'un air renfrogné, et elle rit.

— Ce n'est pas noir.

Je me penchai pour regarder. Elle avait raison. C'était du bleu. La couleur que portaient les humains, mais beaucoup plus foncée, comme la peinture d'Ellisar.

Comme je ne bougeais toujours pas, elle soupira.

— Mets-en maintenant, au moins. Tu décideras plus tard si tu en mets pour le *Leikmot*.

— Pourquoi devrais-je en mettre maintenant ?

— Parce que, maintenant, j'ai besoin que tu sois une guerrière. Et les guerriers portent des peintures de guerre.

Elle me tendit à nouveau la boîte.

Incertaine, je la pris.

— Sur tes joues, encouragea-t-elle.

Avec un soupir résigné, j'en étalai sur mes deux joues.

C'était doux et frais, et je fus presque sûre d'avoir senti un petit picotement.

— Bien. Maintenant, choisis une arme et essaie de ne pas réfléchir. Passe ta main dessus et regarde où tu t'arrêtes. Laisse le destin décider pour toi.

— Le destin en a déjà assez décidé pour moi, murmurai-je en me retournant vers les bâtons.

— Je suis sûre que le destin a ses raisons.

— Ah ouais ? Je pense qu'il est mal informé.

— Reyna, tu as autant de courage que n'importe quel faë.

Même si je n'aimais pas être comparée aux faës, je savais que ces mots étaient un compliment venant d'elle. Je la regardai de côté.

— Merci.

— Choisis un bâton, dit-elle.

— Très bien.

Si je devais apprendre de son expérience, je le ferais correctement.

Laisse le destin décider.

Je fermai les yeux et essayai de m'imaginer en guerrière. Tout en gardant les yeux fermés, j'effleurai les bâtons du bout des doigts, laissant ma main se refermer sur celui qui arrêta ma main.

Ouvrant les yeux, je retirai du mur un bâton en bois solide, bien qu'un peu court.

— Excellent, dit Frima, en choisissant un long

morceau de métal et en le jetant dans son autre main comme s'il ne pesait rien. Commençons.

— Si nous continuons comme ça, je vais être trop épuisée pour la compétition, hoquetai-je.

Frima faisait tournoyer son bâton alors que nous nous tournions autour, le brandissant vers mon genou à la vitesse de l'éclair. Je parvins à parer, mais de justesse.

— Nous avons de quoi te requinquer, dit-elle en souriant. Je m'inquiète juste de ce que Maz me fera lorsqu'il découvrira que je t'ai fait tous ces bleus.

Je montrai les dents avec défi.

— Quels bleus ? Vous ne m'avez frappée que deux fois.

C'était un peu vrai. Elle ne m'avait frappée *fort* que deux fois.

Elle rit.

—Jusqu'à présent.

Elle se redressa brusquement, posant son bâton par terre. Je ne bougeai pas de ma position de défense, méfiante.

— Tes aptitudes et tes réflexes sont meilleurs que je ne l'espérais, alors passons à la technique. Je ne plaisantais pas tout à l'heure quand j'ai parlé de bijoux de famille.

Lentement, je me redressai.

—D'accord. J'écoute.

—C'est bien. Et regarde aussi.

Elle marcha vers l'autre bout de la pièce et traîna jusqu'ici un mannequin rembourré de paille qui avait une cible attachée autour de la poitrine et trois petites haches plantées dedans. Elle détacha la cible, puis heurta doucement la poitrine du mannequin avec son bâton.

— Ignore toute cette zone.

Je fronçai les sourcils.

— Mais ce n'est pas là que se trouvent tous les trucs qu'on veut endommager ? Le cœur, les poumons, et ainsi de suite ?

— Oui, mais contre un faë, tu ne vas jamais endommager ses organes vitaux. Ton but est de le gêner et de le mettre hors d'état de nuire.

Je n'aimais pas l'idée de viser petit, mais je voyais qu'elle n'avait pas tort.

— D'accord.

— Alors, tu vas préférer cette zone, dit-elle en frappant l'entrejambe du mannequin du bâton avec un bruit sourd et satisfaisant. Et ici, ajouta-t-elle en visant la gorge. Ou ici.

D'un mouvement adroit, elle s'accroupit et brandit le bâton avec force, heurtant le mannequin derrière les jambes. Sous l'effet du coup, de la paille jaillit.

Mes doigts se crispèrent sur mon propre bâton. Je voyais bien que tous ces mouvements pouvaient être efficaces, même contre un faë.

— Je suis un peu petite pour atteindre la gorge des autres faës au *Leikmot*, dis-je.

— Alors, nous allons nous adapter.

Elle se plaça devant le mannequin et s'accroupit

jusqu'à ce qu'il soit plus grand qu'elle d'environ un pied. Puis elle darda son bâton vers le haut, enfonçant l'extrémité là où le cou rejoignait le menton. La tête de paille dodelina légèrement.

— Ça va marcher, dis-je en réprimant un sourire

— Sûr comme Freya, dit-elle en se redressant de toute sa taille et en se tournant vers moi. Bon, à toi de jouer. On le fait encore et encore, jusqu'à ce que je pense que tu ne peux pas faire mieux.

Lorsque nous retournâmes dans les chambres du Prince, j'avais à la fois du mal à lever les bras et aussi une énergie débordante.

Nous nous étions entraînées toute la journée, en nous arrêtant seulement brièvement pour manger le repas que Brynja avait livré dans la salle d'entraînement. Même si j'avais les cuisses en feu à force de rester accroupie et mal au bras à force de manier l'arme, je me sentais plus forte, et non pas plus faible.

J'avais essuyé mes peintures de guerre avant de quitter la salle d'entraînement, ne voulant pas que quelqu'un d'autre me voie avec. Je n'étais pas une guerrière, et je ne trouvais pas normal de les arborer. Mais je ne pouvais pas nier que je m'étais sentie bien en maniant le bâton.

Brynja m'avait préparé un bain chaud à mon retour et, tandis que je m'enfonçais dans la grande baignoire de cuivre, elle me passa un verre d'hydromel. Il ne fallut pas longtemps pour que le feu me brûle dans ma poitrine et que les douleurs s'estompent un peu.

Je sursautai lorsqu'on frappa à la porte, mais ce fut Kara qui passa la tête par la porte.

— Comment ça s'est passé ? lui demandai-je en me détendant dans l'eau chaude. Tu as réussi à résoudre l'énigme ?

— Non, pas encore. As-tu appris à frapper quelqu'un avec un bâton ?

— Évidemment, lui souris-je.

— C'est bien, répondit-elle avec un large sourire.

— Tu veux manger dans ma chambre et faire une partie d'échecs ce soir ? demandai-je à Kara. Je voulais te demander ce que tu savais à propos des chevaux.

Et je voulais éviter Mazrith un peu plus longtemps.

— Oui, bien sûr. Je vais chercher la planche, du pain et du fromage.

Lorsque j'entrai dans la chambre, Kara avait installé la planche sur le tapis devant la cheminée – un petit pique-nique de pain, de fruits et de fromage étant posé sur le côté.

Elle me battit deux fois, mais je m'en moquais. Une sorte de fatigue détendue s'emparait de moi, la douleur dans mes muscles et la chaleur du feu étrangement satis-faisantes.

Kara ne connaissait pas grand-chose aux chevaux, mais avant de quitter ma chambre, elle me promit qu'elle chercherait sur les étagères du Prince tout ce qui pourrait m'être utile à lire avant la course.

Je m'effondrai à moitié dans le lit luxueux et, avant même d'avoir eu le temps de me faire du souci à propos des cauchemars, je m'endormis.

Je dormis profondément, toute la nuit, Brynja me réveillant avec un petit déjeuner copieux une heure avant le début de l'épreuve du lancer de pierres. Après avoir mangé et m'être lavée, je sortis de la salle de bain pour voir la servante en train de trier un gros paquet au bout du lit.

— Ah, madame, dit-elle d'un ton inhabituellement agité. Frima a déposé quelques vêtements de combat pour vous. Mais je ne sais pas à quoi tout cela sert.

— Je peux peut-être t'aider, dis-je. Est-ce… une cotte de mailles ?

Je brandis une toile d'anneaux métalliques entrelacés. J'en avais déjà vu sur des guerriers et des gardes du palais, mais c'était cher.

— Oui. Je pense que oui.

Je la regardai, puis le tas d'armures et de vêtements. Nous n'avions aucune idée de ce que nous faisions, concédai-je.

— Je vais aller lui demander de nous aider.

Encore vêtue d'un drap de bain et d'un épais peignoir noir, je poussai la porte de la chambre et jetai un coup d'œil dans l'encadrement.

— Frima ? appelai-je.

Mais je ne vis personne. Je n'avais pas envie de farfouiller dans la Suite, habillée comme je l'étais.

Mazrith se leva de son grand siège près du feu.

Comment avais-je pu ne pas le voir ?

Ses yeux s'illuminèrent lorsqu'il me vit, et je sursautai, notre conversation de la nuit précédente encore fraîche dans mon esprit.

— Frima n'est pas là. Que veux-tu ?

Sa voix était serrée.

— Ce n'est pas grave. On va se débrouiller, dis-je rapidement.

Il fit un pas vers moi.

— Qu'est-ce que tu veux ? répéta-t-il.

— Nous ne savons pas à quoi sert tout ce qu'elle m'a donné. Mais comme je l'ai dit, on trouvera une solution.

Mais il se dirigeait déjà vers moi à grandes enjambées.

— Nous avons peu de temps avant l'épreuve. Je vais t'aider.

Brynja regarda Mazrith lorsqu'il entra, puis moi, les yeux écarquillés.

— Je vous laisse, madame, dit-elle, avant de sortir de la pièce en courant.

Je me passai la main sur la figure.

Mazrith fixa le lit.

— T'habiller. Tu as besoin d'aide pour t'habiller ? demanda-t-il à voix basse.

— J'ai besoin d'aide pour mettre l'armure, sifflai-je.

Même si, en vérité, je ne savais pas non plus à quoi servaient la plupart des vêtements.

Pendant un instant, je crus qu'il allait partir, mais il prit une tunique en coton blanc.

— Ceci d'abord. Puis la chemise et le pantalon.

Il me les tendit, et je les pris.

— Pour l'amour d'Odin, n'enlève pas cette robe dans cette pièce tant que j'y suis.

Ses mots étaient rauques.

Déglutissant, je me précipitai dans la salle de bain avec les vêtements, en poussant la porte derrière moi.

Il me désirait.

Le souvenir du rêve induit par le vin faë me réchauffa, et je regrettai d'avoir quitté la chambre si rapidement.

Ne sois pas une heimskr, Reyna ! Tu ne le laisserais pas te toucher.

Secouant fort la tête, je finis d'attacher mon pantalon et de rentrer ma chemise, puis je poussai la porte de la cabine de bain et je retournai dans la pièce.

Remarquant qu'il portait une tenue de guerrier, j'essayai d'avoir l'air le décontracté possible. Je pointai du doigt la multitude de lanières de cuir qui zébraient sa chemise noire moulante.

— On a dû vous apprendre à faire ça quand vous étiez enfant, dis-je.

Mazrith tendit une lanière de cuir ornée de quelques anneaux argentés, ainsi qu'une ceinture.

— Mets ça ensuite, se contenta-t-il de dire en serrant les dents.

J'attachai la ceinture autour de ma taille, mais lorsque je lui pris la lanière de cuir, j'hésitai.

— Hem...

La mâchoire crispée, il s'avança et l'abaissa au-dessus de ma tête.

— Lève les bras.

Je m'exécutai, étouffant à peine une forte inspiration lorsque son doigt effleura mes côtes. Il ne lui fallut qu'une demi-minute pour attacher les sangles, mais mes maudits poumons cessèrent de fonctionner pendant tout ce temps.

Ensuite, il me tendit un baudrier en cuir noir, deux fois plus petit que mon baudrier en or et conçu pour passer sous mon buste, autour de mon nombril.

Je le pris, l'enroulai autour de mon corps et nouai les lacets devant. Quand je levai les yeux, il tenait la cotte de mailles comme un filet, et je vis le trou en haut. Lentement, il l'abaissa au-dessus de ma tête, puis la fixa à divers endroits, par les lanières de cuir qui se trouvaient en dessous. Encore une fois, avec sa tête penchée près de la mienne et ses doigts si près de ma peau, je me retrouvais dans l'incapacité de respirer correctement.

Lorsqu'il recula, ses yeux étaient sombres.

— Ce pectoral te protège le cou quand tu tombes, grogna-t-il en fixant quelque chose à l'arrière de la cotte de mailles.

Il me tendit deux petits morceaux de cuir avec des liens.

— Ça, ça passe autour de tes tibias.

Je m'accroupis, gênée par le poids de la cotte de

mailles. Alors que j'attachais les protège-tibias, il reprit la parole.

— Où est ton bâton ? Cette sangle passe par-dessus tes hanches et porte un fourreau.

Je lui indiquai la table de toilette, et il s'empara de mon bâton.

— C'est un bon poids, dit-il, presque pour lui-même.

— Il me plait, répondis-je.

— Alors il faut lui donner un nom. Les armes doivent avoir un nom.

Je me levai, et nos regards se croisèrent alors qu'il me passait le bâton.

— Je vais y réfléchir, dis-je.

— Et tes cheveux ?

— Mes cheveux ?

— Comment vas-tu te battre avec ça ?

Je ne pus m'empêcher de sourire. Lhoris m'avait reproché pendant des années mes cheveux rebelles pendant le travail. Je me dirigeai vers la commode, essayant de m'habituer au poids de l'armure, et fourrai sans ménagement mes boucles rousses dans le bandeau magique, m'assurant que la plume de Voror était bien fichée à l'intérieur.

Je me retournai vers le Prince.

— Mieux ?

— Fonctionnel, dit-il. La cotte de mailles te gêne.

— C'est un peu lourd.

— Oui. Elle est faite pour les faës, qui ont plus de muscles.

Je résistai à la tentation de lui jeter un regard noir.

— Vous en avez pour les humains ?

Il cligna des yeux.

— Je trouverai quelque chose de plus approprié dès que possible. Mais maintenant, nous devons partir.

~

J'avais pensé que nous retournerions dans l'arène, devant les portes du palais, mais je me trompais. Frima et Svangrior nous rejoignirent dans le grand hall, et lorsque les immenses portes s'ouvrirent, l'espace sablonneux en contrebas était vide. Nous descendîmes rapidement les grandes marches, et je haussai les épaules, essayant d'arranger ma cotte de mailles.

— Où allons-nous ?

— La forêt.

— La forêt effrayante où vous avez dit de ne jamais s'attarder ?

— Celle-là même, me dit Frima en souriant.

— Super.

Nous marchions en silence, les trois faës étant plus rapides que moi, ce qui signifiait que mes jambes travaillaient beaucoup plus. Il n'y avait pas de chemin à travers les arbres noueux et effrayants, mais les sous-bois que nous traversions avaient clairement déjà été foulés.

Lorsque nous ralentîmes pour traverser une zone plus dense, je vis un ruban suspendu à une branche, dont le tissu avait la même couleur de sang séché que celle que l'on trouvait partout dans le palais. Au bout du ruban se trouvait un globe oculaire.

— C'est du verre ? demandai-je.

Puis je regrettai aussitôt ma question.

Svangrior pouffait en se tournant vers moi.

— Est-ce que ça ressemble à du verre ?

Malgré moi, je regardai de plus près. Les blancs étaient injectés de sang, les pupilles larges, et il y avait des bouts de tendon rouge foncé collés à l'arrière.

Je ravalai de la bile.

— Non.

Il y eut d'autres rubans au fur et à mesure que nous avancions, et je réalisai un peu tard que nous les suivions. Il s'agissait de panneaux indicateurs morbides.

Au bout de cinq minutes, je décidai que les arbres étaient en fait pires que les globes oculaires au bout des rubans.

Si je regardais l'écorce pendant plus de deux secondes, des visages commençaient à se former. Des visages tordus, torturés, avec des yeux qui pleuraient un suintement noir. Les branches au-dessus de la tête se terminaient par des pointes acérées, anormalement tordues, du genre à arracher les yeux des gens d'un coup de fouet pour décorer d'autres rubans.

— Les arbres sont vivants ? murmurai-je en me baissant pour éviter une branche particulièrement effrayante.

Je fus presque certain d'entendre un sifflement de déception venant des feuilles.

— Certains disent que les ancêtres des faës d'ombre ont leurs esprits qui résident dans les arbres, dit Svangrior.

Je le regardai avec une certaine horreur.

— Leurs esprits ne sont pas allés à *Hel* ou à *Valhalla*?

Je n'avais jamais entendu parler d'une telle chose.

Il secoua la tête.

— Non. Leurs crimes n'étaient adaptés ni à l'un ni à l'autre, alors...

Il jeta un coup d'œil au dos de Mazrith.

— Le roi les a donc bannis ici. C'est du moins ce que disent les rumeurs.

— Le roi? Le père de Mazrith, ou un roi précédent?

— Mon père a fait de cette forêt ce qu'elle est, dit Mazrith devant nous. Et je ne souhaite pas en parler. Je crois que nous sommes presque arrivés. Prépare-toi.

CHAPITRE 27

REYNA

Nous débouchâmes dans une clairière que la forêt semblait avoir créée contre son gré. Alors que le sol était sale et poussiéreux, les arbres se courbaient au-dessus, rôdant sur nos têtes comme des prédateurs prêts à bondir.

Il n'y avait pas la moindre brise, mais les branches torsadées bougeaient presque imperceptiblement. Si on les avait laissées faire, ou si on avait relâché ce qui les retenait, j'étais sûre que la forêt hantée et mouvante se serait aussitôt refermée sur sa proie.

Et les proies ne manquaient pas. Comme auparavant, il y avait un trône clairement destiné à la Reine, avec quelques bancs pour sa cour autour, et des rangées de chaises et de gradins entourant la scène pour tous les autres. La clairière formait un cercle parfait, marqué à la craie noire, comme un cadran d'horloge.

Orm, Dokkar et Kaldar se tenaient tous au bord du cercle, et il n'y avait aucun signe de la Reine.

Un silence s'abattit sur la foule lorsqu'on nous aperçut. Puis un faible chœur de huées et d'acclamations se fit entendre.

— Tu devrais rejoindre les autres champions, dit Mazrith à voix basse en se tournant vers moi.

J'acquiesçai, les nerfs à vif. Frima me donna un léger coup de poing dans le bras.

— N'oublie pas que tu es armée, cette fois.

Je resserrai ma prise sur le bâton.

— Il n'y a aucune chance que j'oublie, lui dis-je.

— Bonne chance.

Svangrior grogna, et les trois se dirigèrent vers leurs sièges tandis que je me marchais vers les autres champions. Orm était à un bout de la ligne, Kaldar au milieu et Dokkar à l'autre extrémité. Je me plaçai dans la file, à côté du faë de terre.

Il me jeta un regard en coin, son sourire paresseux déjà bien en place.

— Tu sembles mieux préparée, aujourd'hui, dit-il.

Je levai mon bâton.

— Oui.

Il haussa légèrement les épaules.

— Essaie de ne pas te faire tuer.

Mon instinct fut de lui rétorquer qu'il ferait mieux de s'inquiéter pour sa propre vie, mais je me tus. J'avais des ennemis ici. Beaucoup. Je n'avais pas besoin de me défendre avec des mots dans cette arène. J'avais une armure et une arme.

— Je ferai de mon mieux, répondis-je.

— On ne peut pas en demander plus.

— Je suis là, à te regarder, *heimskr*, dit la voix bienvenue de Voror dans ma tête. Je tiens à ce que tu saches que cette forêt a de sérieux problèmes. Elle ne connait pas les bonnes manières et ne semble pas reconnaître ma grandeur.

Je réprimai un sourire. Tant que la forêt ne lui faisait pas de mal, je ne pouvais m'empêcher de me réjouir à l'idée que le hibou coincé soit contrarié par un arbre hanté.

— Il semble que tu sois sur le point d'avoir de la compagnie indésirable, dit-il gravement.

M'attendant à voir arriver la Reine, je me tournai vers son trône, mais ce fut Orm qui apparut. Prenant place à l'autre bout de la file, à côté de moi, il s'appuya sur son bâton.

Son armure brillait, et il sentait l'huile d'armement.

— Apprécies-tu ton séjour à la Cour d'Ombre ?

Sa voix me donna la chair de poule, et je refusai de regarder dans ses yeux perçants et cruels.

— Très bien, merci de poser la question, dis-je.

— Dommage, car tu ne resteras pas longtemps ici.

— Je suis fiancée au Prince des faës d'ombre, dis-je, m'étouffant presque sur ces mots. Je serai ici aussi longtemps que je le souhaiterai.

— Regarde-moi, petite humaine.

Je serrai les dents, m'armai de courage et tournai lentement la tête, en essayant de garder un air aussi impérieux que possible.

Ses yeux parcoururent chacun de mes traits et s'enflammèrent d'une émotion que je reconnus.

J'étais un défi à ses yeux.

— Oui. Oui, je vois ce qu'il voit en vous. Ce que tu pourrais être.

La même image que celle qu'il m'avait déjà montrée auparavant se dessina dans mon esprit, mais, cette fois, je portais une couronne noir et ivoire tandis qu'il fouettait mon corps nu. Il rit lorsque je rompis le contact visuel, l'image s'effaçant.

— Ils se retourneront contre toi, stupide petite *veslingr*, et tu me supplieras de te ramener à la Cour d'Or.

Dokkar toussa bruyamment de mon côté, puis se pencha sur son bâton pour sortir de la ligne.

— Vous vous connaissez ?

— Cette pathétique petite humaine était censée être liée à moi.

Dokkar haussa un sourcil.

— Et maintenant, elle est liée au Prince des Serpents.

Orm cracha sur la terre, et Dokkar me jeta un regard curieux.

— Les runés sont bien traités à ma cour, mais on ne se bat pas pour les avoir.

Reconnaissante de l'interruption du faë de terre et désireuse de le faire participer à la conversation, je gardai mon regard fixé sur lui et cherchai quelque chose à dire.

— Je pense que c'est à cause des cheveux, finis-je par dire en haussant les épaules et en rejetant une mèche de mes cheveux roux aussi négligemment que possible.

Il poussa un petit rire qui s'interrompit brusquement lorsqu'Orm m'attrapa par l'épaule, me faisant tourner vers lui. Avant que je ne puisse me retenir, j'eus le réflexe d'exécuter l'entraînement que j'avais répété une centaine de fois.

J'enfonçai mon bâton tout droit entre ses jambes.

Un bruit de gong métallique retentit dans la clairière, et Orm me lâcha l'épaule, en me regardant avec incrédulité.

Une armure.

Il avait une plaque d'armure entre les jambes, réalisai-je, malgré mon propre choc, de ce que je venais de faire.

— Tu oses frapper un seigneur faë ? siffla-t-il, son visage d'albâtre s'assombrissant jusqu'à prendre une vilaine teinte violette. Toi ? Une humaine pathétique ?

Je pensai à la féroce guerrière humaine qu'il avait assassinée, et au lieu de s'affaisser, mes épaules semblèrent s'élargir, se redresser. Un mouvement dans la périphérie de mon champ de vision attira mon attention, et je me retournai légèrement. Des ombres. Des serpents d'ombres qui tourbillonnaient et s'enroulaient sur la terre. À attendre.

— Appelle mon nom, et je lui arrache sa putain de gorge, dit la voix de Mazrith dans ma tête.

Mes lèvres formaient déjà la lettre « M » ; le désir de voir Orm recevoir ce qu'il méritait était irrésistible. Mais il ne pouvait pas me blesser ici. Pas devant tout le monde. C'était ma chance de faire ce que j'avais voulu faire à la Cour d'Or. *Lui tenir tête.* Levant une paume pour arrêter les serpents qui s'avançaient, mais puisant du courage dans leur présence, je pris la parole.

— Je suis promise au Prince, et j'ose absolument vous

frapper, dis-je, la voix légèrement chevrotante. Je ne vous ai pas donné la permission de me toucher et je suis votre égale dans cette compétition.

Son visage prit une teinte violet plus profond, de la salive se formant au coin de sa bouche lorsqu'il répondit.

— Je ne vous tuerai pas si tu m'appartiens. Je te garderai en vie aussi longtemps que possible. Sache-le.

La foule se mit à applaudir à tout rompre, et nous tournâmes tous les deux la tête vers la source de l'agitation.

La Reine était arrivée.

Les serpents de Mazrith tournèrent plusieurs fois sur la terre, mais quand Orm se remit à contrecœur dans le rang, ils s'éloignèrent.

— Bienvenue à tous ! chantonna la voix aiguë de la Reine.

La foule applaudit. Je ne voyais pas bien depuis l'autre côté de l'arène de terre, mais sa robe noire n'avait pas l'air aussi parfaite que d'habitude, et ses yeux rouges n'étaient pas aussi brillants. Rangvald se précipita à ses côtés, le regard inhabituellement sauvage.

— Comme vous le savez tous, le Seigneur Dokkar de la Cour de Terre a gagné la dernière épreuve.

Je ne le savais pas. Il ne m'était même pas venu à l'esprit de demander ce qui s'était passé après que Mazrith m'avait emmenée. Mais bon, cela ne m'intéressait pas de connaitre le vainqueur de ces jeux, je voulais juste survivre.

La Reine s'assit sur son trône et leva le bras vers lui, mais son regard perçant se fixa sur moi.

— Voyons qui peut le battre, cette fois-ci. Chacun d'entre vous doit choisir une position sur le ring.

Les trois autres se déplacèrent immédiatement, et Voror et Mazrith parlèrent en même temps dans mon esprit.

— Ne te mets pas à côté de Lord Orm, dit le hibou

Pendant que Mazrith ordonnait :

— À côté de Dokkar.

— Et merde, marmonnai-je.

Frima avait dit qu'il s'agissait d'un concours de lancer de pierre – et comme l'arène était ronde, et non en longueur, je craignais le pire. C'était organisé pour que nous nous lancions des pierres les uns sur les autres. Et je ne voulais pas être en face d'Orm.

Me fiant à mon instinct, je trottinai sur la terre battue, à la poursuite de Dokkar. Je voulais être en face de lui. Il m'éliminerait de la compétition, comme les autres, mais j'étais presque sûre qu'il n'essaierait pas délibérément de me tuer.

Kaldar avait pris position juste devant la Reine de la Cour d'Ombre, et Dokkar s'était placé à sa gauche. Je me positionnai rapidement à sa droite. Orm prit la dernière place avec ce qui semblait être une démarche un peu forcée.

Il était furieux. Je le voyais à ses mouvements tendus et rigides.

Oh, Reyna, ce n'était peut-être pas judicieux de l'énerver juste avant l'épreuve.

Mais mon instinct avait pris le dessus. Frima avait bien fait son travail, semblait-il. Et que je puisse répliquer avec quelque chose de plus utile que des railleries et des bravades ?

C'était plutôt génial, putain.

Il y eut un tonnerre d'applaudissements, puis des ombres s'approchèrent de l'arène, me faisant sursauter. Des rochers roulèrent en vue en grondant, émergeant des arbres, guidés par de minces vrilles d'ombre couleur d'encre, jusqu'à s'arrêter en tas à côté de chacun d'entre nous. Lorsqu'ils eurent fini de déposer des rochers de la taille d'un poing à celle d'une tête, les rubans d'ombre tourbillonnèrent autour des pieds de chacun des champions, créant un anneau de quelques mètres de large.

— Le dernier champion debout gagne. Si vous quittez votre anneau d'ombre, vous déclarez forfait.

La Reine s'arrêta pour ricaner cruellement.

— Et croyez-moi, vous regretterez de ne pas avoir été frappé par un caillou à la place. Que l'épreuve commence !

Avant même que j'aie pu réfléchir, Orm se mit en mouvement. À ma grande surprise, l'énorme rocher qu'il lança dans les airs ne se dirigeait pas vers moi.

Dokkar leva son bâton et fit jaillir ses lianes pour tenter de bloquer ou de détourner le massif rocher d'Orm. Mais il avait réagi trop tard. La pierre ne le heurta pas de plein fouet, les lianes l'attrapant à temps pour modifier sa trajectoire, mais s'écrasa violemment contre son flanc, le frappant à la fois à la mâchoire et à l'épaule. Le faë de terre vola en arrière sous l'impact, et le visage d'Orm s'illumina de joie. Du sang commença à noircir la terre autour du faë de terre, et quelqu'un cria de l'autre côté du bord de l'arène.

— Forfait ! La Terre déclare forfait !

L'anneau d'ombre noire qui entourait Dokkar disparut tandis que le faë tentait de s'asseoir sur son séant en grognant, du sang coulant d'une blessure à la mâchoire et son épaule tombant bien trop bas. Deux faës à la peau couleur écorce, comme la sienne, se précipitèrent et commencèrent à le traîner.

— Frappe maintenant, pendant qu'Orm est distrait, dit Mazrith dans ma tête.

Je n'étais peut-être pas aussi forte que les faës, mais je visais juste. Je ramassai une pierre que je pouvais soulever sans peine. En me concentrant sur son dégoûtant sourire de joie, je visai la bouche d'Orm. Alors que le rocher volait de ma main, je me rendis compte que Kaldar avait, elle aussi, profité de la distraction du faë d'or.

Il y eut un bruit satisfaisant, puis un gémissement de douleur lorsque la pierre de Kaldar, plus grosse, le frappa dans le ventre, et que la mienne s'écrasa sur son nez. Du sang commença immédiatement à couler de ses narines.

Ses yeux remplis de rage se fixèrent sur les miens, et il souleva une pierre aussi gros que ma tête en même temps que son bâton. Alors qu'il levait son projectile, une lumière blanche étincelante jaillit de son bâton, m'éblouissant. Je fronçai la figure et fus obligée de fermer les yeux.

Le rocher se dirigeait vers moi, et je ne pouvais pas l'esquiver, car je n'y voyais rien. La panique m'envahit. Je me baissai à l'aveuglette, puis je sursautai.

Une image se dessina à l'arrière de mes paupières closes.

Une image de moi.

Je me vis accroupie, mais depuis l'endroit où se tenait Orm. Je ressentis un élan de joie triomphante qui ne m'appartenait pas, puis je vis le rocher se diriger rapidement vers ma petite silhouette.

Voyant exactement où il allait atterrir, et exactement où se trouvait l'anneau noir, je me levai d'un bond, sautant vers la droite juste à temps pour éviter la pierre.

La vision disparut, et j'ouvris un œil tandis qu'Orm hurlait d'indignation.

— Qu'est-ce que... ? commençai-je.

Mais une autre vision me recouvrit les yeux, remplaçant ce que j'avais devant moi.

Cette fois, je voyais à travers les yeux de Kaldar. Une haine froide pour tous ceux qui m'entouraient envahit mes sens, suivie d'une détermination à écarter Orm du combat, par tous les moyens nécessaires. Du dédain désintéressé, voilà tout ce que je ressentais à l'égard de la pathétique rivale humaine de la compétition. Je m'occuperais d'elle plus tard.

La vision se leva lorsque la faë de glace lança une grosse pierre vers le ventre d'Orm.

Je n'avais pas le temps de comprendre pourquoi je venais de voir à travers les yeux de mon adversaire, mais je pouvais utiliser ce que j'avais appris. Elle allait jeter tout ce qu'elle avait sur Orm parce que je n'étais pas une menace.

Si Kaldar s'en prenait à Orm, il était inutile d'attirer son attention sur moi. Je ramassai un caillou et le lançai aussi fort que possible vers la tête d'Orm.

À nous deux, nous bombardâmes Orm de tout ce que nous avions : Kaldar avec de gros rochers qu'Orm s'efforçait de dévier de son torse et de ses jambes, et moi avec des cailloux plus petits, tous dirigés vers son stupide et parfait visage de faë.

Enfin, une pierre le frappa de plein fouet à la tempe, et ses efforts féroces pour bloquer les plus gros rochers s'estompèrent. Ses yeux roulèrent dans leurs orbites. La faë de glace poussa un aboiement de triomphe et lança un gros rocher vers son ventre.

Il tenta maladroitement de le bloquer, mais n'y parvint pas. Le projectile le propulsa, roulant sur lui alors qu'il tombait à la renverse. L'un de ses bras sortit de l'anneau noir alors qu'il essayait de se remettre debout, et il poussa un cri de douleur.

— Forfait ! cria un faë d'or depuis le côté de l'arène.

L'anneau noir se déroula, et l'ombre retourna à la Reine. Le faë d'or courut aider Orm à se relever, mais, quand il arriva, le Seigneur le gifla assez fort pour le faire tomber en arrière.

— Je ne vous ai pas dit de déclarer forfait pour moi, rugit-il.

— Mais mon Seigneur, vous souffriez.

— Reyna ! hurlèrent Voror et Maz tous deux dans ma tête.

Je me détournai du spectacle d'Orm juste à temps pour voir une pierre me foncer dessus. Je levai instinctivement mon bâton, parvenant à repousser le caillou, qui recourba tout de même mon arme à un angle inquiétant.

Je regardai Kaldar, en me demandant si je pouvais lui parler comme je l'avais fait avec Dokkar. Mais le dédain que j'avais ressenti venant d'elle semblait s'être transformé en quelque chose de plus profond.

Il n'y avait pas de sourire cruel, pas de rage de berserker, juste de la haine dans ses yeux. Elle ramassa un rocher beaucoup plus gros, et la peur m'envahit lorsque son bâton s'illumina et que des pointes de glace mortelles se hérissèrent tout autour du rocher, le rendant plus gros. Elle le souleva à deux bras. Il était plus large qu'elle.

Mon bâton ne survivrait pas à ça. Rien d'autre que la magie ne pouvait y faire face. Elle profitait de l'occasion pour m'écarter définitivement de la compétition.

— Tu ne survivras pas à ce rocher, dit Voror dans ma tête.

— Sans déconner, marmonnai-je, mon pouls battant si vite que j'en eus le vertige.

La pierre vola des mains de Kaldar, et elle visait juste. Cette chose allait me frapper.

— Quitte le ring seulement si tu n'as pas le choix, dit Mazrith, sa voix rauque.

Le temps sembla ralentir alors que le rocher terminait son arc et amorçait sa descente.

Laissant mon instinct prendre le dessus, je me jetai hors du chemin.

Je fis mon possible pour rester à l'intérieur du ring, mais elle visait trop bien avec son énorme rocher.

La quasi-totalité de mon corps se retrouva en dehors du cercle d'ombre.

Une douleur qui ne ressemblait en rien à quelque chose de normal s'infiltra dans chaque fibre de mon corps. C'était chaud et froid à la fois, dans mon corps, puis dans mon sang, se précipitant à travers moi, me brûlant de l'intérieur.

— Forfait !

J'entendis le cri, mais la douleur continua. J'eus vaguement conscience de m'être recroquevillée et que le sol semblait bouger, mais lorsque j'essayai de me concentrer, le feu glacial en moi brûla de plus belle.

— J'ai dit : *forfait* !

La douleur disparut.

Tentant désespérément de rester consciente, je roulai sur le dos. L'air frais et le ciel dégagé que je désirais tant n'étaient pas là, mais seulement les branches tremblantes des arbres prêtes à m'écarteler à la moindre occasion.

— Reyna ?

— Je crois que je vais être malade, marmonnai-je, sans trop savoir ce qui se passait.

Frima apparut, s'accroupit et me fit basculer sur les mains et les genoux juste à temps pour que je vomisse par terre.

J'entendis la foule rire et se moquer derrière moi.

— Cette humaine a battu un faë d'or au combat aujourd'hui, dit la voix de Mazrith. Pour cela, elle mérite vos applaudissements. À moins que vous ne souhaitiez endurer la douleur qu'elle vient de subir ?

Je clignai des yeux, mais je restai à quatre pattes, en attendant que la nausée passe.

Quelqu'un commença à applaudir lentement, et quelques autres se joignirent à lui. Les applaudissements s'éteignirent quelques instants plus tard.

— Qu'ils aillent se faire foutre, murmura Frima. Tu peux tenir debout ?

— Oui.

Je pris une dernière grande inspiration, puis je me levai aussi fermement que possible.

— Kaldar remporte l'épreuve, dit la Reine dès que je fus debout.

J'évitai de la regarder alors que la foule explosait en applaudissements sincères, mais je ne pus éviter le regard de Lord Orm. Attirés comme un papillon de nuit par une flamme, mes yeux se posèrent sur les siens. Et les siens étaient meurtriers.

CHAPITRE 29
REYNA

Mazrith et Frima se tenaient de part et d'autre de moi, chacun raccourcissant manifestement le pas tandis que nous traversions la forêt en silence. Svangrior était derrière nous, à marmonner régulièrement des jurons.

Nous avions attendu que tous les autres soient partis, et bien que Frima ait dit que c'était pour éviter toute altercation dans la forêt, je soupçonnais que c'était pour me laisser le temps de récupérer.

Ce qu'ils ne savaient pas, c'était que mon cerveau était en proie à une agitation qui n'avait pas grand-chose à voir avec le fait que je sois tombée hors de l'anneau d'ombre.

Comment, par le cul d'Odin, avais-je pu voir à travers les yeux d'Orm et de Kaldar ? Et pas seulement voir, mais aussi ressentir. Pas chaque pensée, pas physiquement ce qu'ils vivaient, mais une impression certaine de leur émotion dominante.

Comment ?

Comment cela était-il possible ?

Tu as eu des visions qui ne t'appartiennent pas toute ta vie, Reyna.

Était-il possible que j'aie vu à travers les yeux d'une autre personne toutes ces fois où j'avais eu des visions après avoir travaillé l'or ? À travers les yeux d'un Affamé ?

Mais la vision que j'avais eue de Mazrith et de sa mère appartenait au passé – au mieux, un souvenir. Ceci... J'avais vu les choses en temps réel, en direct, et sans que je sois près de l'or.

L'idée de parler à qui que ce soit de ces visions me serrait l'estomac, le sentiment profond qu'il s'agissait d'un secret que je devais garder s'opposant à mon besoin grandissant d'en savoir plus. Lorsque nous serions de retour au palais, je prendrais le temps d'en parler à Voror. Il était le seul en qui je pouvais avoir confiance pour parler de tout cela.

Nous franchîmes les imposantes portes du palais, où il n'y avait heureusement pas de faës, puis nous nous dirigeâmes vivement vers la Suite du Serpent.

— Frima, pourriez-vous..., dis-je en désignant ma cotte de mailles une fois que nous fûmes dans le salon et que les portes furent fermées derrière nous. Euh, m'aider ?

Elle acquiesça, et j'entrai dans la chambre, me penchant pour détacher les protège-tibias.

Mais quand je me redressai, ce n'était pas Frima qui m'avait suivie dans la pièce.

La porte se referma derrière la grande carrure de Mazrith.

— Orm est prêt à remonter les enjeux. Tu aurais dû me laisser le tuer.

Des ombres tourbillonnèrent du pommeau de son bâton et autour de nous deux. Il était à quelques pas en dessous de moi, ce qui nous mettait à égalité pour une fois, et la fureur qui dansait dans ses yeux me coupa le souffle. Pour les mauvaises raisons. C'était terrifiant, mais c'était beau. Inévitable. Juste, d'une certaine manière.

Tous les faës sont beaux, et tous les faës sont mortels.

Me rappelant que la douleur atroce que je venais de ressentir venait de la magie d'ombre, je retrouvai mes sens. Ils avaient reçu des dieux la capacité de faire cela à un être vivant… ? Ce n'était pas normal.

— J'ai voulu me défendre, dis-je, d'un ton aussi indifférent que possible. Et puis, la Reine aurait eu une raison légitime de vous punir. En racontant que vous avez déclenché une guerre, dis-je en haussant les épaules. Je vous ai rendu service.

Son visage se crispa, puis les ombres retournèrent précipitamment à son bâton. Ses yeux ne s'adoucirent pas pour autant.

— Peut-être. Cet homme te hait avec véhémence. Pourquoi ?

Mes sourcils se soulèvent de surprise.

— Vous ne savez vraiment pas ?

Il montra les dents.

— Ne joue pas avec moi, *Gildi*.

— Vous avez le jouet qu'il voulait.

Les yeux de Mazrith s'étrécirent.

— C'est… C'est ça ?

— Oui. Il me voulait comme concubine, et comme main-d'œuvre gratuite pour son bâton, et vous m'avez eue à sa place. Maintenant, il a quelque chose à prouver.

— Pas parce que… parce qu'il s'est entiché de toi ?

Ma bouche s'ouvrit.

— Dans quel monde habitez-vous pour croire qu'il s'est entiché de moi ? C'est un psychopathe avide, assoiffé de pouvoir et dérangé, qui n'aime pas qu'on lui prenne ses affaires. C'est aussi simple que cela.

— Avide, répéta Mazrith, presque pour lui-même.

— Oui. Avide. C'est la norme chez les gens de votre espèce.

Il me lança un regard noir.

— Tu crois que les gens de ton espèce ne sont pas avides ?

— Pas comparé aux faës, pouffai-je.

— Tu es naïve.

— Dit le mec qui ne savait pas pourquoi l'autre gamin était en colère contre lui, répondis-je.

À ma grande surprise, Mazrith émit un rire bas et sans humour.

— Oh, *gildi*. Il ne faut jamais, au grand jamais, me comparer à un gamin.

Les mots qu'Orm avait prononcés sur le tapis me reviennent en mémoire.

« Les jouets sont pour les enfants. Je suis un adulte, ce que tu découvriras en entrant dans ma chambre à coucher. »

Deux faës disant quelque chose de si semblable, mais il n'y avait absolument rien de commun dans la façon dont ils l'avaient dit. Les mots d'Orm étaient une promesse de douleur et de torture, une vantardise immature de pouvoir et de prouesse.

Les paroles de Mazrith étaient chargées d'une promesse d'un tout autre genre.

Je déglutis.

— D'accord. Peut-être que nous manquons tous les deux d'un peu de... d'expérience dans certains domaines.

Mazrith releva le menton et me regarda dans les yeux.

— Venant de toi, c'est une observation tout à fait raisonnable.

Je grinçai des dents.

— Vous réalisez que je ne suis déraisonnable que lorsque j'ai été kidnappée, forcée à me marier et que ma vie est menacée?

— C'est ce que pense Frima. Je n'en suis pas encore sûr.

Je soupirai, levant les yeux au ciel, et tentant d'étouffer ma bouffée de joie inattendue à l'idée que Frima ne me prenne pas pour une *heimskr* finie.

— On a terminé? J'aimerais enlever cette armure.

— Je vais t'expliquer. D'abord, détache la cotte de mailles au niveau du cou.

Je fis ce qu'il me disait, en tâtant les fermoirs. Quand j'arrivai à la cotte de mailles, il fit mine de m'aider, mais je l'arrêtai.

— Voyons si je peux le faire moi-même, dis-je.

Il m'avait déjà indiqué où détacher toutes les attaches, et je remuai les épaules pour vérifier qu'elles étaient bien relâchées.

— Très bien. Tu sais, c'est ta pierre qui a éliminé Orm ?

Je levai les yeux vers Mazrith, interrompant mes tâtonnements.

— Je pense que la putain de grosse pierre que Kaldar lui a jetée dessus y est pour quelque chose, dis-je en souhaitant que ce qu'il disait soit vrai.

— Elle l'a peut-être achevé, mais elle l'a seulement touché parce que ton caillou, en le heurtant à la tempe, l'a fait tomber. Toi, une humaine, tu as éliminé un seigneur faë.

Je soulevai prudemment la cotte de mailles au-dessus de ma tête et me demandai s'il pouvait avoir raison. J'avais vu les yeux d'Orm rouler lorsque ma pierre l'avait frappé.

— Si tu gagnes l'une de ces épreuves, tu gagneras une tresse.

Je laissai tomber la cotte de mailles par terre avec un tintement.

— Une tresse ?

— Oui, l'honneur, c'est les tresses, dit Mazrith en fronçant les sourcils. C'est la même chose à votre cour, n'est-ce pas ? Lhoris a une tresse.

— Oui, bien sûr, mais... Je n'aurais jamais pensé gagner une tresse en me battant.

— Mais tu pensais que tu en gagnerais une ?

— Oui, commençai-je, avant de m'interrompre.

J'avais peut-être dit à Skegin à la taverne que j'allais gagner une tresse avant lui, mais c'était du bluff. À *Yggdrasil*, on se battait avec des mots quand on n'avait pas d'armes. *Moi*, je me battais avec des mots. Mais avais-je vraiment cru avoir une tresse dans les cheveux ? J'avais cru que mon avenir serait dans une autre Cour, quelque part, sans appartenir à personne. Libre. Seule, déguisée, mais en vie.

— En fait, non, avouai-je.

Je lui jetai un coup d'œil, en me demandant pourquoi je lui disais tout cela.

— On gagne des tresses grâce à des actes de bravoure en public ou de grandes victoires. Des actes de bravoure, de courage et d'ingéniosité, reconnus par ton clan ou ta Cour.

Je haussai les épaules.

— On ne peut faire rien de tout cela dans la clandestinité.

— Tu pensais te cacher toute ta vie ?

— Comment aurais-je pu m'échapper de la Cour d'Or ?

Il ouvrit la bouche, avec une expression indéchiffrable, et secoua la tête, comme s'il ne savait pas quoi dire.

— Une vie dans la clandestinité... Non. Non, tu n'aurais pas pu gagner des tresses. Et tu n'aurais pas non plus...

Il s'arrêta de parler, secouant à nouveau la tête.

— Peu importe ce que tu n'aurais pas pu faire dans la

clandestinité, car tu seras bientôt l'humaine la plus reconnaissable des cinq Cours.

Mon estomac se retourna à ces mots.

C'était vrai. Il était désormais impossible que je me cache, que ce soit du Prince, de Lord Orm ou du reste du monde. Ils m'avaient tous vue. On m'utilisait dans un putain de spectacle.

Et les Affamés sont aussi à tes trousses. Comment pourrais-tu te cacher d'eux ? La petite voix dans ma tête me fit frissonner.

— Très bien, dis-je en carrant les épaules et en chassant les pensées indésirables. Je gagnerai la course de chevaux, et je gagnerai une tresse.

Mazrith pencha la tête en me regardant.

— Bien. Es-tu fatiguée ou souffrante ?

— Non, dis-je en secouant la tête.

J'avais soulagé mes douleurs de l'entraînement au bâton avec un bain et de l'hydromel, et la douleur de l'anneau d'ombre ne semblait pas avoir d'effet persistant ou durable. Je me sentais étonnamment bien.

— Je vais faire envoyer de la nourriture dans la chambre de tes amis. Prends une heure pour manger et te reposer. Ensuite, nous irons aux écuries.

Je retrouvai devant ma chambre Brynja portant un plateau chargé de nourriture et un panier suspendu au bras, rempli de bouteilles et de verres.

— Ah, madame, merci. Suivez-moi.

Elle sourit quand je lui pris le panier.

Il s'avéra que la chambre de mes amis se trouvait au détour du couloir, après la salle de guerre. Le couloir bifurquait vers la gauche, où je vis d'autres portes fermées, mais celle de droite révéla Kara recroquevillée sur une chaise, un livre dans les mains, et Lhoris à moitié debout dans un grand fauteuil, des fourrures disposées autour de lui, en train de somnoler. La pièce était décorée comme les autres dans la Suite du Prince, mais celle-ci n'avait ni cheminée ni fenêtre, et une grande tapisserie représentant une vouivre ornait le mur du fond. Un grand lit se trouvait contre un des murs, tandis qu'une petite table et une étagère étaient poussées de l'autre côté.

— Reyna !

Kara se précipita sur moi lorsque j'entrai dans la pièce, et me serra dans ses bras.

— Brynja et moi apportons de la nourriture, dis-je à voix haute, avant de lui chuchoter à l'oreille. Tu as réussi à résoudre l'énigme ?

— Pas encore, murmura-t-elle dans mon épaule avant de me lâcher.

Brynja déposa la nourriture sur la petite table, et je la rejoignis avec le panier de boissons.

Mon estomac gargouilla bruyamment quand je vis tout le pain, le fromage et les viandes froides, et la servante me passa une assiette.

— Merci, Brynja.

— Madame.

Elle acquiesça et quitta la pièce en refermant la porte derrière elle.

Je commençai à remplir mon assiette, affamée après tout ce que j'avais fait endurer à mon corps en une journée, puis je me versai une bonne dose d'hydromel pour accompagner le tout.

— Frima vient de nous parler du deuxième jeu du *leikmot*, dit Lhoris en se redressant sur sa chaise.

— Tu as vraiment frappé Lord Orm tu-sais-où ? dit Kara, les yeux écarquillés.

Je m'installai à côté d'elle sur la chaise et posai mon verre sur le parquet.

— Je l'ai fait, oui. Il portait une armure, donc ça n'a fait que l'énerver, mais…, ajoutai-je sans pouvoir retenir la joie dans ma voix. J'ai lancé la pierre qui l'a assommé assez longtemps pour que Kaldar puisse lui en lancer une plus grosse.

— Par Freya et le destin, je n'arrive pas à y croire ! dit Kara en battant des mains.

— Ça faisait du bien d'avoir quelque chose de lourd dans les mains, lui souris-je, avant de mâcher un morceau de pain. Et maintenant, j'apprends à monter à cheval.

La voix grave de Lhoris sembla réservée :

— C'est bien que tu apprennes à monter à cheval. Cela pourrait grandement faciliter ta fuite.

Ses yeux sombres se plantèrent dans les miens lorsque je me tournai vers lui, et je compris ce qu'il essayait de faire. Il essayait de me forcer à confirmer que c'était toujours mon objectif.

Je lui fis un signe de tête.

— Pour demain, cela m'aidera à rester en vie. Peut-être même...

Je m'interrompis, me sentant soudain vaniteuse.

— Peut-être même quoi ? dit Kara.

— Mazrith dit que si je gagnais demain, cela suffirait pour me faire gagner une tresse.

La main de Kara vola à sa bouche.

— Tu as toujours voulu une tresse !

— Je sais. Et je n'aurais jamais pu en gagner une dans la clandestinité.

— Reyna.

Le ton de Lhoris était plein d'avertissement, et je le regardai.

— Ne laisse pas l'attrait des choses dont tu n'as pas

besoin te faire changer d'objectif. Rappelle-toi pourquoi nous sommes ici.

— Je sais, Lhoris. Mais quand j'ai été piégée dans la montagne avec le Prince, j'ai... j'en ai appris plus sur lui. Et je ne sais pas encore pourquoi, mais je suis liée à son destin d'une manière ou d'une autre.

Lhoris inclina la tête, s'enfonçant un peu plus dans son fauteuil.

— Cela ne veut pas dire que tu peux lui faire confiance. Je sais que tu ne peux pas fuir ton destin, Reyna, mais tu peux en garder le contrôle.

— Qu'as-tu appris ? demanda Kara.

Le malaise me tordit l'estomac, et je posai ma nourriture pour prendre de l'hydromel à la place. Je détestais leur mentir. Ils étaient ma famille. Mais je n'osais pas prendre le risque de partager trop de choses avec eux.

— Si je pouvais le dire, je le ferais.

Lhoris se renfrogna, et Kara me tapota l'épaule.

— Si nous sommes tous coincés ici jusqu'à ce que le Prince n'ait plus besoin de toi et que nous puissions nous échapper, ce n'est sûrement pas si mal de gagner une tresse en attendant ? dit Kara qui regarda Lhoris d'un air innocent.

Si je n'avais pas eu une assiette de nourriture sur les genoux, je l'aurais serrée dans mes bras.

— Il est plus difficile de fuir quand toute âme reconnaît ton visage, répondit Lhoris d'un ton bourru.

— Ce n'est pas s'échapper qui est plus difficile. C'est rester libre, dis-je.

Il secoua la tête.

— Toujours le bon sens.

— Écoute, je ne peux plus rien faire. Quelqu'un a essayé de me tuer, plus d'une fois, et il y a de fortes chances que ce soit la Reine. Je me concentre sur le fait de rester en vie et d'apprendre ce que je peux pendant que nous sommes ici.

— J'apprends, moi aussi, dit Kara. Ellisar m'a appris la médecine des animaux.

Je lui jetai un coup d'œil.

— Vraiment ?

— Oui. C'est un très bon professeur, d'ailleurs.

Lhoris nous jeta un regard furieux.

— Ne vous laissez pas bercer à l'idée que ces faës sont vos amis, toutes les deux. Vous êtes des *orfèvres*, l'outil de leurs ennemis jurés. Ils n'hésiteront pas à vous achever lorsque vous aurez rempli votre mission.

J'avalai un peu plus d'hydromel. Il avait raison. Bien sûr qu'il avait raison.

— Nous n'oublierons pas, Lhoris, lui dis-je en soutenant un instant son regard noir, avant de me retourner vers Kara. Maintenant, dis-moi tout ce que tu as lu sur les chevaux.

Bien trop tôt, Brynja frappa à la porte pour m'annoncer que le Prince m'attendait dans le salon. Après de nouvelles embrassades et la promesse d'être prudente, je quittai mes amis pour trouver Mazrith debout près de la porte de la Suite du Serpent, vêtu d'un pantalon de cuir, de bottes de fourrure et d'une chemise de lin unie ouverte au niveau du torse. Mes yeux se portèrent involontairement sur sa peau exposée.

— Tu admires mes amulettes ?

Son ton était grave, soyeux, et mon visage s'échauffa. M'évitant de répondre, il leva le bras et je vis qu'il tenait une ceinture de cuir et mon bâton.

— Mets ça. Je veux que tu t'habitues à te déplacer armée dans le palais, et tu apprendras à monter à cheval avec.

Je pris le bâton, en fronçant les sourcils.

— Il y a quelque chose de différent.

— Oui. Pendant que tu mangeais, Tait l'a modifié pour qu'on puisse le plier. Il a également réparé la courbure causée par le rocher.

Je regardai au milieu du bâton et vis une articulation d'argent brillant. Je me rendis compte qu'elle dissimulait une minuscule charnière qui pliait le bâton en deux. Instantanément, le poids du bois de l'arme changea.

Je regardai Mazrith avec stupéfaction.

— C'est si léger !

— Oui. J'ai aussi fait quelques modifications moi-même.

— Vous pouvez l'alléger par magie ?

— Seulement lorsqu'il est plié. C'est la même magie qu'on utilise sur les bâtons faës, lorsqu'ils sont rétractés.

J'enfilai le baudrier, m'émerveillant de voir à quel point il était plus facile de ranger le bâton dans le fourreau.

— Je vous remercie. Et dites à Tait que je lui dis merci, aussi.

—Je le ferai.

Nous nous dirigeâmes vers les écuries en silence, et je fis de mon mieux pour me souvenir de l'itinéraire, tout en ajustant le fourreau du bâton au fur et à mesure que je marchais, pour lui trouver la place la plus confortable.

J'avais vite oublié le rappel de Lhoris que nous étions en territoire ennemi en voyant les altérations du bâton, et j'essayais de me repasser ses mots dans ma tête, pour reprendre le contrôle de la situation. Mais j'avais du mal. Les ennemis ne nous dotent pas d'armes magiques et ne nous apprennent pas à nous battre et à monter à cheval. Ils ne vous disent pas qu'on peut gagner des tresses, ou ne vous font pas perdre tout sens commun en exposant un peu trop de chair nue et musclée.

Ressaisis-toi, Reyna.

Lorsque nous arrivâmes aux écuries, j'inspirai profondément, appréciant l'odeur du foin et la température. Le grand espace était bien éclairé et les hauts plafonds étaient bien moins oppressants que les couloirs et les pièces du château.

— Le palefrenier sera bientôt là, avec Jarl et Idunn, dit Mazrith en s'arrêtant dans un grand espace ovale entre quelques étables.

—Idunn, c'est le cheval de Frima ?

—Oui, tu la monteras aujourd'hui.

—Qu'en pense Frima ?

— Elle l'a suggéré après t'avoir entraîné au maniement du bâton. Elle fait confiance à ton instinct.

Qu'Odin maudisse l'influence que cette femme avait sur moi ! Je me gonflais d'orgueil à chaque fois que j'apprenais que Frima avait du respect pour moi, et c'était dangereux. Presque aussi dangereux que de baisser ma garde devant le Prince.

— Tu dois savoir que les chevaux sont des créatures sensibles, dit Mazrith qui attira mon attention. Ils réagissent aux sentiments et à l'atmosphère de leur environnement. Tu dois être calme et confiante. Parle-leur comme à un ami.

J'acquiesçai, tandis qu'il continuait à parler.

— Il est important de s'approcher d'eux par le côté, pour qu'ils puissent te voir. Ne va pas trop vite et laisse-les toujours te sentir avant de les toucher.

Un renâclement attire notre attention sur le palefrenier qui s'approchait, les rênes d'un cheval dans chaque main.

La nervosité explosa en moi.

Ils étaient magnifiques. Élégants, puissants et *énormes*.

Mazrith prit les rênes de Jarl, le caressant sur le nez en marmonnant doucement. Le cheval renâcla joyeusement lorsque le Prince l'attacha au poteau d'une stalle voisine, avant de retourner auprès du palefrenier et de prendre les rênes d'Idunn. Le palefrenier s'inclina, puis s'éloigna précipitamment.

Mazrith conduisit la grande jument noire jusqu'à

moi, avec sa queue battante et ses yeux sombres brillants.

Je pris une grande inspiration.

— D'accord. Calme, confiante, lentement.

— Si tu es nerveux, elle le sentira, dit Mazrith à voix basse.

— Oui, j'ai compris quand vous me l'avez dit la première fois.

— Alors, calme-toi.

— J'essaie. Elle est juste si...

Idunn balança la tête, montrant les dents et tapant des sabots antérieurs sur le sol en terre battue.

— Puissante ? Tu peux apprendre à exploiter cette puissance, Reyna. Calme, et confiante.

Je me souvins de l'émotion que j'avais ressentie en traversant la forêt sur Jarl, et un frisson d'excitation remplaça une partie de ma nervosité. Je respirai calmement, forçant mes épaules à se détendre. La queue d'Idunn ralentit ses fouettements, mais elle continua à balancer la tête et à taper des sabots.

— Approche. Par le côté.

Je fis ce qu'il me demandait, gardant ma respiration lente en m'approchant d'elle. Un seul coup de son énorme tête me mettrait sur le dos.

— Pose ta main sur son cou.

Je me mordis l'intérieur de la joue et j'appuyai ma main sur sa robe noire luisante. Elle s'arrêta aussitôt de bouger, gardant la tête là où son énorme œil sombre pouvait me voir. Je sentis ses muscles puissants se tendre, puis se détendre, et elle baissa la tête. Ses sabots s'immobilisèrent.

— C'est bien. Nous sommes prêts.

Au cours des heures qui suivirent, Mazrith parla plus que je ne l'avais jamais entendu. Il me montra comment tenir les rênes du cheval et où placer mes mains pour le guider, mais aussi comment le frotter et le toiletter à l'aide d'une brosse et d'un peigne.

Lorsqu'il s'assura que je n'étais plus crispée par l'énorme créature, nous passâmes à la chevauchée. Je n'allais pas essayer de sauter sur le dos d'Idunn comme l'avait fait Frima, alors le Prince conjura un marchepied d'ombre avec son bâton. Je posai une botte dessus, m'agrippai à la selle et me hissai aussi gracieusement que possible.

Une fois en selle, le Prince monta sur Jarl et me montra comment m'asseoir confortablement, le dos droit, comment tenir les rênes et où mettre mes pieds dans les étriers.

Ensuite, j'appris à contrôler le cheval avec mon corps, en utilisant mes jambes pour lui demander de marcher ou de s'arrêter, ainsi que les ordres auxquels la plupart des chevaux de l'écurie étaient entraînés.

Après avoir passé une heure à monter Idunn dans la cour de l'écurie à un rythme tranquille, et selon les fréquentes corrections de Mazrith, je sentis ma confiance s'accroître.

— On sort bientôt de l'écurie ? demandai-je en amenant Idunn à s'arrêter juste à côté de Jarl et Mazrith.

Il fit un signe de tête que je commençais à interpréter comme la reconnaissance d'un travail bien fait.

— Oui. Nous devons pratiquer des mouvements plus rapides, ce qui doit se faire à l'extérieur. Mais comme nous ne pouvons pas nous attarder dans la forêt, je vais d'abord te dire ici ce qu'il faut savoir.

Il rapprocha sa monture, leva les rênes pour que je puisse les voir et m'expliqua comment les utiliser et déplacer mon poids sur la selle pour contrôler la vitesse du cheval. Il m'expliqua comment utiliser mes genoux et mon poids pour rester sur le cheval en me levant et en me baissant s'il allait vite, et comment utiliser mes pieds pour l'arrêter rapidement si je devais le faire.

La nervosité que j'avais ressentie tout à l'heure se transforma en une excitation pleine d'appréhension. Je voulais sentir ce qu'Idunn pouvait faire, sa puissance sous moi brûlant d'une promesse agitée.

— Et si je me perds ?

— Idunn suivra Jarl, tu ne te perdras pas. Tu n'auras même pas besoin de la diriger, bien que tu aies bien su le faire jusqu'à présent.

— Vous serez donc devant lorsque nous traverserons la forêt ?

— Oui. Lorsque nous ressortirons de l'autre côté, nous traverserons la ville jusqu'à un petit bois où se trouve ce dont nous avons besoin pour nous entraîner à sauter.

— Et si je tombe ? Si vous êtes devant moi, vous ne me verrez pas.

Ses yeux gris se plantèrent dans les miens.

— Si tu tombes, la forêt t'emportera.

Je déglutis.

— Alors, il ne faut pas tomber ?

— Il ne faut pas tomber.

CHAPITRE 31
REYNA

Dès que nous quittâmes la sécurité du palais, j'enfonçai mes talons, serrai le dos d'Idunn entre mes cuisses et donnai l'ordre que Mazrith m'avait enseigné.

— Yaah !

Idunn décolla instantanément. J'eus le souffle coupé par le vent qui me fouetta le corps, et je basculai de façon inquiétante vers la droite. Idunn hennit bruyamment en virant de bord, la masse noire de Jarl et Mazrith se dirigeant dans une direction, tandis que nous allions dans l'autre.

— Non !

Je bougeai les rênes, déplaçant mon poids, essayant de me tenir plus haut dans les étriers comme Mazrith me l'avait montré. Idunn corrigea sa trajectoire tandis que je retrouvais mon équilibre, et mon soulagement céda rapidement sa place à la concentration alors que j'essayai de bouger en rythme avec elle. Faisant abstraction de tout, même du Prince qui me précédait, je me concentrai sur les sensations de la jument, comprenant ses mouvements et essayant d'avancer avec elle.

C'était difficile, la forêt défilait à une vitesse vertigineuse, mais plus je répondais au cheval, plus nous chevauchions en douceur.

Et plus vite, réalisai-je, enfin assez confiante pour lever les yeux.

Nous avions considérablement gagné du terrain sur Jarl et Mazrith, avec seulement quelques mètres de retard. Mazrith me jeta un regard, et pour la première fois, je crus voir une lueur de joie sur le visage du Prince faë si sérieux.

— Yaah !

Idunn accéléra, et l'afflux instantané de puissance donna encore plus de courage à mon cœur qui s'emballait. Le cheval m'obéissait, me faisait courir sur la terre comme jamais je n'aurais pu le faire moi-même. Je pouvais voler à travers la forêt, à travers la montagne, à travers toute la Cour, si j'en avais envie.

J'arrivai à la hauteur de Mazrith, les arbres tordus défilant de part et d'autre. Consciente que si je le devançais, je ne saurais pas où aller, je fis retomber mon excitation, essayant plutôt d'exercer un meilleur contrôle sur ma monture. Je me servis de mes pieds et des rênes pour ralentir Idunn, et le plaisir de sa réaction ne me procura pas la même adrénaline que ses accélérations, mais ce fut néanmoins satisfaisant.

Je faillis être déçue lorsque nous sortîmes de la forêt

et que nous empruntâmes le chemin pavé menant à la ville.

— Oooh, dit Mazrith à Jarl.

Je fis de même, ralentissant Idunn au pas.

— Je ne suis pas tombée, dis-je en souriant au Prince.

Il se raidit en me regardant, et la joie que j'avais vue sur son visage auparavant avait disparu.

— Je ne t'avais jamais vue sourire comme ça, dit-il, la voix aussi raide que son visage.

Mon sourire s'effaça.

— Eh bien, je n'avais jamais ressenti cela, répondis-je maladroitement en me détournant de son regard intense. Je crois qu'Idunn m'aime bien.

— Tes motivations sont vraies. Elle le sent.

— Mes motivations ?

Sa rigidité avait, heureusement, à nouveau cédé sa place à sa sévérité habituelle lorsque je le regardai à nouveau.

— Tu aimes la chevaucher. La sensation de sa puissance.

Je levai le menton.

— La liberté. C'est ce que je ressens avec elle.

Ses yeux brillèrent.

— Quel que soit le nom que tu souhaites donner à cela, elle le ressent, et tu sembles pouvoir y répondre. Lorsque vos motivations s'alignent, vous ne faites plus qu'un. J'en suis soulagé. Il y a des chevaux qui n'accepteront jamais certains cavaliers.

Je me souvins de la première fois que j'étais allée dans les écuries.

— Comme la sœur de Jarl ? Vous avez dit que votre mère était la seule à pouvoir la monter.

Le Prince cligna des yeux.

— Ce cheval est une exception à la plupart des règles.

— Pourquoi ?

— Ça n'a pas d'importance.

Il fit un geste vers l'avant alors que nous entrions dans la ville, et je retins un soupir.

Il était tard, et la plupart des lumières du bâtiment étaient allumées. Je levai les yeux vers le ciel parsemé d'étoiles.

— Difficile à croire que les étoiles sont assez brillantes pour éclairer toute la Cour, dis-je, presque pour moi-même.

Pourtant, elles le faisaient, jetant un crépuscule constant qui ne s'atténuait que la nuit, au lieu de s'obscurcir complètement.

— L'éclairage de la Cour d'Or te manque-t-il ?

Je me tournai vers Mazrith en pouffant.

— Rien ne me manque à propos de la Cour d'Or.

— Il y fait très clair. Très lumineux, tout le temps. Ici, cela doit te sembler sombre.

Je regardai à nouveau autour de moi, distinguant clairement le chemin pavé, les bâtiments en pierre et les arbres au loin.

— Ce n'est pas si mal.

Nous ne croisâmes que quelques personnes en traversant la ville, la plupart aux alentours de la taverne, attirées par la présence d'un cavalier à une heure aussi tardive. Tous baissèrent la tête en réalisant qu'il s'agissait de leur Prince, et presque tous me jetèrent ensuite un regard méfiant. Un homme me fit cependant un clin d'œil pendant que son ami ne regardait pas, et une femme de forte corpulence avec un œil au beurre noir m'adressa un sourire encourageant.

De l'autre côté de la ville, les bâtiments se firent plus rares. Le chemin pavé menait à une forêt qui semblait bien moins tordue et dangereuse que celle autour du palais. Un bruit se fit entendre dans une ruelle étroite, entre une boulangerie fermée et une rangée de maisons. Je me retournai et scrutai l'obscurité.

— Fiche-moi la paix ! Mon mari va revenir des raids d'un jour à l'autre, et il va t'arracher les membres, dit une femme, dont le tremblement dans la voix contredisait l'audace.

Je tournai Idunn vers la ruelle.

— Mais ton mari n'est pas là maintenant, hein ? Et il n'en saura rien quand il rentrera à la maison, si tu sais ce qui est bon pour toi.

La voix de l'homme était bourrue et traînante.

Une gifle retentit, et j'entrai dans la ruelle à temps pour voir une femme minuscule et voluptueuse faire atterrir sa paume sur la joue rougeâtre d'un grand homme barbu dont le pantalon était ouvert. Il secoua la tête, puis, plus vite que je ne l'aurais cru, la saisit à la gorge et la plaqua contre le mur de la boulangerie.

— Posez-la !

Ils se tournèrent tous les deux vers moi, le visage de la femme de plus en plus rouge tandis qu'il pressait ses grosses mains sur son cou.

— Mêle-toi de tes oignons, grogna l'homme.

Les yeux de la femme s'écarquillèrent en me voyant.

— J'ai dit : posez-la.

Je sortis mon bâton de son fourreau à ma ceinture.

L'homme rit, lâcha la femme et se tourna vers moi. Elle resta à se tenir la gorge, appuyée contre le mur.

— Tu es peut-être sur un cheval, mais tu n'es pas une faë, dit-il, ses yeux parcourant mes cheveux.

Il agita le doigt.

— Tu es un monstre, voilà ce que tu es.

— Je ne suis pas faë, convins-je.

La femme s'était accroupie et longeait le mur pour sortir de la ruelle. Je me demandai brièvement où était Mazrith, mais l'homme reprit la parole, attirant à nouveau mon attention sur lui.

— Pourquoi tu ne descends pas de ce cheval ? On pourra discuter. Et quand je dis discuter, j'entends par là que je vais te prendre cette jument de luxe que tu as manifestement volée et t'apprendre à ne pas m'interrompre.

Pendant une seconde, j'y réfléchis sérieusement. Je voulais l'affronter, mettre en pratique ce que Frima m'avait appris. Mais le bon sens reprit le dessus. La femme était partie, en sécurité, je l'espérais. Je n'avais pas besoin de rester une seconde de plus en compagnie de ce vil personnage.

— Elle a dit non, dis-je. Laissez-la tranquille.

Il regarda vers l'endroit où s'était trouvée la femme et laissa échapper un grognement lorsqu'il réalisa qu'elle était partie. Je fis tourner Idunn dans l'espace restreint, mais le cheval hennit bruyamment, se cabra et faillit me faire tomber de la selle. Je m'accrochai avec les mains et les genoux, tournant la tête pour voir l'homme tirer sur la queue d'Idunn en s'esclaffant.

Lorsque ses sabots retombèrent par terre, je poussai un rugissement de colère inattendu, lâchant une main et l'utilisant pour frapper l'homme avec mon bâton. Il poussa un hurlement lorsque le coup partit, et tomba au sol. Je brandis à nouveau mon arme au moment où Idunn tournait, l'abattant cette fois sur sa nuque.

— Monstre de merde, cracha-t-il par son nez qui ruisselait de sang. Tu vas payer.

Je lui montrai les dents. Idunn se cabra à nouveau, et je sus qu'elle devait sortir de l'étroite ruelle.

— Allez, ma fille, fais ce que tu as à faire.

Elle s'élança vers la rue principale, manquant de me faire tomber une fois encore, mais ralentit dès qu'elle aperçut Mazrith et Jarl, qui attendaient calmement sur le chemin principal.

— Ouah, ma fille, voilà, voilà, dis-je en lui caressant l'encolure. Tu as fait du bon boulot.

Elle piaffa un peu, mais resta où elle était, dardant de temps en temps la tête vers la ruelle.

— Où étiez-vous ? J'aurais eu bien besoin d'un peu d'aide, dis-je en regardant Mazrith tout en continuant à caresser l'encolure d'Idunn et en rengainant mon bâton avec mon autre main.

Mon pouls accélérait, mais je restais aussi calme que possible, pour le bien d'Idunn.

— Tu n'avais pas besoin d'aide.

La fierté m'envahit à ces mots. Il avait raison. Je n'avais eu besoin d'aucune aide.

— Oh. Comment je fais pour calmer Idunn? Ce *veslingr* lui a tiré la queue.

— Un galop à travers les bois, ça va l'aider, dit-il en désignant la forêt. Le chemin est dégagé jusqu'à un grand ruisseau. Tu ne peux pas te perdre. Laisse-la courir aussi vite qu'elle le souhaite.

J'acquiesçai, puis je penchai la tête vers l'oreille du cheval.

— D'accord, Idunn. Tu as bien travaillé. Tu as mérité de t'amuser. Allons-y.

CHAPITRE 32
REYNA

F iler à travers bois sur Idunn sans avoir à me soucier de la forêt autour, c'était encore plus amusant que le premier galop. Plus je sentais sa puissance et sa vitesse, plus je me disais que je voulais monter pour toujours – que le destin avait peut-être *voulu* que j'apprenne à monter.

Lorsque le ruisseau apparut, je ralentis, soulagée de sentir Idunn moins agitée. Mais mon dos me faisait mal, et je me tournai vers Mazrith pour lui demander si nous pouvions descendre de cheval pour faire une pause. Il n'était nulle part.

La panique commença à m'envahir, et je fis tourner Idunn en rond, à sa recherche. Avais-je dévié de ma trajectoire ?

Je ne voyais pas comment. J'avais suivi le large sentier bien usé jusqu'au ruisseau, comme il me l'avait dit. Je levai les yeux vers la canopée que traversait la lumière des étoiles.

— Voror ? chuchotai-je.

— Tu as l'air d'aimer les chevaux, dit le hibou, une note de dédain dans la voix.

Je sentis mes épaules s'affaisser, soulagée de ne pas être seule dans la forêt.

— Sais-tu où se trouve Mazrith ?

— Pas loin.

Presque au moment où il répondait, j'entendis des sabots. Quelques instants plus tard, Mazrith émergea des arbres, dans la clairière, près du ruisseau.

— Vous n'avez pas pu suivre ? dis-je, en penchant la tête.

Il me jeta un regard, puis sauta facilement du dos de Jarl.

— Ton corps doit avoir besoin de repos, dit-il.

Il fit apparaitre le marchepied de son bâton par magie.

Je me décollai maladroitement du dos d'Idunn, puis marchai un peu, m'étirant et me recourbant, essayant de me débarrasser de ma raideur.

— Je vais avoir besoin de beaucoup d'hydromel, murmurai-je.

— Heureusement que j'en ai beaucoup, répondit Mazrith. Nous sommes ici pour apprendre à sauter.

Ses ombres jaillirent de son bâton, disparurent dans les arbres, puis revinrent enroulées autour d'un gros tronc, qu'elles déposèrent au milieu de la clairière, avant de revenir à lui.

— Votre pouvoir semble avoir retrouvé tout son potentiel, dis-je.

— En effet. Les ordres pour le saut sont similaires, mais pas identiques, à ceux que nous avons déjà appris. L'instinct joue un rôle, mais la confiance dans le cheval aussi.

Je l'écoutai pendant qu'il m'expliquait ce qu'il fallait faire avec les rênes, comment plier les genoux lorsque le cheval décollait et atterrissait, et quels ordres lui donner. Mon dos et mes cuisses douloureuses protestèrent lorsque je remontai sur Idunn, mais j'étais impatiente d'apprendre. Il n'y avait aucune chance que le parcours de demain soit un simple sprint, j'en étais sûre.

La première fois que nous nous rapprochâmes du tronc, je réagis trop tard. Idunn s'arrêta juste avant l'obstacle, et tout se déroula au ralenti alors que je basculais vers l'avant de la selle, puis sur le côté.

Je sus que j'allais tomber avant la chute, et je levai le bras au-dessus de ma tête, fronçant la figure et m'arc-boutant.

Je laissai échapper un hoquet lorsque je heurtai un coussin glacé et moelleux.

Les ombres de Mazrith m'avaient rattrapée. Elles virevoltaient autour de moi, si froides que mes avant-bras nus me picotaient, ce qui me remit aussitôt sur mes pieds. Mes membres tremblaient un peu tandis que je me tournais vers le Prince.

— Bien, dit-il.

— Quoi ?

— C'est bien. Tu t'es protégé la tête. Tu te serais seulement brisé quelques os, sans doute. Maintenant, essaie encore, et dis-lui de sauter plus tôt.

Je le regardai d'un air ahuri.

— Juste quelques os cassés ?

— Réessaye.

À la fois agacée par son attitude cavalière à l'égard de mes os et extrêmement reconnaissante qu'il m'ait rattrapée, j'écrasai le marchepied d'ombre pour remonter à cheval.

Cette fois, je lui demandai de sauter trop tôt. Elle savait qu'elle n'allait pas franchir le tronc d'arbre, ne sautant qu'à moitié et atterrissant maladroitement. De l'inquiétude pour le cheval m'envahit, et j'étais sur le point de descendre avant que Mazrith ne m'assure qu'elle allait bien.

La troisième fois, nous réussîmes. Idunn s'élança au-dessus du tronc, et mes genoux tremblèrent lorsque nous atterrîmes de l'autre côté. Je me tournai en triomphe vers Mazrith, qui fit un geste vers le tronc.

— Encore une fois. Plie davantage les genoux à la réception.

Nous recommençâmes, encore et encore, et au fur et à mesure que je m'améliorai, Mazrith utilisa ses ombres pour soulever le tronc, de plus en plus haut. Les sauts d'Idunn étaient si gracieux que j'avais l'impression de voler dans les airs, ce qui me remplissait d'émerveillement à chaque fois.

— Il est tard. Nous devons retourner au palais et nous reposer avant demain.

Le Prince me regarda pendant que je contournais la bûche, et je savais que mon visage devait être rouge.

— Tu as bien travaillé aujourd'hui.

— Vais-je monter Idunn au *Leikmot* ?

Il me jeta un regard.

— Bien sûr, tu n'as pas passé toutes ces heures à tisser des liens avec elle pour recommencer demain.

— Il faudra que je remercie Frima.

— Oui. Tu le feras.

Nous chevauchâmes tranquillement à travers la forêt sur le chemin du retour, et j'appréciai le balancement et l'allure du galop.

En arrivant en ville, nous croisâmes une foule de gens qui se dirigeaient vers la taverne et qui parlaient avec animation.

— Je n'arrive pas le déplacer, j'ai essayé. Il ne se lève pas, dit un homme en secouant la tête tandis qu'une femme s'adressait à une autre :

— Pas un mot sensé, il a dit. Pas un seul. Il ne fait que marmonner à propos de serpents.

— Eh bien, je ne suis pas désolée, répondit la femme, les bras croisés sur la poitrine. Vous savez, il était temps que quelqu'un le frappe assez fort pour abîmer son vilain cerveau.

Une sensation de froid m'envahit, et je la chassai. À *Yggdrasil,* on frappait des gens tout le temps.

Nous prîmes le virage suivant et vîmes une silhouette assise, les jambes croisées, au bord du chemin pavé. Mon cœur battait la chamade lorsque nous nous rappro-châmes de l'homme que j'avais heurté dans la ruelle. Il tenait un bâton à la main et dessinait quelque chose dans la terre, le nettoyait, puis dessinait à nouveau.

Nous nous rapprochâmes.

Des serpents.

Il dessinait des serpents.

— Gentils, gentils petits serpents, qui glissent, glissent, glissent, marmonnait-il joyeusement en dessinant trois longs serpents, puis en les grattant avec enthousiasme à l'aide de son bâton, avant de recommencer.

— Eh ! appelai-je alors que nous arrivions à hauteur, faisant s'arrêter Idunn.

Mazrith ne s'arrêta pas.

L'homme cligna les yeux vers moi. De la bave s'écoulait du coin de sa bouche, et du sang séché formait des croûtes autour de son nez. Il n'y eut même pas un soupçon d'intelligence dans ses yeux signalant qu'il me reconnaissait.

— Des serpents, sourit-il. De jolis, jolis serpents.

CHAPITRE 33
REYNA

Nous traversâmes la ville en silence, mon cœur battant la chamade. Chaque fois que je jetai un coup d'œil à Mazrith, il ne réagit pas, mais regarda résolument devant lui.

Je n'avais pas frappé l'homme assez fort pour lui faire ça. Quand j'avais quitté la ruelle, il était sain d'esprit et proférait des menaces.

Mais Mazrith… Il avait dû me rattraper lorsque j'avais traversé les bois jusqu'au ruisseau.

Lorsque nous arrivâmes aux premiers arbres noueux et horribles, le Prince me regarda enfin.

— Tu es prête? Chevauche vite. Ne me perds pas et ne pars pas devant.

Je lui adressai un hochement de tête laconique, en essayant de me concentrer.

— Yaah! cria-t-il.

Jarl s'élança. Je l'imitai, savourant la puissance d'Idunn sous moi. Pendant le temps qu'il me fallut pour galoper à travers la forêt hantée, j'eus le bonheur d'être soulagée de la confusion qui m'envahissait.

Les portes de l'écurie apparurent, et les chevaux ralentirent jusqu'au petit galop, soulevant de la terre et de la poussière tandis que nous nous arrêtions en dérapant à l'intérieur. Mazrith fit descendre Jarl alors que je reprenais mon souffle, des ombres volant de son bâton et faisant claquer les portes de l'écurie derrière nous.

Elles se dirigèrent vers moi, matérialisant le marche-pied pour m'aider à descendre.

Lui jetant un regard noir, je glissai délibérément de l'autre côté du dos d'Idunn.

L'expression du Prince Mazrith se durcit lorsque je contournai le cheval pour me diriger vers lui.

— Qu'avez-vous fait à cet homme ?

Il y eut une lueur dans les yeux de Mazrith, qui fut ensuite balayée par les ombres.

— Je me suis assuré qu'il n'attaquerait plus de femmes.

Je m'arrêtai à un mètre de lui, fixant son menton provocateur.

— Maudite soit votre taille ! aboyai-je, les poings serrés. Vous avez dit que j'avais fait tout ce qu'il fallait !

— Tu l'as fait.

— Alors pourquoi y êtes-vous retourné ?

— C'est ma Cour. *Mon* peuple. Slaithwaite est *ma* ville, grogna-t-il en baissant le menton pour que je puisse voir dans ses yeux féroces. Mon travail consiste à protéger les habitants de cette ville contre les prédateurs.

— En détruisant leur esprit ?

La colère était maintenant gravée sur ses traits, sa mâchoire serrée et ses énormes épaules tendues.

— Tu crois qu'il méritait mieux ? Sais-tu ce qu'il avait dans la tête quand il était dans cette ruelle avec cette femme ?

Ma détermination faiblit. Je n'avais peut-être pas vu à l'intérieur de la tête de cet homme, mais je pouvais deviner ses pensées.

Et tu ne peux plus vraiment te plaindre à propos d'entrer dans la tête des gens, n'est-ce pas ?

Je desserrai les poings.

Je n'avais pas fait exprès de pénétrer dans l'esprit des faës pendant le *Leikmot*.

Mazrith venait de réduire délibérément celui d'un homme en bouillie.

— Les criminels devraient bénéficier d'un procès équitable, dis-je ?

Mais je sentais qu'il y avait moins de conviction dans ma voix.

— Il en a eu un. Il a été rapide et concluant. C'est ma Cour. Ma justice.

— C'est ainsi que vous rendriez la paix si vous deveniez roi ?

— *Quand* je serai roi, oui.

— La peur paralyse, elle ne donne pas de pouvoir.

Quelque chose de vraiment sombre traversa ses iris, plus sombre que les ombres tourbillonnantes. C'était solide et noir, et pendant un instant, il eut les yeux sans âme d'un reptile.

— Tu n'as pas besoin de me dire cela.

Je me forçai à ne pas flancher. Il y avait de la noirceur en lui, je le savais déjà. Mais il y avait aussi de l'honnêteté. De l'intégrité. Et dans mes tripes, je savais qu'il n'était pas un danger pour moi. Du moins, pas avant que sa malédiction ne soit levée.

La noirceur dans ses yeux se dissipa.

— Son clan ne sait pas qu'il a été puni. Je n'utilise pas la peur pour les contrôler, eux ou leur comportement. Je ne fais que punir le déshonneur.

— Un faë ne devrait pas avoir autant de pouvoir sur son peuple. Pourquoi ne pas le faire comparaître devant la Cour ?

Mazrith eut un rire sec.

— Et le présenter à ma belle-mère ? Il serait probablement son genre.

Il tendit la main, et, cette fois, je sursautai, reculant d'un pas. Il m'attrapa le menton, me maintenant immobile.

Mon pouls accéléra instantanément, à la fois sous l'effet de la peur et de quelque chose d'autre. Quelque chose de plus profond.

— *Gildi*, cette Cour est foutue. Tu le vois forcément. La Reine est dérangée. Elle a tué presque tous nos runés, elle récompense la débauche et le meurtre, et pratique des rituels que d'autres Cours jugeraient dignes d'une punition divine. Je ne te laisserai pas me faire la leçon sur la façon de combattre ces maux.

Une rune d'or flotta de son pouce, juste devant mon visage. Ses yeux passèrent des miens à la rune, puis revinrent vers moi.

— Tu seras ma mort, *Gildi.*

Je ne compris pas ce qu'il voulait dire, et tout à coup, je m'en moquai. Du feu jaillissait en moi à l'endroit où sa peau touchait la mienne, et le désir de le combattre s'évanouit si vite que la panique commença à m'envahir.

Je ne voulais pas avoir envie de lui. Je ne voulais pas lui faire confiance.

Mais je lui faisais confiance.

Il s'avança vers moi, réduisant la courte distance.

— Tu seras ma mort, murmura-t-il, les ombres dans ses yeux disparaissant, remplacées par une lumière grise et brillante.

Les légères cicatrices sur son visage étaient visibles de si près, le guerrier férocement bien présent sous le faë. Il pencha la tête, son souffle murmurant contre ma joue, et je me forçai à détourner le regard, tournant la tête et fermant les yeux.

Il n'utilisait pas la magie. Je savais qu'il n'en utilisait pas. C'était lui. Le vrai lui me poussait à me tourner la tête, à attraper ses lèvres avec les miennes.

Ne fais pas ça, Reyna. Il t'a enlevée, et revendiquée comme sienne. Il est comme tous les autres maudits faës d'Yggdrasil.

Sauf qu'il ne l'était pas. Il n'était pas le monstre qu'il présentait.

Je sentis une légère caresse le long de ma mâchoire, puis la pression de ses lèvres sur mon cou, juste sous mon oreille.

Le feu de mon corps se transforma en liquide en

fusion, un gémissement s'échappant de mes lèvres tandis que ma peau s'animait de sensations partout.

Ses lèvres s'approchèrent de ma peau, m'embrassant et me goûtant comme si j'étais un mets délicat à savourer. Ses mains se serrèrent dans mes cheveux, et je sursautai lorsqu'il tourna mon visage vers le sien.

Ses beaux yeux gris me transpercèrent, brûlant toute pensée logique dans ma tête. Dans un grognement, il pencha la tête vers le bas et captura ma bouche avec la sienne.

Le baiser était exquis, doux et intense à la fois, nos langues dansant ensemble dans une harmonie sauvage et mélodieuse. À chaque mouvement de nos bouches, à chaque glissement de sa langue contre la mienne, la peur et le doute que je ressentais s'estompèrent. Je ne pensais plus qu'à lui et à ce qu'il me faisait ressentir. Chaque fibre de mon être semblait éveillée, vivante, une charge ardente pulsant dans chaque terminaison nerveuse alors que tout le désir que j'avais désespérément essayé de nier remontait à la surface.

— Maz?

Comme frappés par la foudre, nous nous séparâmes d'un bond. Je haletai, mes membres tremblant tandis que j'essayais de retrouver une seule pensée cohérente.

Un peu plus tard, Svangrior arriva en vue, Ellisar à ses côtés.

Je tournoyai vers le panier qui avait été laissé plein de bouteilles, essayant d'avoir l'air occupé, alors que la chaleur continuait à me parcourir. Mon désir était si fort que j'en avais le vertige, mes gestes maladroits alors que je prenais une bouteille au hasard pour tenter vainement de donner l'impression que je ne venais pas d'embrasser le Prince de la Cour d'Ombre.

Ellisar fronça les sourcils lorsque les guerriers nous rejoignirent.

— Pourquoi avez-vous la figure si rouge ?

— Nous avons chevauché à travers la forêt, dit Mazrith avant que je ne puisse répondre. Qu'est-ce qu'il y a ?

— On nous a signalé la présence d'Affamés dans deux des villages les plus bas.

Le feu dans mes veines refroidit instantanément. Les souvenirs de l'Ancienne et de sa chanson me revinrent en mémoire, et je les chassai avec effort.

Mazrith jura méchamment.

— Ont-ils attaqué quelqu'un ?

— Pas que nous sachions.

— Réunion dans la salle de guerre. Rassemblez toutes les informations dont vous disposez.

CHAPITRE 34
REYNA

Nous remontâmes tous en silence vers les appartements du Prince, Ellisar balançant le panier de bouteilles au bout de son bras.

Mes jambes étaient encore chancelantes après ce qui était, sans aucun doute, la chose la plus stupide que j'avais faite depuis que le Prince des Serpents avait fait irruption dans mon atelier et m'avait kidnappée.

À quoi pensais-tu, Reyna, par le cul d'Odin ? Putain de Heimskr !

Mes réprimandes mentales silencieuses furent rapidement submergées par le torrent de désir qui envahit tout mon corps – d'une manière que je n'avais même pas soupçonnée d'être possible.

Je n'avais pas beaucoup d'expérience en matière de baisers, mais j'en savais assez pour savoir qu'une telle intensité, une telle réaction physique de la part de mon corps, ce n'était pas normal.

La journée avait été très longue et très stressante.

Non seulement j'avais une bonne dose d'adrénaline qui pulsait en moi après l'exaltation de l'équitation, mais j'avais aussi réussi à ne pas penser au fait que j'avais vu par les yeux de deux faës, ce matin-là.

Il s'agissait sans aucun doute d'un désordre émotionnel.

Mon désir pour le Prince, et le fait que j'avais brutalement perdu toute volonté, était le résultat d'une journée très difficile.

Rien de plus.

Je serrai et relâchai les poings à plusieurs reprises pendant que nous marchions dans les couloirs lugubres du palais, essayant d'évacuer mon agitation sans y parvenir. Lorsque nous entrâmes enfin dans la Suite du Serpent éclairée par le feu, les trois hommes se dirigèrent vers la salle de guerre. Mazrith s'arrêta avant d'entrer et se tourna vers moi.

Mes joues s'enflammèrent aussitôt.

— Je te conseille de te reposer. La course sera éprouvante, et tu auras besoin d'énergie.

J'acquiesçai, fouillant son regard, sans savoir ce que j'y cherchais. Un désir qui correspondait au mien ? De la honte ?

Ombre et lumière passèrent dans ses iris, comme toujours, mais il se détourna avant que je puisse déchiffrer quoi que ce soit. Je le regardai entrer dans la salle de guerre et pousser la porte derrière lui.

— Oh, désolée, madame ! dit Brynja qui me heurta en tirant un chariot couvert de bouteilles et de nourriture. Je ne vous avais pas vue. Je dois apporter ça aux faës, chuchota-t-elle.

Je tendis la main, ramassant une petite grappe de raisin.

— Je suis sûre que ça ne leur manquera pas, dis-je avec un sourire forcé. Ou ceci.

Je pris un petit bloc de fromage rouge et riche.

Ses yeux s'écarquillèrent, mais elle sourit à son tour.

— Moi, je prendrais les boissons, madame. Une bouteille de certains de ces vins vaut autant que la cabane de mon père.

— Y a-t-il du vin faë ici? demandai-je avant de pouvoir me retenir, submergée soudain par le souvenir vivace du rêve que j'avais essayé de chasser de ma tête.

Elle haussa les sourcils, puis secoua la tête.

— Non, madame, c'est généralement réservé à d'autres types de réunions que celle que je crois qu'ils sont en train de tenir.

— Oh, ce n'est pas grave. J'étais juste curieuse, dis-je rapidement.

Lorsque Brynja reprit la parole, sa voix était basse, presque un murmure.

— Comme vous êtes curieuse, le Prince a l'habitude de garder son cabinet à boissons bien plein.

Elle regarda avec insistance l'énorme armoire de l'autre côté de la cheminée, où j'avais vu le Prince se verser de l'hydromel à plusieurs reprises.

—Vraiment?

— Oui, madame. Et au cas où vous seriez encore curieuse, les bouteilles de vin faë ont toujours de la dentelle métallique autour du goulot.

— Merci d'avoir apaisé ma curiosité, répondis-je en chuchotant.

Elle acquiesça, puis continua à manœuvrer le chariot en direction de la salle de guerre.

Je me retournai vers le meuble, envahie par le désir. L'idée de boire un verre de vin faë et de tomber dans un rêve rempli de tout ce que je voulais, mais dont je n'aurais pas dû avoir envie, me fit traverser la pièce.

Reyna, ne sois pas si stupide !

La voix de la raison, si pleine de colère dans ma tête, fit ralentir puis s'arrêter mes pas.

J'avais besoin d'aller au lit. De me reposer. De dormir. De me préparer pour la course. Pas de me laisser aller à des fantasmes sur un homme qui m'avait enlevée.

Secouant la tête avec colère, je tournai les talons et me dirigeai vers la chambre.

Presque aussitôt que j'entrai dans la chambre, Voror surgit à travers le mur et se percha sur le montant du lit.

— Salut !

Le soulagement d'avoir été distraite par ce flot de désir rendit ma voix trop enthousiaste.

Le hibou me regarda d'un air soupçonneux.

— Tu sens le cheval.

— D'accord, dis-je en enlevant le baudrier de mon bâton.

— Et... la luxure.

Je me figeai, le regardant fixement.

— Tu peux sentir la luxure ?

— En quelque sorte. Informe-moi de ce que j'ai manqué.

— Tu as vu l'épreuve du *Leikmot*, n'est-ce pas ?

— Oui.

— Et tu as vu la leçon d'équitation ?

— Oui.

— Il n'y a donc rien que tu ne saches pas, dis-je en me détournant sous prétexte de défaire mes bottes.

— Ce n'est pas vrai.

— Ce n'était qu'un baiser ! aboyai-je, en me retournant vers lui.

Il me regarde en clignant des yeux lentement.

— Je parlais du fait que tu as esquivé un rocher les yeux fermés. Mais si tu préfères parler du baiser, nous pouvons le faire. Je n'ai pas grand-chose à te proposer, cependant, car vos pratiques amoureuses sont tout à fait déconcertantes à mes yeux.

Mes joues s'échauffèrent tandis que je me retournais vers mes bottes.

J'avais déjà accepté le fait que je devais parler à quelqu'un de mes visions, et que je n'en discuterais pas avec Mazrith. Voror était ma seule option.

— Il s'est passé quelque chose.

— Oui, j'ai vu. D'après ce que j'ai compris, l'union des bouches conduit à une pratique qui implique une quantité désagréable de fluides corporels et des gémissements particuliers...

Je lui fis un signe de la main.

— Je parle du *Leikmot* ! L'esquive des rochers.

— Oh. Bien.

Il ébouriffa ses plumes, comme s'il essayait de déloger quelque chose de désagréable.

— Continue.

Je lui racontai les visions que j'avais eues dans la tête des deux faës.

— Cela t'était-il déjà arrivé ?

Je pris une grande inspiration, essayant de décider ce que je pouvais lui dire.

— Pas dans la tête de quelqu'un d'autre, non.

Le hibou déplaça son poids d'une serre à l'autre.

— Très intéressant.

— Tu sais pourquoi cela se produit ?

— Non. Je n'en ai aucune idée.

Je poussai un long soupir.

— Malédiction ! J'avais espéré que tu pourrais m'aider.

— Tu es humaine, non ?

— Oui.

— Tu n'as donc pas le pouvoir de voir dans la tête des gens par toi-même. Quelqu'un doit le faire à ta place. Beaucoup de faës peuvent projeter des images, et les faës d'ombre s'adonnent beaucoup plus à la magie de l'esprit que les autres.

Il était logique que quelqu'un ait essayé de m'aider depuis les coulisses, ce matin-là. Mais les visions des Affamés et de la mère de Mazrith... Personne n'était là à ce moment-là, et j'en avais eu tout au long de ma vie. Cela signifiait-il que ces deux types de visions n'étaient pas liés ?

— Y a-t-il des gens ici qui pourraient essayer de t'aider ? dit Voror quand je ne parlai pas.

— J'imagine. Mazrith, ou Frima, peut-être ?

— Et juste pour confirmer, les visions d'aujourd'hui t'ont vraiment aidée ?

— Sans aucun doute.

Le hibou fit claquer son bec.

— Alors, accepte-les et ne t'inquiète pas de savoir d'où elles viennent. Si quelqu'un t'aide, cette personne se manifestera et t'expliquera ses raisons bien assez tôt. Je te prie de te débarrasser de l'odeur de cheval avant mon arrivée, la prochaine fois.

Il s'envola et monta dans les combles.

— Attends, je...

Mais il était parti.

Je poussai un soupir et regardai mes bottes.

Il avait raison. Il semblait évident que quelqu'un m'aidait. Et comme j'avais déjà décidé d'accepter n'importe quelle aide, celle-ci n'était pas différente.

Je retirai mes bottes, le léger élancement de mon pied blessé maintenant facile à ignorer.

Mazrith m'aidait-il ?

Quoi qu'en dise Lhoris, j'avais de plus en plus de mal à le considérer comme mon ennemi. À le voir comme le monstre que les cinq Cours croyaient qu'il était.

Les monstres embrassaient-ils comme ça ?

La chaleur m'envahit à ce souvenir, provoquant une pulsion de désir presque douloureuse entre mes jambes. D'une manière ou d'une autre, je me retrouvai à nouveau sur mes pieds.

— Putain, jurai-je.

Mon corps était incontrôlable. J'étais beaucoup, beaucoup trop agitée pour dormir. Au moindre relâchement de ma concentration, je pensais à lui, nu et ferme, et dangereusement proche de perdre le contrôle.

Avec un grognement, je me dirigeai vers la porte de la chambre.

Il était hors de question que je passe toute la nuit dans cette tourmente. D'après moi, deux choix s'offraient à moi.

D'abord, je pouvais aller frapper à la porte de Mazrith. Et que ferais-je alors ? Est-ce que j'exigerais que nous terminions ce putain de baiser exquis là où je désirais qu'il se termine ? Qu'il me soulève, m'emmène dans son lit et me dévore comme le festin qu'il prétendait que j'étais ?

Un doux gémissement m'échappa dans un soupir lourd, et je saisis la poignée de la porte.

Je ne pouvais pas aller voir Mazrith.

Je ne pouvais pas.

Il restait donc la deuxième option. Le vin faë.

J'entrouvris la porte et jetai un coup d'œil à l'extérieur. Il n'y avait personne.

Vivre mon désir dans ma tête, avec lui, ça ne voulait certainement pas dire que je me soumettais à lui, n'est-ce pas ? Le souvenir du dernier rêve et la satisfaction tangible qu'il m'avait procurée me soulevèrent la poitrine. Ce n'était pas réel. Ce n'était qu'un fantasme. Un défoulement inoffensif, bien que vif, de ce qui obnubilait ma putain de tête stupide.

— Ce n'est qu'un rêve, murmurai-je, avant de me diriger sur la pointe des pieds vers l'armoire à boissons.

Aussi silencieusement que possible, j'ouvris la porte de l'armoire et parcourus les bouteilles jusqu'à en trouver une avec une dentelle métallique autour du goulot. C'était une bouteille haute et mince, poussiéreuse à cause de l'âge. Je retirai le bouchon de verre et versai un peu de liquide dans un verre posé sur le comptoir, avant de remettre la bouteille en place.

Mon vin volé à la main, je courus aussi silencieusement et rapidement que possible jusqu'à ma chambre.

CHAPITRE 35
MAZRITH

Depuis l'entrée du hall, je regardai Reyna se remplir un verre de vin faë, puis disparaître dans sa chambre.

Ma queue banda, et je serrai les dents.

Le baiser l'avait affectée autant que moi.

J'étais un putain d'imbécile. Un putain de heimskr maudit par Odin.

Pourquoi l'avais-je embrassée ?

Je pouvais me le demander autant que j'en avais envie, mais le fait était qu'une centaine de chevaux divins n'auraient pas empêché mes lèvres de toucher les siennes.

C'était insupportable. Intolérable. Dangereux.

Je fis un pas dans le couloir, en direction de sa chambre.

Je savais ce qui se passerait si je frappais à cette porte maintenant. Elle l'avait voulu autant que moi. Et maintenant, elle volait mon vin faë. Elle me volait une nuit perdue dans un fantasme.

Beaucoup plus sûr que la réalité.

Je me tournai vers l'armoire à boissons. Avant de pouvoir m'en dissuader, je me servis un verre de la bouteille qu'elle avait choisie.

Je ne pouvais pas la toucher. Je ne pouvais pas l'embrasser. Mais nous pouvions tous les deux rêver.

Mes ombres tourbillonnèrent autour de ma main, autour de la bouteille, et je regardai fixement, ma conscience s'opposant à mon désir.

Je fermai les yeux, me soumettant à mon désir douloureux. Les ombres s'engouffrèrent dans le verre, et j'en avalai le contenu.

Rapidement, je me dirigeai vers ma propre chambre.

Je disposais de peu de temps avant qu'elle ne s'endorme, et la magie de l'esprit ne fonctionnerait pas si je n'étais pas endormi moi aussi.

Elle était de nouveau dans l'arbre d'*Yggdrasil*. Cette fois-ci, elle n'était pas allongée sur la table en pierre, nue, mais debout près du tronc d'un hêtre, vêtue de la robe noire qu'elle avait portée au bal.

Elle écarquilla les yeux en me voyant, et je baissai le regard.

Je ne portais rien, et ma queue endolorie était dure et prête.

— *Gildi*.

— C'est un rêve, dit-elle précipitamment, avant de se mordre la lèvre inférieure.

Ses yeux dardèrent entre ma queue et mon visage, et je laissai un sourire s'emparer de mes lèvres.

— C'est un rêve, répétai-je.

Je m'approchai, et elle recula, son derrière parfait heurtant le tronc d'arbre. La lumière diffuse filtrait à travers les feuilles au-dessus de nous, dansant sur son beau visage et ses yeux verts brillants.

— Tu vas me laisser te toucher cette fois-ci ?

Elle secoua la tête.

— Non.

— Tu es sûre ?

Je m'approchai, et je passai un doigt sur mon membre. Elle me regarda fixement, transie.

— Peut-être un baiser ?

Je vis la luxure étinceler dans ses yeux, et sa langue darda pour humecter ses lèvres.

— Vous avez dit que j'allais vous supplier. Je ne le ferai pas, dit-elle.

— J'ai peur qu'un jour, ce soit *moi* qui te supplies, *Gildi*, dis-je en empoignant mon érection.

Elle inspira vivement.

— Tant de feu, soufflai-je, en déplaçant lentement ma main vers le haut, puis vers le bas.

Quand je vis qu'elle essayait de garder les yeux sur mon visage plutôt que sur ma queue, cela me fit palpiter plus fort.

— Vous me supplieriez de vous embrasser ? souffla-t-elle, fermant un instant les yeux.

— Oh, Reyna. Je te supplierais de me baiser. Je te supplierais de te mettre à genoux devant moi.

Elle gémit doucement, et l'une de ses mains se dirigea vers sa cuisse, soulevant sa jupe, tandis qu'elle observait ma main sur ma queue.

Elle ne portait rien sous sa robe, et un grognement m'échappa lorsqu'elle posa la main sur son sexe, massant la chair tendre.

La voir se toucher était presque plus que ce que je pouvais supporter. Je serrai si fort ma queue que mes jointures blanchirent, et les ombres se précipitèrent autour de moi, dansant sur ses cuisses et la faisant haleter. Ses yeux se portèrent sur mon visage.

— Embrassez-moi, murmura-t-elle, en massant plus fort son sexe.

D'une seule pensée, j'envoyai mes ombres s'enrouler autour de son poignet. Elle cria lorsqu'elles lui tirèrent la main, puis soulevèrent ses deux bras au-dessus de sa tête pour les plaquer contre l'arbre.

Un désir fou me poussait à lui arracher sa robe, mais ses yeux écarquillés et sa poitrine gonflée m'en empêchèrent. J'avançai vers elle, pressant mon érection contre sa hanche, effleurant de mes lèvres sa joue brûlante.

— Toujours, soufflai-je, en baissant la tête et en trouvant ses lèvres douces.

Elle m'accueillit avec une férocité qui me fit gémir dans sa bouche, sa langue trouvant la mienne et son goût explosant en moi, m'enivrant. Elle se jeta sur moi et je retirai mes lèvres, enfouissant mon nez dans son cou tout en tirant sur sa robe.

— Si belle ! murmurai-je en la prenant dans mes bras.

Elle se pressa contre moi, ses mamelons hérissés en pointes dures contre ma poitrine.

Mes lèvres se posèrent sur sa gorge, et sa tête roula en arrière, exposant davantage de chair à ma bouche et à mes mains.

Elle gémit et ondula des hanches plus fort contre moi, et j'enroulai la main autour de sa cuisse, pour l'encourager. Ma main trouva sa chaleur, et je gémis. Elle était mouillée, tellement mouillée.

— Supplie-moi de te baiser, Reyna.

Je reculai pour regarder son beau visage rougi, en immobilisant mes doigts.

Ses yeux se tournèrent vers les miens, mais elle ne répondit pas.

— Supplie-moi. Supplie-moi de te baiser, murmurai-je. Et je le ferai.

Elle me regarda fixement, en respirant difficilement.

Tout en moi voulait la sentir de l'intérieur, enfouir mes doigts dans sa moiteur, la faire crier mon nom alors que j'assouvissais le désir en elle.

Mais quelque chose m'arrêta.

Et qu'Odin me vienne en aide, je savais quoi.

Quand je prendrais cette femme, quand j'entrerais enfin dans son corps, quand je la revendiquerais comme la mienne, ce ne serait pas dans un putain de rêve.

Je refermai mes lèvres sur les siennes avant qu'elle ne puisse dire un mot, enfonçant ma langue dans sa bouche et la dominant avec la mienne. Elle gémit à nouveau, plus fort, et je portai ma main à ses seins. Je lui pinçai le mamelon et envoyai mes ombres vers ses cuisses. Je la sentis cambrer le dos et se presser plus fort contre moi lorsqu'elles trouvèrent leur cible.

Elle gémit quand je me retirai, et ma queue palpita si fort qu'elle me fit mal. Tout en gardant une main pour taquiner son téton hérissé, je ramenai l'autre par-devers moi, pompant avec force tandis que mes ombres allaient et venaient dans son sexe humide. Elle s'écrasait contre ma cuisse, mouillant ma peau de son désir. Je reculai assez pour voir son corps se tendre, son dos se cambrer encore plus contre l'arbre, ses doigts écartés et sa lèvre coincée entre ses dents.

Ses yeux se rivèrent dans les miens.

—Jouis pour moi, *Gildi*.

Je la vis jouir avec un long gémissement haletant, son corps tremblant et convulsant, recouvrant ma cuisse de son humidité. Ma main accéléra l'allure, tandis que je me laissais torturer par le spectacle de son plaisir. J'étais si près du but, incapable de garder le contrôle plus longtemps.

— Maz, souffla-t-elle, ses yeux hébétés se fixant sur moi lorsque mes ombres la relâchèrent.

Ses mains tombèrent, s'emmêlant dans mes cheveux, et elle pressa sa bouche contre la mienne, m'attirant férocement.

Son goût me fit basculer. Son corps palpitait contre le mien avec le contrecoup de son orgasme, sa langue explorant ma bouche comme si elle n'avait jamais goûté à la passion auparavant.

J'explosai, ruant sans pouvoir me retenir contre son corps alors que le plaisir me déchirait. Je gémis dans sa bouche en la serrant plus fort, puis je m'arrêtai, tremblant, alors que ma libération refluait.

Elle recula, me fixant dans les yeux.

— Es-tu prête à me supplier ? hoquetai-je, en passant mon pouce sur ses lèvres gonflées.

— Jamais, répondit-elle en chuchotant.

REYNA

Je me réveillai en sursaut, roulai sur le dos et clignai furieusement des yeux vers le plafond.

Un rêve ! C'était un rêve. Juste un rêve.

Je pris une série de profondes inspirations, essayant de me concentrer sur la pièce plutôt que sur le corps nu et ferme de Mazrith pressé contre le mien.

Mon cœur battait à tout rompre, et je laissai échapper un grognement de frustration en me retournant, enfouissant mon visage dans mes oreillers.

Qu'est-ce qui m'était passé par la tête ? En quoi, au nom de Freya, ce rêve était-il censé m'aider ?

Un léger coup frappé à la porte me fit bondir de mes draps.

Était-ce Mazrith ? Le désir m'envahit, et je priai les dieux pour que ce soit lui.

Kara me regarda en clignant des yeux lorsque j'ouvris la porte.

— Je ne voulais pas te surprendre pendant que tu n'étais, euh, pas habillée, mais il faut que je te parle.

Je baissai les yeux, me rendant compte tardivement que je ne portais qu'une fine chemise de nuit.

Je me forçai à garder l'air neutre.

— Qu'est-ce qui ne va pas ? Quelle heure est-il ?

— C'est l'aube, et je pense avoir résolu l'énigme.

Je me figeai, mon cerveau se détournant enfin de parties de corps masculines pour revenir à la réalité.

— Vraiment ?

— Il m'a fallu du temps pour comprendre, et pour être honnête avec toi, il y a encore beaucoup de choses que je ne comprends pas, mais je suis presque sûre d'avoir trouvé quelque chose, ce matin.

— Je vais chercher Mazrith.

— Peut-être que tu devrais d'abord t'habiller ? Il a attendu tout ce temps, je suis sûre que quelques minutes de plus ne changeront rien.

Je baissai les yeux, en rougissant. Je savais ce qui se passait sous la chemise de nuit.

— Euh, oui. Bonne idée.

Je pris le temps de me laver et de m'habiller, en essayant de calmer mon corps en fusion.

Tu as choisi de boire le vin, Reyna. Tu savais qu'il faudrait en assumer les conséquences. Je n'avais pas réalisé à quel point ces conséquences seraient intenses, mais c'était mieux que d'aller dans sa chambre la nuit dernière.

J'étais une femme adulte, je pouvais affronter mon imagination débordante.

Lorsque je quittai ma chambre, Mazrith se tenait dans le salon, à discuter à voix basse avec Frima.

Je déglutis en le voyant, remarquant ses bras puissants sous sa chemise, la façon dont ses cheveux tombaient devant ses oreilles délicatement pointues, la courbe ferme de son derrière dans le cuir noir.

Il tourna la tête, et ses yeux se fixèrent sur les miens, enflammés par ce que je pris pour du désir. Mon visage s'enflamma.

— Kara veut nous parler, en privé, dis-je rapidement.

— Toutes les deux dans la salle de guerre, maintenant, répondit-il. Frima, veille à ce que nous restions seuls.

— Regardez, dit Kara lorsque nous fûmes tous réunis autour de la grande table.

Elle lissa le papier et passa son doigt sur les lignes de texte.

Haut de dix pieds, ou plus encore
À jamais grand, mais dans la mort
Charmé par la nuit sombre et l'or
Honneur d'acier, précieux trésor
Éveillera pierre qui dort.

— Vous voyez ?

Je secouai la tête, mais j'entendis Mazrith aspirer de l'air depuis l'endroit où il se tenait, derrière la chaise sur laquelle j'étais assise.

— Les premières lettres.

— Oui ! Elles épèlent le mot « H A C H E ».

Elle leva les yeux vers le Prince, déglutissant.

— Connaissez-vous des statues avec de très grosses haches ?

Je me retournai pour le regarder aussi, envahie par l'excitation, jusqu'à ce que je voie l'expression de son visage. Ce n'était pas vraiment de la colère, mais ce n'était pas non plus de l'exaltation.

— Il y en a une. Un guerrier déchu qui maniait la hache et qui était considéré comme un berserker de son vivant.

Ne voulant pas paraître stupide, mais ne voulant pas non plus manquer quelque chose, je toussai.

— Un berserker, c'est un guerrier, n'est-ce pas ?

— La définition varie d'une Cour à l'autre, acquiesça Kara.

— Ici, à la Cour d'Ombre, il faut tuer une centaine d'ennemis avant de mériter cet honneur, dit Mazrith à voix basse.

— Et vous lui avez construit une statue ?

— Non.

Il poussa un long soupir.

Comme il ne disait rien d'autre, je me retournai vers Kara.

— Autre chose ?

— Non, pas vraiment. On dirait que vous devrez

prendre quelque chose à la statue, et puis, je suppose que vous devrez réparer une chose en pierre, dit-elle en haussant les épaules. Mais je ne sais pas ce qu'il faut obtenir, ni ce qu'il faut réparer.

Moi, si. Un morceau de jade, et la statue d'un faë d'ombre.

— Ça, on connait, lui dis-je.

Elle me regarda, les yeux brillants de curiosité.

— J'aimerais pouvoir venir avec vous, dit-elle.

— Il n'en est pas question, rétorqua Mazrith. Ce n'est pas un endroit où je souhaite moi-même aller, encore moins avec d'autres. Kara, tu ne dois en parler à personne, tu comprends ? Le simple fait d'être au courant te met en danger.

La culpabilité m'envahit. J'avais suggéré de lui en parler.

— Pouvez-vous lui donner un de ces bandeaux ?

Il jeta un coup d'œil à mes cheveux, puis à son bâton.

— Non. Ils sont... compliqués.

— Mais vous m'en avez fait un.

Il laissa échapper un petit grognement.

— Je ne peux en supporter qu'un seul à la fois.

— Oh ! dis-je en portant mes mains à ma tête. Elle peut avoir le mien, alors.

La main de Mazrith s'abattit brutalement sur le dossier de la chaise.

— Ne sois pas stupide. La Reine est bien plus susceptible d'essayer de t'interroger, toi, plutôt que Kara.

— Il a raison, Reyna, je ne l'accepterai pas, dit Kara.

— Je vais effacer le souvenir de sa mémoire, dit Mazrith.

Kara le regarda, et je me levai d'un bond.

— Non. Absolument pas.

Il me lança un regard noir.

— Cela ne lui fera pas de mal.

— Je m'en fiche.

— Tu préfères que la Reine cherche des informations dans sa tête ? Sais-tu ce que cela implique ?

— La Reine ne sait pas qu'elle sait quelque chose, et en plus, elle est sous la protection de vos guerriers !

— Euh, est-ce que j'ai mon mot à dire ? couina la voix de Kara derrière moi.

Je me retournai.

— Bien sûr, mais...

Elle me coupa la parole, se levant pour m'agripper l'épaule, puis fit un pas de côté vers le Prince.

— Je ne veux pas savoir. Retirez-le.

— Kara !

— Reyna, c'est le plus sûr. Je ne veux pas mettre ta vie en danger, et si cela ne me fait vraiment pas de mal, alors où est le problème ?

Je restai bouche bée devant ses grands yeux innocents.

— Tu le laisserais entrer dans ta tête ?

— Pourquoi ne le ferais-je pas ? C'est logique.

— C'est... mal.

Elle haussa les épaules.

— Ce n'est pas mal, c'est pour m'aider. Je n'ai plus besoin de connaitre cette énigme si tu ne comptes pas m'emmener, et je ne veux pas être utile à cette Reine horrible.

Elle frissonna, puis regarda Mazrith.

— Faites-le, s'il vous plaît, mais...

Elle hésita.

— Vous êtes sûr que vous ne vous débarrasserez de rien d'autre ? Ou que vous ne changerez rien ?

— Tu as ma parole, dit Mazrith, sans la regarder elle, mais moi.

Kara acquiesça.

Un sentiment d'impuissance m'engourdit alors que je regardai ses ombres s'échapper doucement de son bâton et tourbillonner autour de la tête de Kara. Elle ne montra aucun signe de douleur, aucun signe qu'il se passait quoi que ce soit.

Comment pouvait-elle le laisser entrer dans sa tête ? Le raisonnement était indéniable – suffisamment logique pour que je ne puisse pas m'y opposer. Mais je n'arrivais pas du tout à l'accepter.

Les ombres s'éloignèrent, laissant Kara. Je lui saisis les poignets.

— Ça va ?

Elle me sourit.

— Oui. Je sais que je vous ai aidé à résoudre une énigme délicate et que vous l'avez effacée de ma mémoire pour me protéger. Et que tu t'inquiètes pour moi, dit-elle doucement. Tu n'as pas à t'inquiéter. Je vais bien.

— Il y a intérêt, grognai-je en regardant Mazrith par-dessus mon épaule.

— Je vais bien. Promis.

Je me retournai vers Mazrith dès que Kara quitta la salle de guerre.

— Pourquoi ne pas avoir effacé tout le souvenir de l'énigme ? Pourquoi la laisser se souvenir qu'elle vous a aidé ?

Il eut l'air décontenancé.

— Je m'attendais à de la colère parce que je suis entré dans son esprit, dit-il d'une voix plate. Pas à propos des détails de ce que j'y ai fait.

— Répondez à la question.

— Si ma belle-mère a des raisons de l'interroger, Kara pourra lui dire immédiatement que j'ai supprimé tout ce qu'elle pourrait avoir envie de savoir.

— Mais si vous aviez supprimé tout souvenir, la Reine n'aurait eu aucun indice.

— Oui.

— Vous avez choisi de faire en sorte que la Reine abandonne son interrogatoire, dis-je lentement.

Ses yeux s'illuminèrent. Je fis un pas de plus vers lui.

— Les méthodes de la Reine sont désagréables.

L'émotion me submergeait – un torrent de confusion non exprimée se resserrant en une force que je ne pouvais pas contrôler.

— Vous avez choisi d'atténuer le mal que la Reine

pourrait faire à mon amie plutôt que de garder vos secrets ?

— Arrête.

Ce mot avait de la force, et je réalisai dans un sursaut que j'étais à moins d'un mètre de lui. Son corps était tendu, et des ombres tourbillonnaient autour de son bâton.

— Je pensais que tu allais hurler pour avoir utilisé ma magie sur l'esprit de ton amie, dit-il d'une voix pleine de tension.

— Vous voulez que je vous crie dessus ?

Pendant une seconde, je crus qu'il allait dire oui.

— Nous devons aller voir la statue du berserker. Maintenant.

— Mais...

— Non. Nous avons quelques heures précieuses avant la course, et nous devons les utiliser.

Il quitta la pièce avant que je puisse parler.

Je fixai la porte qu'il avait refermée derrière lui, essayant de maîtriser mes émotions déchaînées.

La confusion, l'adrénaline, et ce maudit baiser... Tout cela s'était combiné pour transformer mon cerveau en bouillie inutile. Et cette bouillie me ferait tuer. Je devais me concentrer.

Je chassai toutes les pensées que je ne voulais pas affronter, et je suivis le Prince.

Nous avions un indice grâce à l'énigme, et c'est sur cela que je devais me concentrer.

— Pourquoi tout est sous terre dans cette Cour maudite par Odin ? grommelai-je en suivant le Prince dans une chambre étroite creusée dans la roche.

— Ce n'est pas le cas. Seulement tout ce qu'elle ne connait pas.

— « Elle » étant la Reine ?

Il grogna ce que je supposai être un oui.

— Elle s'est mariée à mon père, mais n'a jamais été informée de tous les secrets de la Cour.

Mes leçons avec Kara n'impliquaient pas les arbres généalogiques ou les familles royales, à part celles des faës d'or, et je ne connaissais donc pas comment cela se passait à la Cour d'Ombre.

— Votre mère venait d'une famille royale ?

— Oui.

— Et elle vous a montré les secrets de la Cour ?

Il ne répondit pas. Ne voulant pas rester silencieuse

assez longtemps pour que mon cerveau recommence à essayer de traiter la tempête d'émotions que j'essayais d'ignorer, je continuai à parler.

— Je sais que votre belle-mère est la sœur de la Reine des faës d'or.

Il n'y eut toujours pas de réponse, alors j'essayai quelque chose de différent.

— Cette statue. Elle est loin ?

— Oui et non.

Je levai les yeux au ciel.

— Tout comme le sanctuaire, très peu de gens sont au courant qu'elle existe.

— Pourquoi avez-vous dit que vous ne vouliez pas aller là-bas ? C'est dangereux ?

— Non. Il y a… des souvenirs auxquels je ne veux pas penser.

— Oh. Quels souvenirs ?

Nous avions débouché dans une grotte au plafond élevé, avec des centaines de stalactites d'apparence mortelle. Le sol s'arrêtait brusquement à quelques mètres devant nous, et au milieu de l'étroite corniche se trouvait un cube qui semblait avoir été taillé dans la montagne elle-même. Des ombres rampaient sur toute sa surface, donnant l'impression que la pierre était vivante.

Le Prince me regarda par-dessus son épaule, resserra ses fourrures et se dirigea vers le cube. Il brandit son bâton, et ses ombres se précipitèrent à la rencontre de leurs congénères, se mêlant à elles énergiquement, puis descendirent le long de la paroi rocheuse. Lorsqu'ils arrivèrent en bas, il y avait une ouverture à l'avant du cube qui n'existait pas auparavant. Mazrith entra et se tourna vers moi.

— Viens.

Je fronçai les sourcils, mais je suivis.

— Que se passe-t-il à l'intérieur du cube ?

— Il nous mènera là où nous devons aller.

J'arrivai jusqu'à l'ouverture, les ombres tournoyant maintenant autour du cube.

— Est-ce qu'on va être enfermés ?

— Oui.

Mes pas faiblirent.

— Tu as peur des espaces exigus ?

— Non, ça peut être le plus grand espace du monde, mais si je ne peux pas en sortir, je préfère ne pas y entrer, dis-je en regardant la chose d'un œil méfiant.

— Il est normal de craindre d'être pris au piège quand on a été asservi, marmonna-t-il.

Je lui lançai un regard noir.

— Merci de votre soutien.

Avec un effort, je me forçai à entrer dans le cube avec lui. L'ouverture se referma.

Avant même que je puisse expliquer à quel point il est pire d'être piégée dans le noir, la boîte se mit à bouger. Tout droit vers le bas.

Nous chutâmes si vite que mon estomac remonta, et mon souffle se coupa avant que je ne puisse crier, un gargouillis étranglé émergeant à la place.

Aussi rapidement qu'il avait commencé, le cube s'arrêta, me faisant basculer contre le mur. L'ouverture réapparut, et je hoquetai, regardant Mazrith dans la lumière grandissante.

— Vous auriez pu me prévenir !

— J'étais trop distrait par tes sarcasmes, dit-il, avant de sortir du cube. De plus, tu fais, de toute façon, le contraire de ce que je te dis.

Je sortis à sa suite, mes membres tremblant légèrement après le choc de la chute.

Je suivis Mazrith depuis la nouvelle corniche sur laquelle nous étions arrivés et dans un autre passage. Quelques instants plus tard, nous pénétrâmes dans une autre grotte, et même sans l'énorme statue qui se trouvait au centre, j'aurais su que ce lieu était ancien.

La statue du guerrier à la hache se trouvait sur une île au milieu d'un bassin cristallin aux eaux totalement immobiles. Haut de près de vingt pieds, le guerrier était agenouillé, la tête inclinée et recouverte d'une pièce d'armure, et tenait la plus grande hache que j'aie jamais vue. Les lames reposant sur la terre étaient aussi grandes que les tibias de la statue, et il tenait l'énorme manche près de sa tête penchée.

— Ouais, soufflai-je. Depuis combien de temps est-ce que c'est là ?

Il dégageait la même impression que le sanctuaire et les statues d'*Yggdrasil*. L'impression que tout cela dépassait mon entendement, ou même l'entendement humain.

— Je ne sais pas. Très longtemps, dit Mazrith en se dirigeant vers un petit bateau sur le minuscule rivage de galets où nous nous trouvions.

La lumière de la grotte provenait du bassin, qui scintillait d'un bleu froid et limpide tandis que la barque ondulait dans l'eau.

— Nous sommes au plus profond de la montagne. Personne n'a construit ici depuis des siècles.

— Nous sommes au plus profond de la montagne ? On est allés si vite ?

Le cube, réalisai-je en faisant le lien. C'est comme ça que vous m'avez rejoint si vite dans la forêt avec les Affamés ?

Il acquiesça et me fit signe de monter dans le bateau.

— Alors, pourquoi n'avez-vous pas utilisé le cube pour revenir ?

Puis je me tapai le front alors que je montais dans la barque.

— Parce que vous aviez besoin de vos ombres pour que ça marche, et que votre bâton était cassé.

— Oui. Les ombres qui résident dans le cube sont aussi anciennes que la montagne elle-même. Elles n'appartiennent à personne. Elles ont été...

Il s'interrompit, un air indécis sur ses traits alors que le bateau commençait à bouger.

— Elles ont été présentées à mes ombres lorsque j'étais enfant, et j'ai été accepté.

— Et la Reine n'est pas au courant ?

— Non. Je ne crois pas que sa magie serait acceptée, même si elle essayait, mais je ne veux pas tester cette théorie.

Nous arrivâmes sur la rive de la petite île de la statue, et je descendis précipitamment du bateau, fixant le berserker. Les lames de l'énorme hache brillaient dans la lumière, comme si elles étaient faites d'acier véritable, mais le reste de l'homme était clairement en pierre. Des runes étaient gravées dans l'argent brillant, mais j'en reconnaissais peu.

— Il est incroyable. Mais pourquoi est-il représenté si respectueux, au lieu de victorieux ?

Mazrith s'arrêta à côté de moi, fixant le guerrier.

— Les runes racontent une histoire, dit-il doucement. Elles parlent d'un guerrier, un guerrier humain, qui faisait ce que lui demandaient ses maîtres faës. Il a détruit de nombreux ennemis sous leur commandement. Lorsque l'épée d'un rival a fini par toucher sa cible et qu'il s'est agenouillé devant les portes du *Valhalla*, il a découvert que les ennemis qu'il avait tués ne méritaient pas nécessairement sa colère. La hache est de la même taille que lui pour nous rappeler que le guerrier doit toujours être plus grand que l'arme, sinon nous devenons nous-mêmes une arme.

J'écarquillai les yeux devant la tête casquée.

— A-t-il été accepté au *Valhalla* ?

— Oui, mais en pénitence. Il reviendra avec la plus grande hache que le monde ait jamais vue, si jamais le *Ragnarök* s'abat sur *Yggdrasil*.

Je tournai le regard vers le Prince.

— Le *Ragnarök* ? La fin du monde ? Je croyais que c'était un mythe pour effrayer les enfants.

Il haussa les épaules, et ses fourrures s'entrouvrirent légèrement.

— Peut-être. Peut-être pas. Les dieux parlent par métaphores. La nuit la plus sombre de notre peuple viendra, mais je ne crois pas qu'il s'agira de la fin du monde. Seulement du monde tel que nous le connaissons.

Je me retournai vers la statue, quelque chose se mit à tourner dans mon cerveau.

— Répétez ça.

Il marqua une pause, puis dit :

— Je ne crois pas que le *Ragnarök* sera la fin du monde. Ce n'est qu'une métaphore pour ce qui sera probablement l'autodestruction de notre peuple.

— Non, avant cela. Vous avez dit « la nuit la plus sombre ». C'est ce que disait l'énigme !

Il sortit de sa ceinture le papier qu'il avait récupéré des mains de Kara et lut rapidement :

— Haut de dix pieds, ou plus encore,

À jamais grand, mais dans la mort.

Charmé par la nuit sombre et l'or,

Honneur d'acier, précieux trésor... »

Il courut vers la statue et je le suivis.

Elle était posée sur un large socle recouvert de petits rochers et de pierres, dont beaucoup étaient tapissés de mousse et de lierre enchevêtrés qui serpentaient le long du guerrier colossal. Mazrith s'approcha de la statue, enjambant les rochers et agitant son bras tandis qu'il cherchait.

— Là !

Son bras en mouvement s'arrêta, pointant une rune en haut de la lame de la hache, presque au niveau de sa tête.

— Cette rune dit *Ragnarök*, mais on peut aussi la traduire par « la nuit la plus sombre ».

L'excitation m'envahit.

— Et l'or ?

— Je ne sais pas. C'est toi, l'experte en or.

Je le regardai en croisant les bras.

— Je n'aime pas vous dire ça, mais s'il fallait ramener de l'or ici avec nous, on est dans le pétrin. À moins de casser la statue que je viens de réparer, je ne sais pas comment on pourrait en obtenir.

Il fronça les sourcils, puis changea d'expression.

— Toi.

— Moi ?

— Oui, toi. Tu charmes l'or. Tu travailles l'or. Et l'inscription disait que tu étais la clé.

— Je ne sais pas ce que je peux faire, dis-je, dubitative.

— Viens, et touche la rune de la nuit la plus sombre.

Je grimpai avec lui sur le socle, en essayant de respirer régulièrement lorsque je me retrouvai à quelques centimètres de son énorme corps.

— Je ne peux pas l'atteindre, dis-je en levant un bras au-dessus de ma tête.

La rune était un pied au-dessus de moi.

Mazrith serra les dents, entoura ma taille de ses mains massives et me souleva. Je poussai un cri de surprise et agitai les bras.

— Touche la rune, grogna-t-il.

De l'énergie bourdonnait à l'endroit où ses doigts s'enfonçaient dans ma peau, et sa proximité avec mon...

— Maintenant, Reyna !

Je tendis la main, appuyant ma paume sur la rune qu'il m'avait indiquée.

Un bruit sourd retentit dans la caverne, et Mazrith me remit sur pied en toute hâte. Pendant une seconde, nous nous retrouvâmes face à face, puis une lumière dorée brillante jaillit de la rune que je venais de toucher.

Nous restâmes tous deux bouche bée lorsque les runes s'allumèrent une à une, sur toute la longueur de la lame, puis de l'autre côté de la hache.

Mazrith commença à descendre du socle, se retournant pour fixer la statue.

Je fis de même et je vis que toute la hache changeait de couleur, envahie par une lueur dorée mielleuse.

— Qu'est-ce qui se passe ?

— Je ne sais pas.

La statue sembla absorber l'or, la lueur se répandant d'abord sur la hache, puis sur l'homme.

Lorsque la statue entière eut changé de couleur, un grondement se fit entendre et une voix grave sortit de l'énorme tête blindée.

— Qui me réveille de mon sommeil ?

Je me serrai la poitrine sous l'effet de la surprise et aspirai une bouffée d'air. Je m'attendais à ce qu'il se passe quelque chose, mais pas quelque chose d'aussi fort.

— Le Prince Mazrith Andask de la Cour d'Ombre, et Reyna Thorvald, runée de la Cour d'Or, répondit Mazrith.

Il y eut un grincement, puis un long sifflement.

— Prince Mazrith Andask. Vous veniez ici quand vous étiez enfant, n'est-ce pas ?

Mazrith se crispa.

— Oui.

— Vous restiez ici pendant des jours.

— Je ne savais pas que vous étiez conscient de ma présence.

— Vous avez traité mon île avec respect, finit par dire la statue. Pourquoi me réveillez-vous ?

— Nous cherchons un morceau de jade qui vient d'une autre statue de la montagne.

Un énorme grondement accompagna les paroles du Prince.

— Mon jade, beugla la statue.

Je jetai un coup d'œil à Mazrith, mais son regard était fixé sur le casque du berserker.

— D'autres nous ont dit que le jade devait être rendu.

— Je l'ai pris pour… Je l'ai pris pour elle.

La voix du guerrier était si brisée.

— Pour qui? demandai-je.

— L'amour de ma vie. Je l'aurais suivie jusqu'à la fin des temps. Elle avait besoin que je sois une arme, et pour elle, c'est ce que je suis devenu.

— Qui était-ce?

— Une déesse parmi les mortels. Une créature belle et sans peur dont je n'ai jamais été digne.

L'histoire du Prince n'était donc pas tout à fait juste. Le berserker était devenu ce qu'il était en suivant les ordres d'une femme qu'il aimait. *Ou d'une faë qu'il aimait.*

— Nous sommes un faë et une humaine aussi, dis-je en suivant mon instinct.

Mazrith me jeta un regard confus, mais ne dit rien.

— Blasphème. C'est ce qu'elle m'a dit, quand d'autres écoutaient. Les faës et les humains ne pouvaient pas vivre ensemble.

— Nous sommes fiancés.

— Quoi? dit-il de sa voix énorme qui se fit plus douce. Le monde a-t-il changé à ce point?

— Les faës règnent toujours, et les humains sont des esclaves...

Je ne finis pas ma phrase.

— Les faës règnent toujours ?

— Oui. Bien sûr.

Le berserker poussa un grand rire, si fort que l'eau autour de nous vibra et ondula.

— Pourquoi est-ce drôle ?

— Honneur. Vaillance. Orgueil.

Je me passai la main sur le visage, essayant d'être patiente. La statue était endormie depuis des siècles, il n'était pas surprenant qu'elle soit un peu folle.

— Si vous pouvez l'arracher à ma hache, vous pouvez avoir le jade, dit-il soudain.

Nous tournâmes tous les deux la tête vers la hache.

— Vraiment ?

— Oui. Prouvez votre *drengskapr*.

— Honneur, traduisit Mazrith, même si je connaissais déjà le mot.

Une rune brilla d'or éclatant sur la hache, puis un éclat de lumière reluit sur l'arme.

— Un bouclier, grogna-t-il doucement.

— Un bouclier, en effet, dit la statue. Le jade se trouve à l'extrémité de la poignée. Venez le chercher, puissant Prince faë.

Nous levâmes tous les deux le cou vers le manche incliné, dont le haut se trouvait à près de vingt pieds.

— Pensez-vous que le bouclier soit dangereux ? demandai-je à Mazrith.

Il ne me répondit pas, mais des ombres jaillirent de

son bâton, tourbillonnant de plus en plus haut, jusqu'à la poignée.

Mais à la seconde où elles entrèrent en contact avec le bouclier, elles s'évaporèrent. Mazrith poussa un juron.

Quand il se débarrassa de sa cape en fourrure, je vis qu'il était torse nu en dessous, des lanières de cuir zébrant son corps musclé. Il rangea son bâton dans le fourreau à sa ceinture et retourna vers le socle.

Dès que ses mains touchèrent la hache, de la lumière jaillit comme du feu. Mazrith poussa un juron plus fort, mais s'accrocha quand même. Sautant, il lança une main plus haut, saisit le manche massif et se balança sur le côté. En s'étirant longuement, il referma son autre main tout en haut. Il enroula ses jambes autour du manche, des étincelles jaillissant partout où il entrait en contact avec l'arme, et commença à travailler avec ses mains.

— Par le corbeau d'Odin, cracha-t-il, tandis qu'une énorme étincelle jaillissait et que la jambe de son pantalon s'enflammait.

Pendant un instant, je crus qu'il allait continuer à essayer, alors qu'il était en feu, mais d'un seul mouvement souple, il sauta du haut de la hache, puis me dépassa pour se diriger vers la piscine. Il pataugea assez loin pour éteindre son pantalon, et je grimaçai en voyant les marques de brûlure sur tout son torse.

— Avez-vous vu le jade ? demandai-je.

— Oui, il est bien enfoncé dans la partie supérieure. J'aurai besoin d'une sorte d'outil pour l'extraire.

Mais après trois nouvelles tentatives, et alors qu'il ne

lui restait que peu de tissu sur lui, Mazrith n'était pas plus près de récupérer la pierre précieuse.

— Abandonnez-vous, ô puissant Prince faë ? rugit le berserker, me faisant sursauter.

— Non, je me repose, aboya Mazrith de là où il était, accroupi près de l'eau, à refroidir ses mains brûlées dans le bassin.

— À mon tour, dis-je en levant les yeux vers la hache.

— Non.

Je haussai les sourcils.

— Et pourquoi pas ?

Un éclair blanc attira mon attention, et je levai les yeux pour voir Voror descendre en piqué vers nous.

— Voror ?

— Tu me dois des excuses, dit l'oiseau dans ma tête en se posant sur l'île.

Il avait l'air plus agacé que d'habitude.

— Pourquoi ?

— Au nom de tout ce qu'il y a de bon dans ce monde, qu'est-ce que c'est que cette boîte dans laquelle tu es entrée ? Il m'a fallu des heures pour te localiser.

— Oh, je suis désolée. Je ne savais pas que ça nous ferait traverser la montagne si vite.

La voix du berserker résonna dans la caverne.

— À qui parlez-vous ?

— À mon ami Voror. C'est un hibou, dis-je.

— Je... je reconnais sa magie.

— Il n'a pas de magie. C'est un hibou.

Mazrith grogna.

— Un hibou qui peut parler et voler à travers les

murs ? Je pense que nous pouvons affirmer qu'il est magique.

Je clignai des yeux en regardant Voror. Une mystérieuse faë lui avait conféré de la magie. Était-ce ce que le berserker sentait ? Mais il était ancien, et Voror avait rencontré cette faë il y a à peine une semaine.

— Qui reconnaissez-vous ?

— Ceux qui ont cherché à m'aider quand d'autres étaient motivés par le mal.

La voix du guerrier était devenue lointaine et rêveuse. Craignant de le perdre dans de nouvelles divagations, je toussai.

— Alors, vous savez que nous sommes amis.

— Peut-être. Peut-être pas.

Il se tut à nouveau.

— Voror, penses-tu être capable d'aller chercher le morceau de jade qui se trouve au sommet de la poignée ?

Le hibou me gratifia de deux lents clignements d'yeux.

— Tu veux que je te ramène des choses ? Comme un vulgaire animal domestique ?

— Non, c'est très important. Nous en avons besoin pour réparer une statue dans le sanctuaire.

— De telles missions sont indignes de moi, mais comme je me suis engagé à t'aider, je le ferai pour cette fois.

Il déploya ses ailes et s'envola, s'élevant de vingt pieds en une seconde. Soudain paniquée à l'idée qu'il puisse s'enflammer, je l'appelai :

— Attention, il y a un bouclier...

En quelques secondes à peine, il passa au-dessus du manche de la hache et revint vers moi. Lorsqu'il se posa, je vis une pierre d'un vert intense dans son bec.

— Voror, tu es un héros !

— Il faudrait que d'autres que moi en soient conscients.

Il lâcha la pierre par terre, et je la ramassai.

Du jade.

Je me retournai vers le berserker.

— Merci.

— Je n'ai rien fait. Votre hibou a prouvé son *drengskapr*.

Ne sachant pas du tout comment ou pourquoi Voror avait évité de déclencher le bouclier, j'acquiesçai simplement.

— Je suis désolée pour les torts qui vous ont été causés, à vous et à votre amour. Si nous pouvons rendre le jade, nous le ferons.

— Vous le ferez ?

— Oui.

Mazrith me regardait fixement.

— Je vous en serais reconnaissant.

Mazrith se tourna vers la statue.

— Je...

Il baissa les yeux, et lorsqu'il reprit la parole, ce fut à voix basse.

— Je vous remercie. Pas pour le jade, mais pour les nombreuses autres fois.

— Vous devriez entrer dans la lumière, Prince Mazrith Andask.

L'or commençait à refluer, beaucoup plus vite qu'il n'était apparu, et quelques secondes plus tard, la statue entière n'était plus que pierre et acier.

— Qu'est-ce que ça veut dire ?

— Cela signifie qu'il est vieux et plus très sensé.

— Hmm, dis-je en brandissant le morceau de jade. Avons-nous le temps d'aller au sanctuaire maintenant ?

— Non. Nous avons à peine le temps de te faire manger avant la course.

—Où étiez-vous donc?? dit Frima en fondant sur nous dès que nous entrâmes dans la Suite du Serpent. La course a lieu dans une heure, et Svangrior est allé vérifier…

Elle s'interrompt en me jetant un regard.

— Vérifier la validité d'un rapport très sérieux.

— Les Affamés? dis-je, l'estomac noué.

Elle fronça les sourcils.

— Tu n'as pas à t'inquiéter de ça.

Elle se retourna vers Mazrith.

— Vous ne vous entraîniez pas à monter à cheval. C'est ce que je pensais que vous feriez aujourd'hui.

— Elle a montré des aptitudes hier. Aujourd'hui, nous avions d'autres affaires à régler.

— Maz, elle doit faire plus que rester en selle sur ce maudit cheval. Quoi qu'il se passe, ça aurait pu attendre.

— Je n'ai pas besoin que tu me fasses la morale,

Frima, s'emporta-t-il. Fais envoyer le déjeuner dans la salle de guerre. Reyna et moi mangerons seuls.

Frima ouvrit et ferma la bouche plusieurs fois, puis roula des yeux.

— D'accord.

Des papillons voletèrent dans mon estomac.

Pourquoi mangions-nous seuls? Nous avions été seuls toute la matinée, sans compter quelques statues magiques anciennes et Voror. Qu'est-ce qu'il pouvait bien vouloir me dire maintenant?

Lorsque nous fûmes assis à table, chacun avec une tourte à la viande fumante grâce à Brynja, le Prince sortit quelque chose de sa poche et ouvrit la paume pour que je puisse voir. Trois morceaux de métal brillant, à peine plus gros que des plumes, se trouvaient dans sa grande main. Je me penchai pour regarder de plus près.

Je me rendis compte qu'ils étaient de la taille d'une plume parce que *c'étaient des* plumes. De couleur argentée, elles n'étaient pas très détaillées, mais il s'agissait bien de plumes, avec de petites boucles au sommet. J'en pris une, découvrant qu'elles étaient en métal et incroyablement légères.

— Nouvelle cotte de mailles, dit Mazrith.

— Quoi?

— Ce sont des feuilles d'essai pour une nouvelle cotte de mailles, dit-il avec des yeux gris brillants. Il n'y a pas grand-chose à voir pour l'instant. Mais si le métal est assez solide, tu auras bientôt une nouvelle armure, fabriquée à partir de ces feuilles.

Je retournai les plumes dans ma main.

— Pourquoi des plumes ?

Ma voix était un peu essoufflée, et je me morigénai.

— Ton hibou.

Je les regardai tour à tour, la plume métallique et lui, en penchant la tête.

— Vous voulez me transformer en oiseau de métal ?

— Je souhaite te transformer en oiseau de proie.

Un oiseau de proie.

Ça me plaisait, malgré moi. Les oiseaux étaient libres de s'élever dans les airs, de se déplacer d'un endroit à l'autre, de mener leur propre vie.

Je lui rendis la plume.

— Merci.

— Je voulais que tu saches qu'on y travaillait. Et Tait lit ses grimoires pour trouver un moyen de rendre mes ombres invisibles.

Je le regardai fixement. Sa sévérité habituelle avait disparu, et quelque chose de plus... *ouvert* me regardait à présent.

Pendant une brève seconde, j'envisageai de lui parler de mes visions. Par le destin ! J'envisageai de lui parler de *toutes* les visions que j'avais eues tout au long de ma vie. Il était instruit et avait accès à bien plus de ressources et de connaissances à propos d'*Yggdrasil* et des cinq Cours que moi.

Mais c'est un faë. La voix était forte et claire dans mon esprit.

Et pas seulement un faë, un faë d'ombre. Ceux qui

rendaient les gens fous, manipulaient la peur et torturaient les gens.

— J'apprécie, dis-je maladroitement.

J'enfonçai ma fourchette dans ma tarte, et le silence s'installa pendant que nous mangions.

— Y a-t-il de l'hydromel ?

Je commençais à compter sur le regain d'énergie et de confiance que me procurait le délicieux liquide.

Mazrith se leva et se dirigea vers l'armoire à boissons, revenant avec une flasque quelques instants plus tard.

— Tu n'aurais pas bu aussi volontiers ce que je t'aurais servi il y a quelques jours à peine, dit-il lorsque je le remerciai. Tu te disputes de moins en moins avec moi maintenant, dit-il en se rasseyant sur son siège. Pourquoi ?

— Je vous l'ai déjà dit, j'ai choisi de vous faire confiance.

Je ne lui dis pas que je craignais que ce choix ne se transforme en désir.

Il me fixa, son regard intense me rendant mal à l'aise.

— Parce que tu y es obligée ? Ou parce que... c'est ce que tu veux ?

Je déglutis difficilement. Je devais faire attention. De toute évidence, il pensait exactement comme moi.

— Je crois que vous avez une définition de l'intégrité qui vous est propre.

— Une définition avec laquelle tu n'es pas d'accord ?

— Peu importe que je sois d'accord ou non. Ce qui compte, c'est que *nous* ne soyons plus autant en désaccord.

Il haussa les épaules, les yeux brillants.

— Parce que tu n'es pas inutilement désagréable.

La colère m'envahit.

— Je suis une humaine, une orpheline et un monstre. À *Yggdrasil*, on se bat avec des mots et de l'esprit quand on n'a rien d'autre. Il y a du pouvoir dans le fait d'être capable de se défendre, au moins d'une certaine manière.

— Tu crois qu'il y a un pouvoir dans le fait de nier le bon sens ou la logique ? Ce n'est pas le cas de ton amie.

Je me raidis.

— Mon amie ne sait pas à quel point ça peut être dangereux d'avoir un faë dans la tête.

— Tu parles comme si c'était le cas.

Quelque chose de dangereux était entré dans sa voix, et ses yeux étincelaient.

— Non, j'ai juste...

Je me tus.

— Tu as des secrets à cacher dans ta tête, dit-il doucement. Kara n'en a pas. C'est pourquoi elle ne me craint pas de la même manière que toi.

Je me levai, un malaise agité me détournant de son regard.

— J'ai choisi de vous faire confiance et pas de divulguer mes secrets. Il y a une différence, je pense que vous la connaissez.

— Je ne suis pas à la recherche de tes secrets. Pas aujourd'hui. J'essaie de comprendre ton feu.

— Mon feu ?

J'arrêtai de faire les cent pas et je le regardai fixement.

— Tu débordes de feu. Pas de lumière brillante ou d'ombre sombre, mais de flammes furieuses au plus profond de toi quand tu as besoin qu'elles restent endormies pour ta propre survie. Le fait que tu sois encore indemne est rien moins que miraculeux.

Je voulais que la colère me donne une réponse, mais elle ne vint pas.

Comme s'il savait exactement ce que je pensais, Mazrith reprit la parole.

— Il y a une raison, Reyna. Une raison pour laquelle tu ne peux pas te taire quand on te traite comme tu l'as été. Une raison pour laquelle tu te bagarres alors que cela ne fait qu'empirer les choses.

Je le regardai fixement, détestant avoir envie d'entendre ce qu'il allait dire. Un chuchotement m'échappa :

— Quoi ? Pourquoi ?

— Tu n'es pas née pour la vie que tu as menée jusqu'à présent.

— Vous ne pouvez pas le savoir.

— Si, je le sais. Et toi aussi. C'est pourquoi tu te bats. Tout en toi se révolte contre le rôle qui t'a été donné.

Les souvenirs des visions des Affamés dont j'avais souffert toute ma vie m'envahirent la tête. Je la secouai, essayant de l'éclaircir, et ne réussis qu'à balancer une mèche de mes cheveux cuivrés brillants devant mon visage.

Je restai immobile.

— Tu ne sais pas qui tu es.

Ces mots me firent l'effet d'un coup de poing dans le

ventre, et ma confusion se transforma rapidement en colère.

— Qu'est-ce que ça peut vous faire, qui je suis ? sifflai-je. Tout ce dont vous avez besoin, c'est que je brise votre malédiction.

Il se leva brusquement, si vif que ses fourrures tombèrent de ses épaules.

— Tu te trompes. J'ai besoin de toi pour bien plus que cela.

Il me fixa dans les yeux. Les siens flamboyaient.

— Tant de feu, Reyna, murmura-t-il.

J'eus le souffle coupé. Quelque chose avait balayé le chaos qui régnait dans ma tête.

— Qu'est-ce que vous venez de dire ?

Il ne me répondit pas, mais les mots de mon rêve résonnaient dans mon crâne.

— Vous étiez là. Dans mon rêve, murmurai-je. Vous avez dit ces mots, comme ça. *Tant de feu.*

Il ne dit rien, son regard vif tandis que je le fixais.

— Vous... Vous êtes entré dans ma tête.

Encore une fois, il ne dit rien. Une nouvelle vague d'émotion me submergea, noyant les autres.

La trahison.

— Vous aviez dit que vous n'iriez pas dans ma tête !

Mes mots étaient un cri.

— J'ai aussi participé à ce baiser, Reyna, dit-il dans un grognement sourd. C'était soit boire le vin et te rejoindre, soit entrer dans ta chambre. Qu'est-ce que tu aurais préféré ?

— Faut-il encore le demander ? demandai-je, l'incrédulité se mêlant à ma fureur grandissante. À quel moment est-ce que vous n'avez pas compris que je ne voulais pas de vous dans ma tête ?

— Reyna, nous ne pouvons pas céder à nos désirs, les rêves induits par le vin sont plus sûrs, c'est...

Mais je ne le laissai pas terminer.

L'embarras et la fureur avaient pris le dessus. Je plongeai la main dans ma poche et j'en sortis le morceau de jade.

— Vous savez quoi ? Vous pouvez vous débrouiller tout seul ! Je pensais que vous étiez honnête, à votre manière, mais ce n'est pas vrai ! Vous aviez promis !

Avant de pouvoir m'arrêter, je lui lançai le jade à la figure.

Sa main s'élança, et il l'attrapa facilement, les yeux brillants. À la seconde où ses doigts se refermèrent autour de l'objet, ma propre vision s'obscurcit, la salle de guerre s'estompant autour de moi. De la lumière filtra, et je vis la statue du berserker, seule et solide sur son île. Un mouvement attira mon attention, et je vis un petit garçon tirer une barque sur le rivage. Il courut jusqu'à la statue, éclipsé par l'énorme lame de hache derrière laquelle il s'abrita. Il jeta un coup d'œil à l'extérieur, comme pour vérifier que personne ne l'avait suivi, puis il s'esquiva à nouveau. La vision s'évanouit, et je restai à fixer la pièce, le souffle coupé.

S'agissait-il de Mazrith ?

Mais avant que je puisse essayer de comprendre quoi que ce soit, une deuxième vague arriva. La Reine, et l'odeur du sang. Elle se tenait devant un trône, au milieu d'une brume marron. Un homme, un énorme faë barbu avec des centaines de tresses, s'agenouilla devant elle, puis lui tendit quelque chose. Un objet long et fin. Un bâton.

La vision se leva.

— Qu'est-ce qui se passe ?

L'aboiement Mazrith me parvint avant que la troisième vague ne frappe.

L'odeur était celle de feuilles brûlées. Je ne voyais que le bâton. C'était un bâton puissant, qui faisait bourdonner l'air d'une énergie ancienne. Et chaque fois que j'essayai de me concentrer sur les détails, des brumes tourbillonnèrent autour de lui en vrilles étincelantes et éthérées.

— Votre belle-mère a un bâton de brume, soufflai-je, quand la vision se dissipa et que j'eus une épiphanie.

Je clignai des yeux, essayant de les éclaircir.

Mazrith était rigide devant moi.

— Que sais-tu à propos des bâtons de brume ?

Tout en moi réagit au danger dans sa voix. Je reculai d'un pas, de la sueur me glissant le long du dos et humidifiant mes paumes.

— Reyna, dis-moi ce qui vient de se passer et ce que tu sais à propos des bâtons de brume, ou qu'Odin me vienne en aide, j'obtiendrai les réponses moi-même.

Il fit un autre pas en avant, et j'en fis un autre en arrière.

Il y avait trop d'informations, trop de secrets et de mensonges.

— Je vous ai vus, éructai-je. Je vous ai vus, vous et votre mère.

Toutes les couleurs désertèrent le visage de Mazrith.

— Sa mort vous a donné quelque chose. De la magie, je crois, mais ça va s'arrêter. Elle a dit qu'il fallait trouver un bâton de brume. Et... votre père en a donné un à la Reine ?

Les pièces se mettaient en place au fur et à mesure que les mots sortaient.

— C'est pour cela que vous ne pouvez pas la renverser, qu'elle est plus puissante que vous.

Je respirai à pleins poumons, essayant de me concentrer. Mais quand Mazrith parla, toutes mes pensées s'envolèrent.

— Tu as l'audace de m'accuser de quoi que ce soit, alors que tu es toi-même une créature aussi immonde et malhonnête ?

Sa voix était empreinte de fureur.

— Je ne voulais pas voir...

Il me coupa la parole.

— Putain de maudite humaine, que sais-tu d'autre de mes secrets ? Depuis combien de temps le sais-tu ?

Sa voix s'était élevée jusqu'au cri, et je tressaillis, incapable de m'empêcher de reculer davantage.

— C'est tout. C'est tout ce que je sais, je le jure.

— Ta parole ne signifie rien pour moi ! gronda-t-il, son visage déformé en un masque de rage. Tu es une menteuse et une hypocrite, et je n'ai aucune envie de jouer à tes jeux !

Un de ses bras jaillit, frappant l'air avec colère, tandis que l'autre s'abattait sur la table.

— J'en ai fini avec toi, cracha-t-il.

La défiance finit par s'imposer.

— Alors comment allez-vous trouver votre bâton de brume ?

— Sans ta malhonnêteté.

— Je vous ai sauvé la vie.

— Et moi la tienne. Nous sommes quittes. Et c'est fini.

— Vous ne pouvez pas le faire sans moi.

— Je refuse de le faire avec toi.

Un coup fort frappé à la porte le fit tournoyer, puis beugler.

— Quoi ?!

Frima entra dans la pièce.

— Maz, Svangrior est revenu, blessé. Il y a eu un raid du clan et une autre attaque, peut-être des Affamés.

Elle nous regarda l'un après l'autre.

— De toute façon, nous en avons fini ici, siffla-t-il. Reste ici. Prépare-la pour la course.

— Mais je…, commença Frima.

Mazrith poussa un aboiement de rage.

— Garde-la en vie jusqu'à mon retour !

Il la dépassa et sortit de la pièce.

Frima me regarda fixement.

— Qu'est-ce que tu as fait ?

Je laissai moi-même échapper un aboiement de frustration, en donnant un coup de pied à la table à côté de moi.

Ce n'était pas ma faute si j'avais vu ses putains de secrets infernaux !

Je n'avais rien choisi de tout cela, je n'avais pas demandé à être mentionnée dans une inscription ancienne ou une putain de malédiction faë !

Mais j'avais choisi de ne pas lui dire ce que je savais sur lui.

L'embarras m'envahit à nouveau lorsque je repensai à ce rêve, et je serrai les dents si fort que j'en eus mal à la tête. Il avait trahi ma confiance.

Il était entré dans ma tête, à mon insu, *pour du sexe.*

Du sexe incroyable. Et, en toute honnêteté, il avait raison. N'avais-je pas bu du vin faë en faisant le même raisonnement que lui ?

Est-ce que tu te serais comportée différemment dans ce rêve si tu avais su qu'il était vraiment là ?

Un souvenir filtra.

Gildi. Il m'avait dit ce que cela signifiait dans le premier rêve.

Il avait été là, cette fois-là aussi, et il me l'avait quasiment dit.

Je gémis, en me claquant le front.

« *Tu es une menteuse et une hypocrite.* »

Mon estomac se serra désagréablement au souvenir de ces mots. S'il avait vu mes secrets, mes souvenirs, en les prenant dans ma tête à mon insu... J'aurais dû le lui dire. Du moins, lorsque j'avais décidé de lui faire confiance, j'aurais dû le lui dire.

— Reyna, je n'avais pas vu Maz aussi en colère depuis des années. Qu'as-tu fait ? répéta Frima.

Je la dévisageai, me forçant à me concentrer sur elle et à calmer mes pensées qui s'emballaient.

— J'ai... euh... parlé de sa mère.

Elle fit une grimace.

— Ohh. Pas une bonne idée.

Et je savais pourquoi. De plus en plus, il semblait que sa mère s'était sacrifiée pour lui d'une certaine manière. Et il ne lui restait que quelques semaines pour que ce sacrifice en vaille la peine.

Le souvenir de ma dernière vision se fraya un chemin à travers l'émotion de la dispute.

Les bâtons de brume.

Sa belle-mère en avait un. Ce qui expliquait pourquoi il en avait besoin. Qu'est-ce que c'était ? Ce devait être plus puissant qu'un bâton normal, mais comment pouvais-je en apprendre plus sans que personne ne le sache ? Ce n'était pas comme si je pouvais aller demander aux gens.

— Tu sais, tu n'aurais pas pu trouver pire moment.

Je ramenai mon attention sur Frima.

— Svangrior va bien ?

— Oui, il va s'en remettre. Tu veux aller te préparer pendant que j'essaie de calmer Maz ?

J'acquiesçai. Pendant un moment, j'envisageai de lui demander de lui dire que j'étais désolée. Mais il n'avait pas tenu sa promesse. Il n'était pas exempt de tout reproche.

« C'est fini. Je vais le faire moi-même. »

Ces mots me firent l'effet d'un coup de poing dans le ventre. Mais il n'avait pas le choix. Il ne pouvait pas faire ça sans moi.

Ou le pouvait-il ?

J'eus une lente épiphanie. Je voulais continuer.

Mazrith avait raison à propos d'autre chose : je ne savais pas qui j'étais, mais pour la première fois, j'avais des preuves solides que j'étais peut-être faite pour autre chose.

Et je devais aller jusqu'au bout.

Je poussai un soupir. J'allais devoir lui parler des autres visions. J'aurais dû tout lui dire avant. Il me dirait sans doute que c'était lui qui était responsable. Mais si ce n'était pas le cas, il aurait une bonne idée de qui en pouvait en être capable.

— Pouvez-vous...

Je déglutis et me redressai.

— Pouvez-vous lui dire que j'ai encore une chose à lui dire, s'il vous plaît ?

Avec un peu de chance, il le prendrait comme une volonté de faire la paix.

Frima leva les yeux au ciel.

— Que le destin me vienne en aide si vous vous mariez et que vous vous disputez comme ça. Je n'ai pas l'intention de faire passer des messages entre vous deux pour toute la foutue éternité.

Elle se retourna et ouvrit la porte, puis s'immobilisa.

— Putain de *heimskr*, jura-t-elle. Ils sont partis.

Frima jura pendant tout le temps où elle m'aida à enfiler mon armure.

— Je n'arrive pas à croire qu'ils m'ont laissée derrière à faire du baby-sitting.

— Eh, je suis là, lui dis-je en me renfrognant tandis qu'elle resserrait le cuir autour de mes tibias.

— Tu sais ce que cela signifie ?

Elle me lança un regard noir.

— Que le Prince en a vraiment fini avec moi ? murmurai-je.

La seule chose que j'avais et que les autres n'avaient pas, c'était lui.

Pas de Prince ? Pas de protection.

J'avais beau essayer de penser uniquement à la

course et aux conséquences, il m'était impossible d'ignorer la brûlure de la sensation de rejet.

Il avait été là, dans les rêves. Une gêne brûlante, mais aussi une chaleur torride accompagnait cette pensée. Cela ne signifiait pas que c'était réel, mais cela n'en faisait plus seulement un fantasme. Cela ne faisait pas non plus de nous une sorte de couple.

Alors pourquoi cela faisait-il mal qu'il soit parti ?

Il m'avait dit que je pouvais gagner une tresse aujourd'-hui. Et que Freya me vienne en aide, si c'était possible, je voulais qu'il soit là pour y assister.

— Cela veut dire que je vais devoir te sauver les miches à chaque fois qu'un de ces faës maudits par Odin essaiera de te tuer aujourd'hui, souffla Frima, me ramenant au présent.

Je la regardai alors qu'elle se levait.

— Frima, pourriez-vous me faire voir à travers les yeux d'un autre faë avec votre magie d'ombre ?

Ses sourcils se froncèrent.

— Je pourrais y planter autant d'images désagréables que tu le souhaites, ou te rendre complètement folle. Mais non, je ne peux pas mettre ta tête dans celle d'un autre. Seuls Maz ou la Reine pourraient faire ça. Pourquoi demandes-tu cela ? Tu penses que cela peut t'aider ?

Je soupirai. Donc, c'était probablement Mazrith qui m'aidait.

— Juste une idée.

— Eh bien, tu ferais mieux d'en trouver d'autres. Parce qu'au lieu de terrasser des ennemis sur le champ de bataille et de protéger mon Prince, je suis coincée ici, à te regarder faire courir mon putain de cheval dans la forêt pour le putain de jeu stupide auquel joue la Reine.

— Frima, je ne suis pas moins fâchée que toi qu'il soit parti.

— Vraiment ?

Des ombres dansaient dans ses iris, et c'était étrange de voir dans ses yeux quelque chose à quoi je m'étais habituée chez le Prince.

— Parce que j'aime vraiment, vraiment tuer mes ennemis. Et je n'aime vraiment pas m'occuper des humaines idiotes qui font perdre leur sang-froid aux autres.

Je fronçai la figure.

— Vous aimez être kidnappée et forcée à participer à des compétitions complètement injustes sans rien pouvoir faire pour vous défendre ? Parce qu'on peut échanger, si vous voulez ?

Elle soutint mon regard un instant, puis soupira.

— Il reviendra quand il se sera occupé des Affamés. Il fallait qu'il parte, il est le seul à pouvoir les mettre hors d'état de nuire pendant un certain temps.

Les souvenirs de son bâton explosé et de sa blessure à la poitrine me firent craindre pour sa sécurité, mais je les chassai. Mazrith était fort, et cette fois, il n'était pas seul.

— À quelle distance étaient-ils ?

— Étaient quoi ?

— Les Affamés.

— Plus proche que les derniers rapports, dit-elle, la voix hachée.

Je refoulai mes frissons et fermai mon esprit au chant

de l'Ancienne. Mais une voix pleine de doutes me parvint. *Ils sont après toi. Tu le sais.*

Je devais mettre de l'ordre dans mes idées. Pour l'instant, j'avais la course. Lorsque Mazrith reviendrait, j'espérais qu'il aurait évacué une partie de sa colère sur ces horribles créatures, et qu'il serait prêt à me parler.

— D'accord, on y va ? dis-je en insufflant le plus d'enthousiasme possible dans ma voix.

— Très bien. Et comme je suis obligée de te regarder, tu as intérêt à gagner.

Lhoris et Kara attendaient près de la porte quand je partis.

— Bonne chance. Bonne route, dit Lhoris.

— Tu vas bien te débrouiller, Reyna, dit Kara, en me serrant maladroitement dans ses bras avec ma cotte de mailles mal ajustée.

Nous étions presque arrivés à la grande salle quand ma vision changea.

Mais ce n'était pas la vision d'un souvenir. C'était une vision à travers les yeux d'un autre.

Les yeux de Mazrith.

Il se tenait dans l'atelier de Tait, le *filombre* arborant une expression grave.

— Maz, si elle a des visions comme ça, il est impossible qu'elle soit humaine.

Mon cœur battait la chamade dans ma poitrine, mais j'étais vaguement consciente que je ressentais aussi les émotions de Mazrith. De la colère. De la trahison. Et… était-ce de l'espoir ?

— Tu penses qu'elle pourrait être faë ? Une faë d'or ?

— Non, les faës d'or ont moins de magie mentale que tous les autres.

— Alors quoi ?

— Je ne sais pas. Vous devez découvrir qui étaient ses parents.

Mazrith grogna et, à travers ses yeux, je le vis fixer le sol.

— Je ne veux pas en savoir plus sur elle. C'est une menteuse.

Tait lui toucha le bras, et il leva les yeux vers lui.

— Vous en seriez peut-être un aussi, si vous étiez à sa place.

La vision se leva, et je vis Frima qui me regardait.

— Qu'est-ce qui se passe, maintenant ?

« Si elle a des visions comme ça, il est impossible qu'elle soit humaine. »

Les mots de Tait résonnèrent dans mon crâne, et je fixai Frima en clignant rapidement des yeux.

— Tu es pâle. Qu'est-ce qui se passe ? dit-elle en s'avançant vers moi.

« Il est impossible qu'elle soit humaine. »

Je serrai les poings, essayant d'empêcher les mots de se répéter, et mon estomac de se retourner.

— Rien, je me suis sentie, euh, malade. Pendant une minute, m'étouffai-je.

— Oh, par le destin, c'est la nervosité, ou es-tu vraiment malade ? Ils vont te mettre en pièces s'ils perçoivent ne serait-ce qu'un soupçon de faiblesse.

Je secouai la tête, forçant mes pieds à bouger.

— Non, non. C'était sûrement les nerfs. Je vais bien maintenant.

Mon esprit s'emballait aussi vite que mon pouls tandis que nous reprenions notre marche.

Mazrith avait dû s'arrêter au village en chemin pour parler de moi à Tait. Je savais que l'homme runé était le seul à tout savoir sur le Prince.

Mais j'étais humaine. Je n'en doutais pas un seul instant.

Qui avait donc envoyé la vision ?

Je fixais le dos de Frima en la suivant dans le hall principal. M'avait-elle menti en me disant qu'elle ne donnait pas des visions aux autres ?

Non, elle ne savait pas ce que je venais de vivre, j'en étais sûre. Son inquiétude devant mon malaise était sincère.

Alors, qui d'autre ? Je me retournai, regardant furtivement autour de moi à la recherche de quelqu'un de suspect. Je ne vis rien.

« Si elle a des visions comme ça, il est impossible qu'elle soit humaine. »

Les maudites paroles de Tait me revinrent, suivies de la voix au fond de ma tête. Celle qui avait toujours été là, me remplissant de doute et de peur. *Tu as eu des visions toute ta vie, Reyna. Des Affamés.*

Une peur viscérale m'envahit. Non pas des créatures elles-mêmes, mais de ce que je pouvais être à leurs yeux.

Les ombres de Frima ouvrirent les portes du palais, et mes pensées tumultueuses se figèrent, me forçant à me concentrer sur ce qui se présentait à moi.

La clairière devant le palais était de retour, mais elle était beaucoup, beaucoup plus grande qu'avant. Du haut des marches, je vis qu'un chemin sinueux avait été tracé dans un immense ovale, au milieu duquel se trouvaient le trône de la Reine et les tribunes des spectateurs – tous remplis de faës. Des arbres parsemaient le parcours, ainsi que des obstacles qui scintillaient lorsque j'essayais de les regarder, et qui avaient été visiblement enchantés pour être difficiles à distinguer à l'avance. Je pouvais voir des zones où l'air était plus sombre, comme si des nuages d'encre étaient descendus sur certaines parties de la piste, et d'autres dominées par des arbres ou du métal scintillant.

Prenant une profonde inspiration, je remis de l'ordre dans mon cerveau chaotique.

Une chose à la fois. Pour l'instant, je devais survivre à cette course.

J'avais adoré monter Idunn hier. Elle m'aiderait à surmonter cette épreuve. Tout irait bien.

Nous descendîmes les marches, et je me rendis compte que nous étions les derniers arrivés. Les trois autres faës se tenaient près d'un drapeau noir hissé juste devant le trône de la Reine. Elle était vêtue de dentelle noire aujourd'hui, laissant apparaitre un décolleté provocant. Elle regarda derrière moi, puis vers moi lorsque je rejoignis les autres. Frima se dépêcha de s'asseoir sur les bancs.

— Où est mon fils ?

— Il va bientôt arriver, dis-je en souhaitant que ce soit vrai.

— Nous n'attendrons pas, répondit-elle, sans parvenir à faire disparaître la note d'allégresse de sa voix. Vous êtes tous des cavaliers expérimentés.

Sa voix était soudain assez forte pour parler à toute la foule, et elle me jeta un regard méchant, parce qu'elle savait que je n'étais pas du tout un cavalier expérimenté.

— J'ai donc décidé d'ajouter un peu plus de difficulté.

Mon cœur battait la chamade. Ce qui allait suivre n'augurait rien de bon.

Elle s'avança vers nous, une bulle d'ombre apparaissant au-dessus de sa paume.

— Plongez votre main dedans, vous verrez ce que vous obtiendrez, dit-elle en souriant gentiment à Kaldar.

La faë hésita un instant, puis fit ce qu'on lui avait demandé. Elle plongea sa main pâle dans la bulle d'ombre et en sortit une rune.

— Noir, lut la Reine à voix haute.

Elle se retourna, et un thrall humain sortit en courant de la clairière, menant une grande jument noire à la crinière et à la queue exotiquement tressées, et dont l'énorme arrière-train était orné de runes.

La panique m'envahit lorsque la Reine s'avança, tendant la bulle à Orm. Il fallait que je chevauche Idunn.

— Blanc, chantonna la Reine.

On amena un énorme étalon blanc, svelte et maigre, à l'allure méchamment rapide. Orm me lança un regard suffisant.

Il n'y avait aucune chance que cela se passe bien pour moi. La Reine choisissait le destrier de son choix pour chacun d'entre nous, j'en étais sûre.

Dokkar tira une rune qui disait « gris », et un cheval de guerre gris, épais et robuste apparut.

La Reine m'adressa un sourire d'excuse.

— Je crains de savoir ce qu'il te reste, dit-elle en tendant la bulle.

Je plongeai ma main, tressaillant au froid glacial qui n'avait rien à voir avec les ombres du Prince.

« Sauvage », disait la rune que j'avais extraite. La Reine se retourna, la bulle disparaissant, et un sourire cruel se dessina sur ses dents noires. Le palefrenier d'hier sortait de la forêt, menant le cheval le plus sauvage que je puisse imaginer. Il était noir, sa crinière et sa queue échevelées, donnait des coups de sabot et ruait, un horrible hennissement strident jaillissant de son museau muselé. Deux autres thralls étaient de chaque côté, essayant de lancer des cordes autour d'elle pour la faire avancer vers la ligne de départ avec les autres chevaux.

— Dommage que mon fils ne soit pas là, je pensais qu'il serait heureux de voir le cheval de sa mère après si longtemps, chantonna la Reine, avant de se diriger vers son trône.

C'était le cheval de la mère de Mazrith ? Celui qui ne pouvait pas être monté ?

La peur m'envahit. Comment diable étais-je censé la monter, sans parler de rester en selle ?

Sans Idunn, je n'avais aucun espoir de gagner, et très peu de chances de survivre.

Mazrith n'était pas là pour s'y opposer, cependant, et les trois autres faës se dirigeaient rapidement vers leurs propres montures.

— Putain, jurai-je dans ma barbe, avant de me diriger vers eux.

— Noir, blanc, gris et sauvage, chantonna la Reine à la foule qui applaudit à tout rompre. Celui qui sera le premier à revenir sur la ligne de départ gagnera.

Les autres étaient montés sur leurs chevaux, mais le mien n'était même pas encore près de la ligne de départ. Je rassemblai mon courage avant d'y aller en trottinant. Le palefrenier darda un regard craintif entre moi et le cheval qui se cabrait et essayait de se libérer des cordes qui le retenaient.

— Elle s'appelle Rasa, madame.

— OK, je peux le faire, dis-je calmement, en serrant la mâchoire et en faisant rouler mes épaules.

Venant de côté, comme Mazrith me l'avait montré, je parlai fort au cheval furieux.

— Je n'ai pas plus envie que toi d'être ici, Rasa, lui dis-je en levant les mains et en m'approchant d'elle, en fixant mon regard sur ses yeux immenses et sauvages. Et tout le monde pense que je suis une grosse emmerdeuse.

Le palefrenier me regarda comme si j'étais folle, mais je continuai à m'approcher. La jument cessa de donner des coups de pied, et je remarquai que sa robe était couverte de sueur.

— Plus vite nous en aurons fini, plus vite ils te laisseront tranquille.

Je parlais d'une voix aussi douce et apaisante, mais aussi confiante, que possible.

— Et, si cela change quoi que ce soit, j'essaie d'aider Mazrith.

La jument s'arrêta de piaffer, son énorme œil s'immobilisant.

— Une grande balade. Tu laisses tout sortir. Ça te ferait du bien, non ? dis-je, en baissant la voix, maintenant que j'étais si proche d'elle.

Je tendis la main, espérant qu'elle la reniflerait. Elle n'en fit rien. Mais elle ne se cabra pas non plus.

Elle ressemblait au cheval de Mazrith, Jarl, avec des mèches argentées sur tout son pelage. Il n'y avait cependant pas de tresses dans sa crinière ou sa queue emmêlées, ni de motifs rasés dans sa robe. Elle était plus grande qu'Idunn, ses épaules puissantes plus larges et l'arrière-train assez puissant pour me détacher la tête d'un coup de pied.

Comment allais-je faire pour monter sur son dos ?

À cette pensée, une ombre à peine visible s'approcha de mon visage, attirant mon attention, puis coula vers le bas, formant un marchepied. Je jetai un coup d'œil à Frima par-dessus mon épaule.

C'était une mauvaise idée de rompre le contact visuel avec Rasa. Lorsque je me retournai et que je posai le pied sur l'ombre, elle poussa un hennissement sonore, puis baissa la tête, ses sabots martelant le sol. Avant qu'elle ne puisse se cabrer, je me jetai sur la selle que les pauvres palefreniers avaient réussi à attacher.

Je réussis à peine à m'installer qu'elle commença à se secouer. Je m'accrochai comme à la vie et criai par-dessus le vacarme du cheval alors qu'elle faisait tout ce qu'elle pouvait pour me faire basculer. J'entendais la foule rire derrière nous.

— Aide-moi à en finir et tu seras tranquille !

Elle continuait à rebondir d'avant en arrière, les palefreniers fuyant ses coups de sabot mortels. J'essayai de descendre plus bas, mais je ne pus lâcher la selle assez longtemps pour poser ma main sur son cou comme Mazrith me l'avait montré. Je serrai les dents, me rappelant ce que Mazrith avait dit à propos des motivations du cheval et du cavalier qui ne faisaient qu'un. Ce cheval avait de l'énergie. Il était sauvage et indomptable. Je devais essayer d'utiliser ça.

— S'il te plaît, Rasa. Utilise ce pouvoir dans la course. Tu pourrais gagner !

Elle s'arrêta, juste assez longtemps pour que je puisse plaquer ma main sur son cou.

Je pouvais entendre ses respirations lourdes, ses sabots claquer. Je me penchai sur elle, priant pour qu'elle ne renverse pas la tête en arrière et ne me casse pas le nez.

— Pas longtemps, je le jure. Fais la course de ta vie et montre-leur de quoi tu es capable, dis-je. Ensuite, ils te laisseront tranquille.

Comme elle ne bougeait pas, je pris le risque de lâcher la selle et de lever les rênes. Je resserrai mes cuisses autour d'elle et la dirigeai timidement vers les trois autres chevaux docilement alignés.

À mon grand soulagement, elle s'exécuta, tout en continuant à s'ébrouer et à souffler bruyamment.

Orm rit lorsque je passai devant lui.

— Je ne laisserai pas ton propre destrier te tuer, petite humaine, ne t'inquiète pas, dit-il. J'ai d'autres projets pour toi.

Je l'ignorai. Rien n'était plus important que de garder mon énergie calme, confiante et concentrée. Je ne risquais pas de me faire éjecter du cheval en laissant ce maudit *veslingr* me toucher.

— Maintenant que nous sommes tous enfin prêts, dit la Reine. Trois, deux, un... Allez !

Rasa devait connaitre le mot « allez », car, à l'ordre de la Reine, elle s'élança.

J'eus le souffle coupé lorsqu'elle s'envola de la ligne de départ, le seul autre cheval qui put la suivre étant le blanc luisant de Lord Orm.

Nous allions si vite sur la piste en terre battue que j'eus à peine le temps de voir la grande flaque d'eau devant nous, qui bloquait le passage. Une odeur âcre me frappa les narines et, alors que je me penchais sur le cou de Rasa, essayant de calquer mes mouvements sur les siens, je vis que la flaque était noire. Du goudron, réalisai-je.

— Oh, j'espère que tu sais sauter ! criai-je.

En réponse, le cheval accéléra. Je m'accrochai, essayant de ne pas modifier sa trajectoire avec les ordres qu'on m'avait enseignés, ne voulant pas serrer fort avec mes cuisses ou mes talons. Mais lorsque nous arrivâmes à la fosse de goudron, mon entraînement avec Idunn et le rondin me revint instinctivement. Je donnai l'ordre de sauter, et Rasa quitta le sol, s'élevant au-dessus de la fosse. Je pliai les genoux à l'atterrissage, et elle s'arrêta à peine avant de repartir à toute allure sur la piste.

— Rasa, c'était vraiment génial ! criai-je par-dessus le vent qui soufflait.

Je pouvais voir Orm sur ma droite, et le blanc flou de son cheval qui suivait le rythme. Des éclairs métalliques brillèrent devant nous alors que nous contournions un virage de la piste sinueuse, et je sursautai lorsque j'aperçus une série d'énormes pointes. Elles se déplaçaient de haut en bas, presque invisibles lorsqu'elles s'enfonçaient dans le sol, puis surgissaient avec une force violente.

Réfléchissant aussi vite que possible, j'essayai de décider si je devais laisser Rasa se diriger elle-même ou contrôler ses mouvements.

D'après les quelques instants que j'avais passés sur son dos, elle était différente d'Idunn. Son saut avait été si précis, si gracieux, et pourtant, sa sauvagerie évoquait l'instinct et le courage pur.

Nous arrivâmes aux pointes, et je pris ma décision. Je pressai un pied sur son flanc gauche et donnai un coup de rênes. Elle s'orienta aussitôt dans le sens que je souhaitais, hors du chemin des piques.

Si j'avais trouvé exaltants la puissance et la vitesse d'Idunn, et le contrôle que j'avais pu exercer sur elle, c'était encore mieux, par Freya !

Au moindre mouvement de ma part, Rasa changeait de cap. Sa précision et son agilité étaient incroyables.

— Tu es une héroïne ! lui criai-je. On est ensemble, maintenant !

Surgissant de l'autre côté des pics, je me risquai à regarder derrière moi. Orm était toujours au même niveau, à me lancer des regards dès qu'il le pouvait, Kaldar était à quelques pas derrière, et Dokkar était le dernier sur son lourd cheval de guerre.

Un écart de Rasa me fit me retourner vers l'avant, puis je poussai un cri de surprise lorsqu'elle se cabra, me projetant presque dans le vide au changement brutal de vitesse. Orm nous dépassa, fonçant droit sur l'énorme nuage noir qui bloquait la piste.

Kaldar passa une seconde plus tard.

— Allez ! S'il te plaît, on doit y aller !

Rasa fit claquer ses sabots.

— S'il te plaît, on perd toute notre avance ! Il suffit d'aller tout droit, si vite que tu ne t'en rendras même pas compte, l'amadouai-je.

Je savais exactement pourquoi elle ne voulait pas entrer dans le nuage d'ombre. La sensation maléfique, froide et épuisante qui s'en dégageait me donnait envie de courir dans l'autre sens.

— S'il te plaît, on doit passer, lui dis-je.

Un faible gémissement se fit entendre à l'intérieur du nuage, puis Dokkar s'arrêta à côté de moi, son cheval poussant un puissant hennissement.

— Yaah ! cria-t-il, essayant d'aiguillonner son cheval.

Rasa arrêta de trépigner et regarda l'autre cheval de côté.

— Yaah ! cria encore Dokkar en donnant un grand coup de talon dans le flanc de la bête.

À contrecœur, le cheval de guerre se mit à trotter, puis à galoper vers le nuage.

Comme si elle avait décidé que s'ils pouvaient le faire, elle le pouvait aussi, Rasa se cabra à nouveau, puis s'élança vers le nuage.

— Putain, tu es imprévisible, soufflai-je en m'accrochant.

Dès que nous entrâmes dans le nuage, je regrettai qu'elle ne soit pas restée dehors. Un silence inquiétant s'installa, et même le bruit des sabots s'estompa.

Mais elle ne ralentit pas, et heureusement, elle ne s'arrêta pas. Alors que tout le bonheur, l'espoir et la volonté de continuer me quittaient, Rasa traversa le nuage. Nous émergeâmes de l'autre côté, et toute la lumière et l'espoir revinrent.

— Tu t'es bien débrouillé, soufflai-je, les yeux brillants sous l'effet du vent qui se levait soudain. Vraiment bien.

Un cri terrible déchira l'air, et les oreilles de Rasa se dressèrent.

—À l'aide ! Aidez-moi !

Je pivotai, essayant de voir d'où venait le bruit. Mon mouvement perturba le rythme de Rasa, qui ralentit en secouant la tête.

—Qui est-ce ?

La voix de Voror résonna dans ma tête, forte et claire par-dessus le vent et les cris.

— C'est un piège. Ignore les cris. Ils prendront fin au prochain virage.

Le soulagement m'envahit, et j'utilisai toute ma concentration pour sentir Rasa sous moi, et essayer de fusionner mes mouvements avec les siens. Nous dévalâmes le chemin relativement droit sur lequel nous nous trouvions, et dès que nous prîmes le virage, je vis Kaldar juste devant nous. Rasa était tellement plus rapide que sa jument, et en quelques secondes, nous l'avions dépassée.

Le plan de la Reine de me donner un cheval impossible à monter se retournait contre elle.

Rasa était incroyable.

Orm apparut devant nous, juste au moment où les cris aigus cessaient.

— Rattrapons-le, ma fille, dis-je en me baissant, pour réduire la résistance de l'air autour de nous.

Mais alors qu'elle prenait de la vitesse, ma vision changea.

Je voyais à travers les yeux de Dokkar, et il paniquait. Son cheval avait ralenti, et il regardait fixement la forêt à gauche.

— Au secours, s'il vous plaît, il faut m'aider ! cria une voix de femme.

— Dites-moi où vous êtes ! répondit le faë de terre.

Ma propre vision revint, et la panique frustrée de Dokkar se dissipa, et mon excitation alimentée par l'adrénaline reprit le dessus.

Il était impossible que Frima ou Mazrith ait pu ou voulu m'envoyer cette vision. Des picotements de peur me traversèrent tandis que nous rattrapions Orm.

« Il est impossible qu'elle soit humaine. »

Une autre fosse de goudron apparut, et je me forçai à me concentrer, prête à sauter. Mais juste au moment où nous nous décollions, Orm nous fonça dessus par le côté.

L'impact fit atterrir son cheval aussi mal que Rasa, mais nous nous dégageâmes tous les deux du goudron.

— Connard ! grognai-je

— Vermine, siffla-t-il en retour.

Nous continuâmes à avancer, au coude à coude, jusqu'à passer un autre virage et qu'un énorme arbre apparaisse, en plein milieu de la piste.

Ses branches s'agitaient sauvagement, balayant et heurtant tout ce qui se trouvait sur leur chemin, y compris les unes les autres.

— Tu peux passer ça, ma fille ?

En réponse, Rasa baissa la tête et accéléra. Je me baissai le plus possible et, cette fois, j'accordai toute ma confiance au cheval. Les branches bougeaient de façon trop irrégulière pour que je puisse anticiper, c'était donc une question d'instinct et de vitesse.

Elle esquiva les deux premières branches avec facilité. J'entendis un bruit sourd à ma droite, et même si je ne me risquai pas à bouger et faire tomber Rasa, j'espérai que c'était Orm qui avait été frappé. J'espérai qu'il était tombé de son cheval.

Rasa se faufila entre les branches comme si elle l'avait fait une centaine de fois, et lorsque nous émergeâmes de l'autre côté, je me redressai, incapable de retenir un cri.

— Une vraie légende !

Ma vision se brouilla à nouveau.

— Pas maintenant !

Je voyais à travers les yeux de Kaldar. De la colère pulsait en moi, ma joue m'élançant là où j'avais été frappée par une branche. Je levai mon bâton et tirai un éclat de glace droit devant moi, ma cible toute désignée.

Ma propre vision revint à temps pour que je tire brusquement sur les rênes, entraînant Rasa vers la gauche. L'éclat de glace que Kaldar venait de lancer sur moi se brisa sur un arbre à côté de la piste, alors que le chemin s'incurvait.

Il fallut un moment à Rasa pour retrouver sa vitesse après mon changement de cap précipité, mais nous volions à nouveau dans le virage. Je n'avais pas vu Orm passer de l'autre côté de l'arbre. En priant pour qu'il soit vraiment tombé de son cheval, je gardai le cap. Nous avions déjà parcouru plus de la moitié de la piste, si ce n'est plus.

Nous prîmes un autre virage, et mon cœur s'emballa lorsque je vis un autre nuage d'ombre. Mais cette fois, Rasa n'hésita pas. Son allure ne faiblit pas, et elle fonça droit sur le nuage.

Nous sûmes toutes les deux que quelque chose n'allait pas, dès que nous y pénétrâmes. Le nuage était plus épais qu'auparavant, et les arbres étaient serrés les uns contre les autres, des formes sombres se profilant de manière menaçante dans la pénombre.

D'où venaient-elles ?

Contrairement au désespoir et à la dépression qui régnaient à l'intérieur du dernier nuage, celui-ci illuminait mes sens comme un grand phare brûlant. Il y avait du danger ici.

Rasa ralentit, se frayant un chemin prudent à travers les arbres. J'entendis des sabots derrière nous, qui ralentirent également.

Au plus profond des arbres, quelque chose s'agita. Rasa renâcla et fit un écart. Un noir d'encre s'échappait d'entre les troncs devant nous, glissant silencieusement dans l'air et se rassemblant dans l'obscurité.

Je la reconnus immédiatement, et mon sang se transforma en glace dans mes veines.

La bête d'ombre de la Reine.

Son corps long et sinueux glissa sans effort à travers les nuages tandis qu'il traquait sa proie. Nous.

Un cheval hurla quelque part dans le nuage, et il s'arrêta, les oreilles dressées et en alerte.

Rasa s'était figée, tout comme moi.

Des sabots tonnèrent au loin, et puis la créature d'ombre se retourna et se mit à courir, ses pattes délestées de tout poids tandis qu'elle filait entre les arbres.

Je lâchai une expiration tremblante et me penchai sur l'encolure de Rasa.

— Partons d'ici. Maintenant.

Mais alors que je finissais de parler, ma vision s'estompa.

Je voyais à travers les yeux d'Orm. La jubilation m'envahit lorsque la créature d'ombre s'élança sur le cheval de guerre de Dokkar. Le cheval écumait à la bouche, les yeux immenses et sauvages de peur, et Dokkar avait beau essayer de s'accrocher, il n'avait aucune chance.

Ma vision s'éclaircit et, pendant un instant, je ne sus quoi faire.

Dokkar avait essayé d'aider la fausse personne dans la forêt, qui appelait à l'aide. Mon instinct me disait qu'il n'y avait pas de mal en lui.

Il s'agit d'une compétition ! Tu es en tête ! Chevauche, Reyna !

Mais Dokkar était à la merci de la créature d'ombre et d'Orm.

Rasa prit la décision pour moi.

Un autre cri d'un cheval quelque part dans le nuage la fit sursauter, puis elle s'élança. Je m'accrochai à elle, consciente que je ne pouvais plus la faire reculer.

J'eus du mal à me préoccuper du sort du faë de terre alors que Rasa filait entre les arbres dans l'obscurité, et le soulagement que je ressentis lorsque nous émergeâmes enfin du nuage me fit tourner la tête.

Je restai bouche bée lorsqu'elle continua à courir, et que je compris quel était le prochain obstacle.

La ligne d'arrivée.

Je me risquai à jeter un coup d'œil par-dessus mon épaule, en faisant attention à ne pas déplacer mon poids. Orm surgissait du nuage, hurlant et donnant des coups des jambes sur son cheval. À mon grand soulagement, je vis Dokkar à pied, qui sortait des ombres en boitillant. D'autres faës se précipitèrent vers lui.

Je me retournai.

—Allez, Rasa, allez ! Allez !

Et c'est ce qu'elle fit.

Avec un élan que je ne pouvais pas croire qu'il lui restait, elle franchit la ligne d'arrivée.

Il n'y eut pas d'applaudissements. Pas un seul. J'avais la tête qui tournait. Je me penchai, frottai l'encolure de Rasa et tapai sur ses épaules solides et humides, la félicitant encore et encore. Mais on n'entendait que ma voix dans la clairière silencieuse. Ma voix, et la cavalcade tonitruante du cheval de Lord Orm.

Il s'arrêta en dérapant à côté de moi, et son visage était un masque de fureur.

—Je crois que c'est une victoire pour moi. La petite humaine pathétique, dis-je en me redressant d'un air radieux.

Son visage furieux se transforma en un sourire narquois.

—Cela dépend de ce que tu entends par là.

—Une victoire est une victoire, Orm. Vous ne pouvez pas nier, tout le monde l'a vu.

Kaldar sortit au galop du nuage d'ombre, saignant de plusieurs endroits.

Orm haussa les épaules.

—Tu as gagné cette épreuve, oui. Je trouve que ces choses-là sont de bonnes distractions, n'est-ce pas ?

Je le regardai fixement.

—Je vois que ton fiancé n'est pas là aujourd'hui. A-t-il été distrait, lui aussi ?

— Distrait de quoi ? Qu'est-ce que vous dites ?

La frustration montait en flèche, et Rasa devenait nerveuse sous moi, son corps haletant, car elle respirait difficilement.

Lord Orm inspecta ses ongles, puis me regarda à nouveau, les yeux brillants de cruauté.

— Elle est très jolie. Votre petite copine.

Je sentis le sang déserter mon visage.

Sans réfléchir, j'enfonçai mes talons dans les flancs de Rasa, la faisant tournoyer. Je galopai jusqu'aux marches du palais, ignorant les cris de la foule et les appels de Frima. Je sautai du dos de Rasa sur les marches et courus aussi vite que possible à travers le hall et jusqu'à l'escalier.

Je connaissais assez bien les couloirs maintenant, et l'adrénaline donnait de la vitesse à mes jambes.

Lorsque j'arrivai à la Suite du Serpent, mon cœur faillit s'arrêter de battre.

La porte était ouverte.

La porte n'était jamais ouverte.

— Kara ! criai-je.

Je courus dans la pièce. Ellisar était par terre, saignant de la tête. Je le dépassai en courant, ouvrant toutes les portes.

— Kara ! Lhoris !

— Qu'est-ce que... ! Ellisar !

La voix de Frima retentit dans la pièce principale, mais je l'entendis à peine. La suite était vide. Kara et Lhoris n'étaient plus là.

MERCI DE VOTRE LECTURE !

Merci beaucoup d'avoir lu *Cour d'avarice et d'or*, j'espère que vous avez aimé ! Je vous promets que vous n'aurez pas à attendre aussi longtemps pour le prochain tome.

L'histoire se poursuit dans le prochain livre, *Cour de monstres et de malice*.

Si vous voulez voir des illustrations exclusives du rêve de Maz et Reyna, vous pouvez vous inscrire à ma newsletter sur elizaraine.com. Mais évitez peut-être de l'ouvrir en présence de quelqu'un d'autre !

www.ingramcontent.com/pod-product-compliance
Lightning Source LLC
Chambersburg PA
CBHW061620210726
48287CB00001B/213

9 781913 864613